La otra orilla

LA BARRERA DEL PUDOR

PABLO SIMONETTI

LA BARRERA DEL PUDOR

~ *La otra orilla*

www.librerianorma.com
Bogotá Barcelona Buenos Aires Caracas
Guatemala Lima México Panamá Quito San José
San Juan San Salvador Santiago de Chile Santo Domingo

Tercera Edición: Noviembre de 2009

Fotografía de cubierta: Craig Cloutier
Diseño y diagramación: Sasha Laskowsky

ISBN: 9789584522399
CC: 26000074
PI: 183328

Impreso por RR Donnelley
Impreso en Chile - Printed in Chile

www.librerianorma.com

...le hizo sentir que ella era muy diferente a su viejo ser, como si estuviera hundiéndose muy profundo, muy profundo hasta el centro de toda femineidad y el sueño de la creación.

El amante de Lady Chatterley
D.H. Lawrence

Todo lo que quiero es responder a mi sangre directamente, sin frívolas intervenciones de la razón o la moral.

Carta de D.H. Lawrence a Ernest Collings,
escrita en el lago de Garda,
17 de enero de 1913.

PRIMERA VISITA

Estoy en una casa cerca del mar, recuperándome de mi separación. Aquí hago lo que quiero, no veo prácticamente a nadie, salgo a caminar por los cerros y cuando regreso me entretengo en el jardín. Leo, duermo, duermo mucho, nueve horas al día por lo menos. Dormir es una de las cosas que me gusta hacer en la vida: despierto tranquila, libre de ansiedad. Solo consigo hacerlo a mis anchas cuando estoy aquí, en esta casa sumida en la apacible niebla matutina o disimulada entre los cerros altos y boscosos cuando sale el sol. Atrás quedó la ciudad y sus días llenos de compromisos: recorrer las obras de un jardín por la mañana, terminar unos planos en la oficina, sufrir los agravios de un trámite municipal de duración incierta. Sin embargo, a pesar de haberme aislado, no consigo estar sola. Mi hermana viene de visita. Quiere saber la causa de mi separación. Hemos hablado por teléfono tres o cuatro veces desde que dejé a Ezequiel y me vine a Rungue a pasar el verano. Al parecer no ha sido suficiente.

–Me mentiste –fue su acusación de ayer, cuando llamó.

–¿De qué estás hablando?

–Tienes un amante, Amelia, por eso te separaste.

Si se enterara de la verdad, la imagen que guarda de mí se desintegraría. No tiene la amplitud de ideas suficiente ni la calma necesaria, ni siquiera la intención ni la resistencia emocional para escuchar la historia tal y como fue. Pero es como una niña arrebatada por la curiosidad. Cuántas explicaciones harían falta para que comprendiera por qué las cosas llegaron al punto al que llegaron; descender en círculos hasta el lago congelado donde se sumergieron el afecto y la buena voluntad, mientras un aliento frío les cierra el paso de regreso a la superficie.

Desde que éramos niñas, a pesar de ser yo la menor, Josefina me hizo parte de su intimidad y fue tan ingenua como para pensar que yo le correspondía en la misma medida. Tal vez pensaba que la ausencia aparente de problemas en mi matrimonio era el reflejo de un amor consolidado. Porque si algo nos distinguía a Ezequiel y a mí como pareja era que no discutíamos y dábamos la impresión de llevarnos bien: dos sonrisas, una evidente complicidad, los verdores de una vida en común. Se ha sentido defraudada, y no porque el matrimonio de vitrina haya dejado de serlo, sino por constatar que ignoraba lo que ocurría entre nosotros. Josefina no es una persona de pocas luces ni tampoco frívola, pero sí un poco trivial y egocéntrica. Va por la vida sin darse mayor cuenta de lo que sucede a su alrededor hasta que le afecta de un modo personal. No sé qué tan personal pueda considerar mi separación. Quizás la mueve una idea retrógrada de la familia, una idea de fronteras. Seguramente no sabrá dónde situar a Ezequiel y, aun cuando conserva un espacio para mí en su pequeña patria, le gustaría dar con el sitio exacto en que me encuentro. Hemos quedado fuera de lugar y no cejará hasta establecer nuevas coordenadas que le permitan fijarnos al mapa de sus relaciones, puntos inalterables, sin posibilidades de distraerla.

–Josefina, escúchame bien, estoy saliendo con Roque García.

–No hablo de García, ese es un invento tuyo. Estoy hablando de Bernardo Otero. Se separó por ti, no me lo puedes negar...

–¿Y quién lo dice?

–Alguien muy cercano. Es imposible que esté mintiendo.

–¿Cercano a quién?

–A nosotras... Fue Trinidad, nuestra cuñada, nada menos. No va a inventar historias porque sí. Y a ella se lo contó la hermana de Ezequiel, tu marido.

En este punto perdí la calma. Más que el admonitorio "tu marido", la idea de que en mi familia y la de Ezequiel hablaran a mis espaldas me hizo caer de golpe en el gallinero del que había intentado huir.

–Mira, Josefina, te lo voy a decir una sola vez...

–Por qué te enojas, si no soy yo...

–¡Escúchame! Tienes dos alternativas: me crees a mí o crees lo que dicen los demás. Te puedo presentar a Roque, si quieres, podemos hablar de él, si te interesa, pero si insistes...

–¿Por qué la hermana de Ezequiel iba a inventar una historia como esa?

–... entonces no tendríamos nada de que hablar –continué, ignorando su protesta–. Tú hablarías de una vida y yo de otra.

–Es gente que te quiere.

–Extraña forma de quererme.

–No pienses mal de mí –se excusó, abandonando el tono acusatorio y refugiándose en uno más bien penitente–, solo quiero que me cuentes la verdad. No puede ser que yo no sepa por qué te separaste.

–De lo que pasó, puedo contarte lo que considere que debes

saber. Pero no me pidas que te cuente todo ni tampoco que confirme lo que te han dicho.

Me rogó que nos viéramos para hablar con tranquilidad. Se quedará una noche: dos días de paz perdidos. No bastó el aislamiento. Vienen a pedirme explicaciones aquí. Y digo "vienen" porque no es solo ella quien exige una explicación, sino mi familia, la de Ezequiel, nuestros amigos cercanos... Un "círculo" que fue importante para mí y que ahora me resuena hueco, torpe como adultos jugando a la ronda. En todo caso, la visita de Josefina puede serme de ayuda. Si regresa a Santiago con una historia para divulgar, me ahorrará una conversación con mi hermano mayor, su mujer y quienes se sientan con derecho a oír los motivos y las circunstancias de primera fuente.

Pobres ilusos.

Me agobia pensar en cómo hubieran reaccionado mis padres. Ella se habría inmiscuido sin miramientos para exigirme que volviese con Ezequiel. De no obedecerla, se habría declarado como la principal afectada, deambulando por su casa como una orate o encerrándose en su cuarto a llorar hasta que alguien le anunciara el fin del desarreglo. Mi padre, en cambio, un dermatólogo de pocas palabras e indiferente a los problemas sentimentales de los demás, seguramente se habría preocupado de que yo estuviera bien desde un punto de vista médico, sin involucrarse en nada que lo pudiera comprometer. Pero los dos están muertos desde el 8 de marzo del 2001, hace ya casi siete años. Lo que en este sentido es un consuelo. El minibús que los llevaba desde Kingston a Ocho Ríos en Jamaica se desbarrancó en medio de una tormenta.

En apariencia, mi familia era como cualquier otra. Pero mi madre tenía dos caras: mostraba la mejor ante el público y vertía su egoísmo puertas adentro. Y pese a usar el mismo uniforme de invulnerabilidad y desenvoltura que el resto de los médicos, mi padre era un hombre al que su ciencia no ungió con ningún poder más allá de su consulta y la salita contigua donde llevaba a cabo los "procedimientos". Salvo en esa oficina, en el más desangelado de los edificios de la calle Guardia Vieja, no encontraba certezas ni aspiraciones. Así dispuesto el juego de sus caracteres, no tenían escapatoria a su infelicidad. Las ansias de mi madre se apagaban en la abulia de mi padre, y la estabilidad que él brindaba perdía todo su valor frente a un ser insaciable.

Me he preparado para recibir a Josefina. Fui a comprar a Maitencillo, un balneario populoso situado cinco kilómetros al norte de aquí. Llegué temprano a la caleta de pescadores, antes del asalto de los veraneantes, menos interesados en las compras que en la vida social, su pasatiempo favorito; por la misma razón nunca voy más tarde de las diez a la feria de los lunes en Puchuncaví. Al regreso bajé al jardín a cortar flores para un arreglo, y me aseguré de que la casa estuviera impecable. En la cama donde dormirá Josefina puse las sábanas rociadas con agua de cedrón y en el baño un ramito de fragantes clarines. El resto del tiempo lo ocupé en cocinar. Presentarme a sus ojos como una mujer que impone su orden y gusto al ambiente en que vive es una manera de afirmar que tengo control sobre mi existencia, que soy una mujer en sus plenos poderes, a quien ni siquiera la separación podrá cambiarle su vida tal como la entiende y la acostumbra a llevar.

Esta casa la construimos con la herencia que recibí de mis padres. La hice a mi gusto, con el beneplácito de Ezequiel, y sin encomendarle el proyecto a mi suegro, lo que me costó más de una discusión y un desplante. Contratamos a un arquitecto joven con quien yo había trabajado. Él estuvo de acuerdo en que el volumen debía estar en armonía con el cerro, formar parte de él. Por eso la casa se une a la pendiente y se despliega hacia abajo, hasta la quebrada que pasa a su izquierda. La espesa ceja de árboles nativos que la puebla fue la razón para comprar este sitio y no otro. El corredor de propiedades se sorprendió de venderlo. A otros compradores no les interesaba porque tenía demasiada pendiente y "poco espacio útil". Espacio hay de sobra en cinco mil metros cuadrados. Querrían, supongo, un gran rectángulo de pasto, perfectamente horizontal, para que sus hijos pudieran correr sin peligro, y realizar la fantasía de orden y bienestar de una familia bien avenida. La casa mira hacia los cerros del norte siempre verdes y está compuesta por tres cubos de madera, unidos por una escalera interior que baja a sus espaldas. En el cubo más alto se halla el living-comedor-cocina, desde donde se ve el mar hacia la izquierda, mucho más allá de la quebrada; en el piso intermedio hay dos habitaciones para las visitas, además de un baño y una pequeña sala de estar; y en el de más abajo, mi dormitorio con un cuarto de baño luminoso. Desde mi cama, a través de un gran ventanal, es posible apreciar el bosque de molles, peumos, boldos y lilenes. Y también unos corontillos enormes. El lugar era un jardín cuando lo vi por primera vez y no fueron tantos los trabajos que tuve que hacer para completarlo. Junto al cubo principal, hacia la derecha, aplané unos cincuenta metros cuadrados e hice una piscina de cemento sin pintar, como un pozo de dos metros por dos, y planté pasto alrededor, una bermuda enana de poco riego. En la pendiente abrí senderos que se internan en la quebrada y la cruzan por medio de puentes de madera, de apariencia liviana, impregnados –al igual que la casa– de un aceite negruzco, conocido como carbolíneo. El resto fue hacer podas de formación y tender el riego para los arbustos que ya crecían en el lugar, asociándolos con otros que traje desde un vivero especializado en plantas nativas y especies afines. Si lo pienso bien, no ha sido poco trabajo. Hace cuatro años que se terminó de construir la casa y no ha habido temporada en que no tuviéramos algo nuevo que hacer. Un pequeño muro de piedra, otro sendero, una plantación bajo los árboles de la quebrada. El último invierno pusimos triques, una planta de sombra de hojas lanceoladas, que florece en una vara de flores color malva y pistilos azafranados, típica de las quebradas profundas de la zona. Este año quiero levantar una pérgola. Si no contara con la ayuda de César, el jardín se me habría escapado de las manos. Lo conocí como picapedrero, cuando vino a construir los muros. No sabía nada de jardines, pero al cabo de un año de trabajar para mí tenía mejor ojo que yo para identificar una peste y mejor mano para hacer un trasplante.

La responsable de mi afición a las plantas fue mi abuela materna, la nonna Rosetta Magri, una mujer sin interés por las cosas mundanas, al punto de que siempre atendía a las interpelaciones de mi madre con expresión ausente, cualquiera fuese el tema o la circunstancia. Vivió sus últimos años con nosotros. Cada vez que se presentaba la oportunidad, me tomaba de la mano y salíamos a recorrer el jardín. Era una mujer alta, robusta, con el pelo blanco y escarmenado. Cuando me negaba a acompañarla, mi madre intervenía en su favor, de modo que ninguna de las dos pudiera distraerla de la tarea que en ese momento concentraba sus esfuerzos. Nuestra casa estaba ubicada en uno de los frentes hacia donde crecía Santiago, en Piedra Roja, una calle del barrio Los Dominicos, y una gran variedad de pájaros visitaba el jardín: zorzales, tordos y loicas, entre los que más me gustaban. A las casas de mis compañeras de colegio, confinadas por la trama de la ciudad, no llegaban más que gorriones y uno que otro zorzal. La nonna me hacía repetir los nombres de todo lo que sus ojos aún podían ver y me instruía acerca de las plantas y sus necesidades. Con el permiso de mi madre se había apropiado de un sector sombrío y en él, bajo un par de viejos quillayes, había puesto azaleas. La enorgullecían especialmente una molli de color naranja y otra de la misma clase, por su profusión de pequeñas flores amarillas. Los miércoles, cuando venía el jardinero, se pasaba el día afuera para comentar y guiar las labores. En mi cuarto, de regreso del colegio, alcanzaba a escuchar un murmullo intermediado por largos silencios y me preguntaba qué placer podía encontrar en esa rutina. Solo después de su muerte se avivó mi interés por la naturaleza, y llegué a comprender a mi abuela. Me hice cargo del jardín de azaleas a los dieciséis años, me lancé a recorrer los cerros agrestes que aún era posible alcanzar cruzando la calle, y con ese único estímulo una parte fundamental de mi vida quedó determinada.

El mayor anhelo que tuve a lo largo de la separación fue venir a pasar el verano aquí, a Rungue, frente a estos cerros que se levantan tras el caserío que le da nombre al lugar. Transcurrieron unos seis meses desde que nos planteamos seriamente la posibilidad de terminar hasta el último día que pasamos juntos. Veía acercarse el final y, de una forma más o menos deliberada, rechacé proyectos y aceleré los que estaban en marcha para tener libre desde mediados de diciembre hasta principios de marzo. Sin que lo hayamos discutido, es probable que Ezequiel se quede con el departamento de Santiago. El edificio está en malas condiciones, sobre una calle céntrica, con la fachada negra de hollín a causa de los émbolos de tráfico que pasan a sus pies sin cesar. Pero tiene habitaciones amplias, techos altos, y da a esa especie de jardín vertical que se alza ante los ojos: el arbolado flanco del cerro Santa Lucía. Tal como aquí la quebrada, esa vista fue la razón para la compra, además del precio, irrisorio si se tomaba en cuenta la amplitud de los espacios. Nos mudamos en octubre de 1998, cuando nuestros problemas aún no se hacían críticos, y nos sentíamos orgullosos de convertirnos en codeudores de un crédito hipotecario, una especie de segundo matrimonio. No tener un lugar en la ciudad será un problema, pero no le guardo ningún apego al departamento. La peor época –el final– la pasamos ahí, ignorándonos, temiéndonos, compadeciéndonos. Tal vez me quede a vivir en Rungue. No sería difícil. Hay suficiente trabajo con las casas que se construyen en la zona. Me significaría un estancamiento profesional –por estos lados no se proyectan grandes edificios ni parques–, pero podría ir a Santiago por el día o, si es necesario, pasar una noche en la casa de Josefina o, mejor aun, donde Roque, si las cosas marchan bien. Hasta podría arrendar un departamento pequeño. El viaje no toma más de una hora y media por la autopista y da tiempo para pensar.

Imagino a Ezequiel en su escritorio. Premunido de un cigarrillo y de un whisky, pulsa las teclas de su computador mientras escribe su próxima crítica. Pero son las doce del mediodía. Seguro que está sentado en el sillón junto a los ventanales, con el libro que someterá a su juicio semanal entre las manos. Durante la lectura, fuma un cigarrillo cada media hora, toma notas, escucha música clásica y de vez en cuando levanta la vista hacia el cerro. Mientras escribe, en cambio, bebe una copa para envalentonarse, como también debe hacerlo para desinhibirse y mantener una conversación en sociedad. No es un borrachín ni mucho menos, pero fuera de la casa, sin un trago o un pito de marihuana, es difícil sacarle más de dos palabras seguidas. Asiente, niega, acepta, rechaza. Un hombre callado, con un aire dulce y retraído que le cruza el semblante. Tartamudea incluso para expresar lo poco que se ve obligado a decir. Pero con una copa de por medio el ángel tímido se transforma en un diablo gozador. Se escucha su risa, se vuelve locuaz, se disparan sus comentarios atolondrados, clava las cejas en el ceño y sus ojos se llenan de un fervor irónico y juguetón.

Como un diablo lo conocí yo, en la casa de su padre. Meses antes, a comienzos de 1992, recién cumplidos mis veinticuatro años, me había inscrito en el posgrado de paisajismo de la Universidad Católica. Gabriel Barros, quien gozaba de un difundido prestigio académico, sería mi profesor de arquitectura del paisaje. Sus obras eran escasas, pero celebradas por su rigor conceptual. Al principio me fue difícil seguir sus lecciones revestidas de lenguaje arquitectónico. Yo había estudiado agronomía en la misma universidad, a instancias de mis padres. Ella consideraba el paisajismo como un hobby e insistió en que antes estudiara una carrera seria. Y él, como buen médico, creía que tener una base científica era indispensable. Un compañero proveniente de arquitectura se percató de mi desorientación y me ofreció su ayuda. Miguel me contó que Barros era conocido por no transar en la sala de clases ni tampoco al proyectar una obra. Inculcaba a sus alumnos la necesidad de hacer "una oferta" y no dejarse influir por los caprichos ignorantes de los clientes. Esta fama de inflexible lo había arrinconado en las aulas del campus El Comendador y poco salía ya de ahí cuando me tocó verlo plantarse frente a nosotros. Transmitía su fanatismo por la arquitectura en cada frase, en cada línea que trazaba. No le tomó mucho tiempo memorizar el nombre de los veinte alumnos, ni tampoco intuir nuestras habilidades y limitaciones. Solía decirme: "Usted, Amelia Tonet –nos trataba a todos de usted–, sabe de plantas y tiene sensibilidad, pero no tiene la menor idea de dibujar. Nada le va a dar el sentido de la proporción y la profundidad como el dibujo a mano. Hágase de una croquera. Verá por primera vez las tres dimensiones". El trato era formal, pero a la vez cercano y cariñoso. Barros se preocupaba de nuestro trabajo como si fuera propio, tenía siempre abierta la puerta de su oficina, conversaba con nosotros después de clases en el casino o en los patios arbolados del campus colonial, nos preguntaba por nuestra vida, hasta se interesaba por los amoríos entre los alumnos del curso. Su histrionismo servía de ayuda. Tenía un dicho apropiado para cada ocasión, imitaba un acento con solo escucharlo una vez y si una idea ofendía sus oídos, alteraba el rostro como un mimo.

Cuando terminó el semestre nos invitó a todos a una fiesta. Me extrañó encontrarme con un edificio sin gracia, de los años ochenta, construido en la estrecha calle Las Violetas, en Providencia. Su departamento ocupaba el último piso y la vista se abría al vasto plano de luces que se propagaba hacia el sur de la ciudad. En el salón principal pude ver algunos muebles de diseñadores ilustres, como la tumbona de Mies van der Rohe –una especie de dios tutelar para Barros– y una pareja de sillones Kandinsky de Charles Breuer. Era triste que un arquitecto de renombre no habitara una casa diseñada por él mismo y que su cielo raso no estuviera a más de dos metros cuarenta de altura. Seguro que el salario de profesor no alcanzaba para la que hubiera pretendido construirse en el futuro. Pero Miguel me sacó de ese sentimiento compasivo. Barros se había construido una casa alabada por sus colegas y al poco tiempo la había vendido a una inmobiliaria. Un edificio había tomado su lugar. De ella solo quedaban algunas fotos en la biblioteca de la universidad. Le ofrecieron un espejismo de dinero y él lo necesitaba. Porque le gustaba vivir bien. La mesa de comedor convertida en un bar rebosante, las flores en cada habitación, el mozo de pajarita sirviendo en bandejas de plata, o los cuadros de firmas conocidas que pendían de las paredes, no dejaban espacio a la duda sobre sus gustos refinados.

Ezequiel se hallaba de pie, apoyado en el marco de una chimenea en desuso. Sostenía un vaso de whisky mientras hablaba con una mujer. Gesticulaba con su mano libre, jugaba con los dedos, reía, sobre todo reía, y enfatizaba sus dichos acercando el rostro hacia ella. Más que su elocuencia, me atrajo su aspecto. Era delgado, alto, el rostro circunscrito por crespos romanos. Esa era la impresión que causaba: un joven noble de la antigua Roma al que le habían cambiado el atavío. En vez de toga llevaba unos jeans y una polera que sugerían un cuerpo tenso, una profusión de fibras y tendones: su delgadez no parecía la de un alfeñique, sino la de un atleta bien entrenado. Me sorprende ahora esta visión un tanto grandiosa y hasta cursi de ese muchacho que vislumbra el personaje que quiere llegar a ser y actúa según la idea que se ha formado de él. Se trata de una impostación, de un ensayo. Tal vez por eso el arquetipo del noble romano, un joven prematuramente consciente de sus futuros triunfos y privilegios, pero ignorante de los esfuerzos que tendrá que hacer para alcanzarlos. Un joven a medio camino entre la ambición y la fatuidad. Y aun cuando Ezequiel a sus veinticinco años podía ser considerado un hombre, la primera imagen que me hice de él, y que más adelante confirmé, parecía vibrar con una urgencia impaciente. Había cierta ebullición en su comportamiento, inquietud en sus miembros, apuro en sus palabras; en fin, un sugerente indicio de que los principios de su personalidad no habían convergido hacia un relativo equilibrio.

Me mantuve junto a mis compañeros, temerosos aún de mezclarnos con el resto de la gente. Nuestra conversación no despegaba de los comentarios circunstanciales. La mayoría de los invitados eran alumnos y ex alumnos de Barros, y se oía discutir de arquitectura o se celebraba algún chisme de la escuela. Me extrañó no ver a nadie de su edad –él debía de andar cerca de los sesenta– ni tampoco había rastros de una mujer que hiciera el papel de dueña de casa. Se acercó a nosotros y nos dijo que parecíamos un rebaño de ovejas asustadas. No quería tímidos en su casa. Los que se sintieran amedrentados que se tomaran un buen trago. "Vamos, dispérsense, *let's mingle*". Algunos se movieron en dirección al bar y, mientras yo buscaba un nuevo refugio con la mirada, sentí posarse una mano en mi hombro. "Ven, quiero mostrarte algo", dijo Barros después de comprobar que nadie más escucharía su excluyente invitación. El trato informal me tomó por sorpresa, pero lo atribuí al espíritu de la fiesta y al hecho de que estuviéramos en su casa. Lo seguí hasta una habitación más allá del cuarto principal. En ese escritorio me encontré con la misma mesa de dibujo que existe hasta hoy, con su lámpara de brazo articulado asomada como una cabeza intrusa sobre un pliego de papel diamante. Gabriel tenía su vista puesta en una pared con repisas, donde se exhibía una docena de maquetas. Supuse que eran las casas que había proyectado. Pero en vez de volverme hacia ellas y manifestar mi admiración, me quedé mirándolo a él. No me cupo duda de que el hombre que había visto hacía un momento apoyado en el marco de la chimenea era su hijo. Bajo la carne reblandecida por los años se podía apreciar un barrunto de las facciones de Ezequiel, una distorsión de las líneas armónicas y definidas que había observado un rato atrás. Crueldad de un "Gran Arquitecto" que debió esperar una generación para dar con las proporciones adecuadas. Las cejas de Gabriel eran hirsutas, la mandíbula débil, la nariz un peñón de poros cavernosos. El espeso pelo gris y su piel cerúlea no resultaban de ayuda en la despiadada comparación. Sin embargo, padre e hijo tenían los mismos ojos vivaces, agresivos, categóricos. El brillo de la mirada surgía desde cuencas de piel oscura, un escenario propicio para sus juegos. Con el tiempo observaría que los ojos de Ezequiel también podían volverse inofensivos, benevolentes, hasta temerosos, lo que no ocurría en el caso del padre. Y no era que Gabriel Barros estuviera pagando el precio de los años. Por las fotos familiares que me tocó ver más adelante, ese hombre nunca fue atractivo. Una especie de rusticidad dominaba sus facciones, al punto de que si no hubiera sido inteligente y desenvuelto, habría pasado por un tipo con un leve retardo mental.

Recuerdo que sostuvimos una larga conversación sobre las maquetas. Estaban hechas con láminas de madera y respondían a su estilo de techos planos y anchos aleros. Las había construido él mismo, cada una con sus manos, contra la costumbre de la mayor parte de los arquitectos, que suelen encargárselas a estudiantes en práctica o a dibujantes. En un primer momento pensé que me había llevado ahí para mostrarme sus obras y recalcar sus enseñanzas. Aseguró que había aprendido más de cada una de esas casas mientras hacía la maqueta que durante el dibujo de los planos. Y casi me ordenó que construyera modelos de los jardines que me tocara diseñar. Debía constituirme en el objeto imaginado, aunque fuera a una escala pequeña. No estuve de acuerdo. No se podía tratar a los árboles y las plantas como cualquier otro material, su asociación era dinámica en el espacio y en el tiempo... De pronto me tomó del codo y me dijo que yo era la más "despierta" del curso. La cercanía física, la mirada rapaz y las palabras mordidas lo delataron. Me separé de él con la excusa de estudiar de cerca una maqueta y seguí hablándole de mi preferencia por los jardines sueltos antes que los rigurosos, ingleses versus franceses; quería darle tiempo de recapacitar. Pero había escogido la maqueta equivocada. Sentí su cuerpo encorvarse sobre el mío, mientras susurraba en mi oído: "Es la maqueta de mi casa".

Fue entonces cuando entró Ezequiel. Se burló de la costumbre de su padre de mostrarles la casa a sus alumnas preferidas. Tiendo a pensar que durante unos segundos se libró un duelo entre machos por el favor de una hembra, ironías como dentelladas que he olvidado. Y aunque su tono de voz demostraba cierta inseguridad –como si lo desafiara por primera vez–, Ezequiel parecía resuelto a no dejarse apabullar por su padre. Llegó a decir que no solo traía a las *mejores* alumnas, hincando el doble sentido, sino que también a los *mejores* alumnos. Creí haber entendido mal: un hijo no podía faltarle el respeto a su padre de ese modo, y este no podía recibir esa insinuación con ostensible complacencia, sonriendo, mirando a su hijo por encima de unos lentes figurados, como si no pudiera creer lo que veía a través de los cristales de la realidad. Al final, Gabriel abandonó su trato cercano y su cuerpo volvió a erguirse, investido de orgullo magisterial. Parecía recurrir a un renovado histrionismo, como quien echa mano a un disfraz, y el que fuera un animal de presa pasó a ser la mansa representación de un hombre digno. Renunciaba a mí, entregado a la contemplación de su hijo.

Me sentía confundida, y la voz de Ezequiel, con su dominio de la entonación, fue un tranquilizante eficaz una vez que estuvimos a solas. Cruzamos preguntas convencionales y me ofreció un pito de marihuana con toda naturalidad. Al igual que la mayoría de mis compañeros, yo fumaba cada vez que podía, incluso para trabajar. Así que acepté de buena gana. Nos sentamos en un estrecho sofá, con nuestros cuerpos rozándose. Tenía para mí la atención del hombre que me había gustado apenas verlo. El entusiasmo y la confianza con que me hablaba me hicieron olvidar el pudor que la arremetida de su padre había despertado. Cuando la atracción mutua se reveló, me invitó a conocer su cuarto. ¿Tenía para enseñarme algo tan especial como las maquetas de su padre? Y él se rió con esa risa a pulsos, incluyente, un sortilegio para espantar las aprensiones; se declaraba feliz de que me mostrara maliciosa. La simple virtud de poder reír con entusiasmo y honestidad, con un sentido absoluto –como el olfato o el oído– para escoger el momento y el grado, puede ser lo que más extrañe de Ezequiel, más que sus ojos indefensos de las mañanas, más que su cuerpo firme. A decir verdad, su cuerpo ya no me importa, ni tampoco sus "genialidades". Pero su risa...

Cruzamos el departamento y salimos al hall de los ascensores. Del bolsillo sacó unas llaves y se dispuso a abrir la puerta del departamento enfrentado al de su padre.

"¿Vives aquí?".

"Ah, perdón, no te había contado. Mi madre y yo vivimos aquí".

Ni una sombra de embarazo cruzó su expresión.

"¿En otro departamento?".

"Ellos lo prefieren así".

"Pero tu mamá no está en la fiesta...".

"No, está dormida hace rato, con dos rohipnoles cuidándole el sueño. Así mi padre puede cazar tranquilo".

Esa noche no nos metimos a la cama, pero la siguiente sí. Fue un polvo rápido, demasiado rápido, en las narices de su "santa madre", como la llamaba él, que dormía en el cuarto contiguo noqueada por los somníferos.

* * *

Nunca me ha gustado esperar, defiendo la puntualidad, la eficiencia, me preocupo de los detalles. Las expectativas que me creo en torno a cualquier asunto, desde una reunión social hasta el resultado de un proyecto, suelen convertirse en un problema. Ezequiel tuvo paciencia con este rasgo de mi personalidad. Me dejaba hacer y se mostraba indulgente mientras no me hiciera daño. Hubo cenas con amigos en las que me ahogó la frustración por no haber dado con el punto preciso del postre o porque una servilleta estaba arrugada, o porque uno de los invitados desertaba a última hora. En esos casos, y con razón, Ezequiel me exigía que lo pensara mejor antes de organizar una cena. No soportaba ver la tensión agolpada en los músculos de mi mandíbula. Hasta ahora me bastaban unos cuantos días aquí en Rungue para que mi carácter se aligerara y yo dejase de exigirles tanto a la vida y a los demás. Es la visita de mi hermana la que me ha puesto de nuevo en guardia. Dijo que llegaría a las doce y ya pasa de la una.

Salgo al jardín, pero ni siquiera el verde profundo de los boldos me apacigua. Intento admirar el más grande de ellos y en cambio escucho a Josefina y a mis cuñadas componiendo a tres voces una versión definitiva de nuestra separación. Cada una aporta lo que ha podido averiguar. Aunque Ezequiel y su hermana María son cercanos, no creo que él se haya sincerado con ella. Les gusta reunirse con su padre para hablar con entusiasmo de cualquier tema, pero raramente de sí mismos. A la madre la dejan fuera, ocupada por lo general en algún menester doméstico o religioso, o simplemente en dormir. Analizan los acontecimientos del mundo y las vidas de los demás, desde el detalle más nimio hasta el más trascendental, con un fervor asombroso: tribunos enfrentados en el foro para discutir las noticias del día. Su relación es pública, como si "padre" o "hijo" o "hermana" fueran denominaciones vacías de significado. A Ezequiel incluso le costaba trabajo hablar de sus sentimientos conmigo. El último año, a medida que la separación se hacía inminente, nunca manifestó rabia, frustración, miedo, o desamparo. Mucho menos un amor recóndito que hubiera olvidado cómo expresar. No decía nada. Ni sus ojos ni su risa, en otro tiempo tan elocuentes, daban algún indicio de lo que sentía. Yo sí puedo poner en una palabra lo que sentí el día que decidimos separarnos: alivio. Y una vaga nostalgia de ese "llevarnos bien" del que tanto nos enorgullecíamos.

En este mes y medio sola he pasado por altos y bajos, aunque se supone que todavía me espera lo más difícil. Mi sentimiento predominante es la voluntad de sobreponerme al dolor. Me aferro a lo que me resulta más seguro y placentero, a esta casa y su rutina reconfortante, al jardín y su manera simple de devolver la fe en la vida. La apariencia de esta fuerza de voluntad es la calma que tanto busco y ahora se me escapa. El menor contratiempo puede sacarme de balance. Solo ayer me puse a podar un pitosporo tobira, una rama a la vez –la que nace del centro de cada nudo, para que el arbusto conserve su hábito natural–, hasta que perdí la paciencia sin razón y lo mutilé indiscriminadamente, dejándolo como un erizo de ramas desnudas. Me clavé una de ellas en la pierna derecha: nada grave, solo un rasguño que me hizo proferir un garabato, lanzar lejos las tijeras, dar un grito y ponerme a llorar. No se trató de un agravamiento de mi neurosis. Creo que fue la vía que buscó el dolor para manifestarse. Por eso aquí impongo orden, ejerzo cierto control, cierro y abro el obturador dependiendo de si quiero ver o quiero escuchar o quiero saber: no me interesa saber qué se dice por ahí de mi separación; no quiero escuchar ningún consejo, ningún comentario, ninguna noticia de Ezequiel; no deseo ver otra cosa que mi jardín en un atardecer despejado por el viento sur, ni a otra persona que César vestido con su overol. Él sabe, sin necesidad de pedírselo, que debemos hablar de plantas y nada más. Porque hay situaciones de las que no puede decirse nada, cuando los actos han vaciado de sentido las palabras, cuando la evidencia es rotunda y final.

Como la última noche que Ezequiel y yo dormimos juntos. Habíamos decidido separarnos de una vez hacía dos semanas, pero yo me demoré en partir. Parecía un acto tan definitivo, pese a no ser más que una conclusión natural. Continuamos durmiendo en la misma cama incluso después de aceptar que nuestro matrimonio había terminado. Luego de días sin hablarnos, creí que nos diríamos algo tan simple como "cuídate" o "si necesitas algo, llámame", o que por fin lloraríamos juntos. Él se metió a la cama primero, con un libro en las manos. Su boca, vencida y triste, dibujaba una curva interrogante. Apagué mi luz y él apagó la suya enseguida, en contra de su costumbre. Me tomó una mano bajo las sábanas, gesto que no nos habíamos permitido en esos últimos días. Tuve la intención de decir "te quiero", pero antes de pronunciar esas palabras que en realidad acarreaban otros significados –adiós, perdóname, tengo miedo–, me detuve a pensar qué sentiría en el caso inverso: si él dijera "te quiero". Me habría parecido absurdo. No había nada que decir. No debía decirse nada. Tomarnos de la mano era un límite que no podíamos cruzar.

La idea de este final me lleva a pensar en el comienzo. ¿Por qué me enamoré de Ezequiel? En un principio me había dado las respuestas triviales que se da todo el mundo: por su apostura, su buen carácter, por llevarnos y pasarlo bien juntos. Desde la perspectiva del fracaso, puedo aventurar otras razones. ¿Por qué después de la fiesta no volvimos a separarnos? Aunque parezca una exageración, desde esa noche inaugural supe que debíamos estar juntos. Seguro que no fue exactamente así, y la certeza se robusteció con el paso del tiempo, pero ahora, quince años más tarde, comprendo que yo creía incluso en una especie de predestinación. Nunca albergué las dudas habituales de si era o no el hombre adecuado, ni hubo ningún problema insoluble que surgiera camino al matrimonio, ni tuvimos los desencuentros que debe enfrentar la mayor parte de las parejas una vez extinguido el encantamiento ciego. Ese destino preconcebido estaba dentro de mí y con Ezequiel tan solo se materializó, encontró su medio, su hábitat. No es que tuviera una idea clara del tipo de hombre que deseaba como marido, era en realidad una idea de cómo debía ser mi vida. A Ezequiel le asombraba que al poco tiempo de conocernos yo hablara del futuro con la seguridad propia de una mujer comprometida. Y me recordaba de vez en cuando que nadie sabía lo que iba a pasar entre nosotros. Era yo quien lo había señalado para ser mi marido y lo tomaba para mí. Y fue precisamente esa determinación la que lo cautivó. Necesitaba a alguien que le diera forma al mundo a su alrededor, que lo prefigurara y lo concretara después, sin tener él que involucrarse del todo. Desde tan temprano buscaba mantener una distancia con la realidad, contemplarla, juzgarla, pero no esperar nada ni menos verse exigido por ella. Por eso nunca quiso tener hijos. Tampoco yo. Deseaba el tiempo para mí y nuestra vida de pareja, sin servidumbres. Quería refutar a mi madre, que hizo de su sacrificio un arma de feroz manipulación. En realidad ella estaba convencida de que por haberse postergado merecía ser el centro de nuestras vidas. Le cobraba a mi padre cada minuto de su trabajo como dueña de casa y a nosotros cada gota de la leche con que nos amamantó. Tragábamos alimento contaminado sin saberlo, leche envenenada de egoísmo. Tal vez yo fui igualmente egoísta al decidir no tener hijos. Pero lo prefiero así. Nadie más salió dañado.

He caído en la manida explicación de que el amor es fruto de un buen ensamble de las personalidades. Pero no es la respuesta que busco. Está bien, llegamos a ser marido y mujer debido a que mi carácter voluntarioso se avino con la prescindencia de Ezequiel. Sin embargo, aunque yo haya tenido el futuro trazado a priori, debió de existir una razón más profunda para que nos dejáramos arrastrar con tanta docilidad hacia una vida en común. Y el recuerdo de la succión emocional de mi madre, pagándose de nuestra succión alimenticia, me convence de que ambos estábamos solos cuando nos vimos por primera vez. Ni él en su familia ni yo en la mía encontrábamos refugio. Nuestros hogares eran pampas barridas por vientos desoladores. Era la avidez de su padre por tragarse el mundo la que hacía de la madre poco más que un fantasma y del hijo un hombre siempre en guardia para no ser devorado por ese Saturno. Era el aire que giraba alrededor del egoísmo ciclónico de mi madre el que entorpecía la comunión entre mis hermanos, mi padre y yo.

* * *

La voz de Josefina llamando mi nombre me trae de vuelta al jardín y al boldo majestuoso que tengo frente a mí. Me hace señas desde la terraza. Sostiene un paquete con ambas manos. Una torta, qué más puede ser. Subo hacia la casa por el sendero ancho y cuando ya estoy cerca, vacilo antes de ir hacia ella. Se ve contenta, celebra el jardín y el día soleado como si viniera a pasar un fin de semana de descanso. ¿Es posible que entre ayer y hoy haya comprendido que lo único razonable es hacerme compañía y pasar un buen rato, sin pedir explicaciones?

–Sabes una cosa, Amelia –dice al darme un beso y entregarme la torta–, nunca voy a olvidar el verano que pasé aquí cuando ustedes se fueron a Nueva York –su mirada recorre los cerros y el mar–. Ezequiel debe echar de menos esta casa –se abraza a sí misma e inclina la cabeza, en busca de una pose que enfatice el tono nostálgico de su afirmación. Es imposible no pensar en mi madre y su teatralidad cada vez que se traía algo entre manos.

–Al final no le gustaba mucho venir. Prefería quedarse en

Santiago.

–No es verdad, Amelia. Acuérdate de cómo nos recibía, los asados que preparaba. Hasta prendía velas en las noches.

Me divierte y me desagrada su tenida marinera. Sobre unos pantalones azules se ha puesto una blusa a rayas azules y blancas. A veces puede ser un poco ridícula. Desde niña demostró una tendencia a sobreinterpretar lo que es apropiado, llevándolo a extremos como el que ahora alcanza con ese disfraz.

–Decía que aquí se sentía encerrado.

–Te vas a quedar tú con la casa, entonces.

–Josefina...

–Perdón.

Baja a dejar sus cosas al cuarto mientras yo me ocupo de poner la mesa. Es extraño. Ahora que está aquí no me violenta que haya venido. La detesto y la quiero a la vez. Es más, oírla moverse por la casa me ha traído un despunte de alegría insospechado. La abundancia de tiempo propio y la placentera rutina de este lugar tienen la soledad en la otra cara. Me molesta la parte de las explicaciones. Trataré de pasar rápido por ellas y disfrutar de su compañía. Somos tan distintas, cada día más, pero conservamos un espacio de familiaridad. Con Edmundo, el mayor, lo perdimos por completo. Nunca nos hemos llevado bien. En varias ocasiones he estado por pedirle que no volvamos a vernos, pero todavía no me armo de valor. Las mezclas de genes resultan a veces desconcertantes: Edmundo y yo somos llamativamente parecidos, a cualquiera que se cruza con él le basta una mirada para saber que es mi hermano. Compartimos las pecas en la piel y los ojos entristecidos. Cuando adolescentes competíamos frente al espejo para ver quién los tenía más verdes. Nos hermanan, además, la nariz y la boca pequeñas, "de musaraña", decía la mamá, en un rostro ancho, de líneas definidas. Hasta en los gestos y el pelo negro nos asemejamos. En cambio nuestras personalidades son por completo diferentes. Él es desconfiado, esconde sus emociones como si fueran flaquezas de carácter. Cada vez que tiene que hablar con una de nosotras se trata de un acto premeditado, un estímulo en busca de una reacción particular. Hay que desentrañar primero cuál es su objetivo para no caer en su manipulación. Es la estrategia que forjó para combatir a nuestra madre, una especie de conducta refleja que en vez de apelar a los sentimientos, apela a la razón. Con Josefina jamás me ha sucedido algo semejante. Ella dice lo que piensa y se la puede tomar como se presenta, sin ningún plan oculto, sin imposturas. Es la versión benigna de mi madre. Su egocentrismo no llega a ser peligroso.

La tengo junto a mí mientras almorzamos. Me reconforta contemplar su rostro sin ángulos y su pelo rubio de grandes bucles. Incluso sus manos pálidas, afeadas por una repugnante tintura de uñas color sangre, son una visión tranquilizadora. La primera mitad del almuerzo es una larga introducción. A pesar de ser ella la interesada en obtener una historia de mí, se solaza en los detalles de los últimos acontecimientos de su vida. En la Clínica Alemana, donde a veces trabaja como arsenalera, le han exigido a un ginecólogo que renuncie a causa de su alcoholismo. Después me cuenta del doctor Píriz y su costumbre de operar en calzoncillos debajo del delantal. La escucho sin mayor interés hasta que llega al tema que más le preocupa. Su marido acaba de dejar la oficina de abogados en que trabajó durante casi veinte años para irse como socio a una de menor prestigio. Para justificarlo, dice:

–Habría tenido que esperar el santo advenimiento para que lo hicieran socio de su oficina. Muchos de sus clientes se fueron con él. No los más grandes, claro, pero sí los emergentes.

No se detiene en el caldillo de congrio ni en la lechuga recién cortada. Demuestra que le gusta lo que come porque las palabras deben esperar de tanto en tanto para dar paso a un "mmm...". Tengo la impresión de que repara en que ha hablado sin pausa.

Pero sigue adelante, ahora con su lucha para bajar de peso. Es su manera de excusarse cuando se apresta a engullir un trozo de torta. El gesto goloso de su boca me hace notar de un golpe de vista las facciones orondas, los brazos redondeados, sus ojos grandes como henchidos de agua.

–¿Has hablado con Ezequiel? –pregunta por fin.

Uno de sus atributos, cuando deja de hablar de sí misma, es poner el rostro en descanso e irradiar un profundo estado de atención.

–Una vez para Navidad y otra para Año Nuevo.

Hunde la barbilla en el cuenco de su mano y se queda mirándome, quieta. Es un gesto que reconozco, casi puedo oír a mi madre cuando le pedía que sacara los codos de la mesa. Se trata de una declaración de espera, como un público que se acalla. Pero no digo nada. Creo que es innecesario hablar cuando los hechos son tan enfáticos. Pero su mirada cariñosa, en medio de esas pestañas saturadas de rímel, me ablanda.

–No me pidas que te lo explique, Josefina, es muy confuso y a la vez muy simple. Se acabó, eso es todo.

–Siempre pensé que debían tener hijos.

–No tiene nada que ver con los hijos. Ni siquiera en los mejores momentos pensamos tenerlos.

–Sí, pero...

–Nos gustaba nuestra vida como era. Con hijos, no habríamos hecho todos esos viajes a Europa y a México, ni tampoco habríamos podido vivir en Estados Unidos. Y lo más seguro es que a ninguno de los dos nos hubiera ido tan bien.

Y mientras avanzo en la respuesta que ya me sé de memoria de tanto darla, me pregunto si Josefina no tendrá razón, si uno o dos hijos no habrían relegado nuestra infelicidad sexual a un segundo plano. ¿Acaso ser madre hubiera sido suficiente compensación? No creo, al menos no para mí: el sexo en una pareja me parece más importante que la maternidad. Es su eucaristía. Suena desnaturalizado, lo sé, pero pienso que solo es contracultural aquí en Chile, entre nosotros, donde a las mujeres aún se nos considera subordinadas a esposos e hijos. Ese es el motivo para no haberlo reconocido ante nadie más que Ezequiel.

–Al pensar en mis hijos se me pasan las ganas de separarme de Juan. Y te consta que muchas veces he querido echarlo de la casa.

–No te has separado porque no has querido. No eres de las que viven para la felicidad de sus hijos.

–Me he sacrificado bastante por ellos –y marcando una pausa, vuelve a la carga–: Está bien, no te separaste por tener o no tener hijos. Dime entonces por qué.

–¿Tengo que decírtelo?

–Amelia, te va a servir de desahogo. Que yo sepa, no has hablado con nadie, ni siquiera con Clarisa.

Clarisa Baldwin es mi mejor amiga, alguien que sabe gran parte de lo que ocurrió, incluso los episodios más sórdidos, y sin embargo nunca emitió un juicio, nunca me dijo lo que debía hacer. Fue mi confesora y ante las dudas me instó a elegir el placer y el riesgo, y no la resignación.

–¿Y cómo sabes que no he hablado con ella?

–Porque la llamé –dice ruborizándose–. Sí, la llamé, porque estaba preocupada.

–Ahí tienes a una buena amiga. Estoy segura de que te contestó que lo único que sabía era que nos habíamos separado –Clarisa es, además, un carácter raro en un país de chismosos, nada menos que una mujer discreta–. Apuesto a que trataste de sonsacarle si lo de Bernardo Otero era verdad.

–¿Y es verdad?

–Tengo la impresión de que, diga lo que diga, no habrá manera de quitarte esa historia de la cabeza.

Llevo los platos sucios a la cocina. Ella se queda sentada un momento para luego ir hasta el lavaplatos y echar a correr el agua.

–Deja eso ahí. Yo voy a lavar más tarde –digo.

–Nada, yo lavo. ¿Tienes chocolates?

–Tengo.

Cuando regreso, se echa uno a la boca con tal ansiedad que saca risa de mi enojo.

–De este vicio no voy a separarme jamás... ¿Qué, entonces? –pregunta, todavía con la boca llena–. ¿Pasó algo en Nueva York?

Hace un año y medio, Ezequiel y yo regresamos a Chile luego de pasar diez meses en Nueva York. A él le ofrecieron una residencia en el Departamento de Literatura Española de la New York University, gracias a los buenos oficios de un autor chileno que hizo clases allá. Ezequiel admiraba su trabajo y el escritor dio con la manera de mostrarse agradecido. Cuando me lo propuso, acepté sin dudarlo. Un cambio nos haría bien. Estaba segura de que el hecho de estar él y yo solos en otro país nos devolvería nuestra intimidad, nuestra complicidad y, sobre todo, las bendiciones del sexo. Y de paso podría asistir a las clases de mi paisajista preferido, John Lytton, en su instituto de Long Island.

–Te voy a contar... para que no me sigas interrogando.

Ante la necesidad de mentir, prefiero dar una versión de los hechos que sea incompleta y no falsa.

–Hace años que no pasaba nada en la cama –digo, e inmediatamente Josefina enarca las cejas.

–¿Tu culpa o su culpa? –la rapidez con que hace la pregunta me toma por sorpresa, como si las posibilidades no fueran más que dos, una solución maniquea para una mente que no tiene tiempo que perder. O como si sospechara o ya estuviera enterada de que esa era la causa.

–De ambos.

–No tienes por qué contarme los detalles –levanta una mano, fingiendo pudor. Y aun así desenvaina la más afilada de las preguntas–: ¿No pensaron en el viagra? Porque tú no eres frígida.

Al poco tiempo de la muerte de mis padres, sufrí una depresión breve. Sin que llegara a postrarme, me obligó a rechazar nuevos encargos de jardines y a pasar la mayor parte del día en la casa. Ezequiel me acompañó durante esos meses sin pedir nada para él, dispuesto a soportar mi mal carácter, mi desaliento, mi desidia, sin nunca resentirse por el abandono emocional a que lo sometí. En los momentos de lucidez, yo daba gracias por tener como marido a un hombre tan dedicado. Me subrogaba en las minucias de la vida que de pronto habían pasado a ser oscuras amenazas, ya fuera un simple problema con mi línea de crédito o una discusión familiar intrascendente a propósito de la herencia. Llegó a pelearse con mi hermano para impedirle que me abrumara con firmas de poderes y escrituras, forzándolo a esperar mi mejoría para continuar con los trámites de la posesión efectiva. No hubo un instante en que mi tristeza no encontrara consuelo en su ternura. La seguridad de contar con él en los peores momentos, la tranquilizadora convicción de poder morir con menos miedo por tenerlo a mi lado, me dieron la confianza para hablar de lo que nos sucedía cuando ya me sentí mejor. Se molestó cuando me oyó decir por primera vez "eyaculación precoz", mucho más cuando dije "impotencia". Me preocupé de usar esa forma impersonal para no abofetearlo con un "impotente". Hasta nuestro cuarto año de matrimonio no había tenido importancia. Más allá de lo rápido que acabara, Ezequiel siempre tenía ganas de acostarse conmigo y conservaba la erección el tiempo suficiente para que yo continuara moviéndome hasta lograr el orgasmo. Pero más adelante comenzó a perderla apenas acababa y después ya se le hizo difícil tan solo alcanzarla. No me habría preocupado si él hubiera permanecido cercano a mí físicamente. Habríamos descubierto otras maneras de satisfacernos. Pero sin que Ezequiel tuviera conciencia de ello, la acumulación de intentos frustrados terminó por minar su interés en el sexo y sus acercamientos se hicieron cada vez menos frecuentes.

En esos años el viagra recién se hacía conocido en Chile. Había leído una nota en alguna revista, pero no era un tema del que se hablara abiertamente, como ahora. Para no quedar en evidencia con los dependientes de la farmacia del barrio, fui a una lejos de nuestra casa, a preguntar si lo tenían. La vendedora no me pidió la receta supuestamente obligatoria ni tampoco pareció notar mi inquietud. Su única instrucción fue que "él" debía tomar una dosis media hora antes. Escondí la caja entre mis cremas y la idea se mantuvo alerta en mi conciencia. Recuerdo polillas volando en torno a un farol y nuestros brazos desnudos, una noche de verano en Santiago, a finales del 2001. Regresábamos de una cena con amigos. Ezequiel se hallaba de particular buen humor por las risas que había cosechado con el relato del almuerzo en casa de uno de mis clientes: un tipo rico, fantoche e ignorante que a la hora del café había puesto la Novena Sinfonía de Beethoven. Valiéndome del buen rato que acabábamos de pasar, le confesé que había comprado la dichosa pastilla azul. Es difícil describir cómo una sonrisa franca y bien dispuesta se impregnó de cinismo y displicencia, sin desdibujarse. Tal vez lo que varió fue su mirada, pero no la recuerdo. Solo veo su sonrisa, hendiendo la oscuridad e hiriéndome con calma. Luego se burló de mí. Dijo no necesitar ayuda para tener una erección, como si repitiera una frase ancestral sin pensar, como si no tuviera conciencia de lo que habíamos vivido en los últimos años. No era verdad, dije negando con la cabeza, apenada. Detuvo la camioneta Chevrolet que yo había comprado para mi trabajo en una calle apacible del barrio Pedro de Valdivia Norte, a los pies del cerro San Cristóbal. Permaneció en silencio, sin desarmar las amenazas de su expresión. Al cabo, dijo: "No creí que te importara tanto el sexo". Cada vez que me viene a la memoria esa frase injusta, me saca de quicio. Pese a que había prometido callármelo, le reproché no haber tenido un orgasmo con él en tres años. La sonrisa desapareció y la boca, que daba la impresión de moverse en busca de un argumento, se detuvo en esa curva interrogante, la misma de nuestra última noche juntos. Como si los dos episodios se correspondieran de un modo físico, casi ontológico, inicio y final de un proceso que, visto desde el presente, era inexorable.

Prometió pensarlo, pero dejó escapar el tiempo, hasta que llegó esa noche de junio del 2002, la primera del gran temporal. Desde niña los aguaceros me han puesto en un particular estado de ánimo: inquieta, ansiosa, expectante. Me exalta sentirme protegida en medio de la tormenta. Es la perversión de la seguridad, el desastre que no me toca. El agua caía con una fuerza inusitada para estas latitudes de clima habitualmente bondadoso. No sabíamos que al amanecer los ríos desbordarían sus cauces y reconquistarían los cursos que las ciudades y los campos de cultivo les habían arrebatado. El país se convirtió en un lodazal, asaltado por las riadas que bajaban de la cordillera. Nosotros tuvimos suerte. El centro debió de ser uno de los pocos barrios de Santiago donde el sistema de evacuación fue capaz de absorber las aguas que corrían pendiente abajo. Al otro lado de la calle, el cerro Santa Lucía había desaparecido en la densa noche. Estábamos sentados a la mesa, con poca luz, en silencio, escuchando la lluvia. Detrás de Ezequiel, prendidas a la pared, dos grandes marionetas de sombra balinesas se hallaban detenidas en medio de una contorsión, como si no pudieran salir de su asombro por lo que ocurría en las calles o estuvieran en vilo por lo que iba a suceder en el interior.

A medida que comíamos, fuimos dejando atrás la estupefacción y nos concentramos en el día de cada uno. Ezequiel no es una persona de gran apetito, pero como fue criado entre las artes culinarias de su madre, le gusta la buena mesa. Yo aprendí a cocinar sus platos preferidos. No recuerdo qué comimos esa noche. Cuando llovía le gustaban los huevos chimbos de postre. Esa media hora, que en otras circunstancias me hubiera pasado inadvertida, transcurrió como una lenta y exasperante liturgia, con mi creciente desasosiego expandiendo el tiempo. Me debatía entre pedirle que tomara viagra o dejarlo para otra ocasión. Si Ezequiel hubiera tenido que entregar una nota a la mañana siguiente, me habría refrenado, pero ningún espectro de palabras estaba al acecho. Todavía trabajaba en la sección de cultura del diario, donde había ingresado apenas se recibió de periodista, pero ya casi se dedicaba exclusivamente a reseñar libros y cubrir noticias literarias. Animada por el convencimiento de no poder esperar más, mientras preparaba el café en la cocina, puse la tableta azul de forma triangular en el platillo de su taza.

Su reacción fue tomarla entre dos dedos y estudiarla. Profirió alguna broma consabida. Le aclaré que era un asunto serio. Entonces se la echó a la boca y se la tragó con un sorbo de café: "¿Suficientemente serio para ti?". Cuántas expectativas, cuánto peso había puesto yo sobre esa noche. Iniciaríamos una nueva etapa de nuestro matrimonio. Haríamos el amor dos, tres veces por semana, podría caminar por la calle con esa agradable sensación de que el cuerpo me pertenece, que a través de él corren ideas tan complejas como las que alberga la mente, que nada es tan apremiante ni tan necesario, que puedo enfrentar los problemas y las pérdidas con entereza. De ese día en adelante podría sentir a Ezequiel dentro de mí, nuestra unión no sería más una idea o un recuerdo, yo dejaría de añorar un pasado mejor. Y quien llamó al orgasmo "la pequeña muerte" estaba en la razón, porque en mí tiene el efecto de una vacuna, una pequeña dosis de vértigo contra el miedo a la muerte definitiva. He llegado incluso a creer que el accidente de mis padres fue el responsable de que yo no aceptara más postergaciones.

Afuera llovía como nunca antes. Lo tocaba, lo besaba, sin miedo a mostrar mi deseo. Pero nuestros ánimos no se habían sincronizado. Ezequiel estaba más atento a la experimentación que a la alegría de acostarnos en toda regla por primera vez en mucho tiempo. Parecía considerar innecesarios los besos y las caricias. Y yo quería sentirme deseada, no servida. Me tomó por las caderas y me penetró. Lo hizo con el cuidado de siempre. Eran tantos meses de abstinencia, que comencé a gozar prácticamente de inmediato. Lo amaba tanto, lo deseaba tanto, quería que esa noche tomara las tres pastillas de la caja para que nos desquitáramos de esos años de privaciones. Hasta que de pronto perdió la erección y no pudo volver a entrar. Se echó hacia un lado, se tapó la cara con un antebrazo y lanzó un resoplido. Yo no podía creer que su cuerpo se separara de mí. Tenía que recuperarlo, ahuyentar los miedos de su cabeza. Me giré hacia él y traté de chupárselo. No pensé en lo que hacía. Me espantaba el vacío que se había abierto a mi alrededor. Me apartó y se levantó de la cama. "¡Es demasiado premeditado!", exclamó paseándose delante de mí. Con esa ansiedad, lo único que lograría sería quitarle las ganas. Le rogué que se calmara, teníamos que hablar. Necesitaba que volviera a cubrir con su cuerpo mi desnudez. Pero se puso los calzoncillos y se marchó a su escritorio. En ese instante, de un modo inconsciente pero categórico, decidí que buscaría mi satisfacción donde la encontrara; y no me sentiría culpable por ello.

Por la mañana la ciudad se había paralizado. En la televisión sugerían quedarse en casa y por ningún motivo salir en auto. Movidos por la curiosidad, caminamos hasta el puente de Loreto que cruza el río Mapocho, a cuatro cuadras largas de nuestro edificio. Llovía sin viento, así que nos bastábamos con nuestros paraguas, parkas y botas. Vimos pasar el agua barrosa, entrelazándose vertiginosamente bajo nuestros pies. Llevaba muebles, árboles, hasta un auto a medio sumergir. Como una vida, pasaba. Y ya de regreso en el departamento todavía era posible oír el lejano fragor de la corriente.

* * *

Josefina espera mi respuesta mientras sorbe una infusión de menta. Se nota satisfecha, cree haber dado con una pista importante al preguntar por el viagra. Por el esfuerzo que debió de significar para ella salir de su rutina adorada y venir hasta acá, quiere encontrar lo antes posible una explicación que le resulte coherente y cabal.

–Lo intentamos y no funcionó –digo no sin cierta vileza.

–¿Tan grave es el problema?

–No sé... No sé... Quizás simplemente dejó de desearme.

–Yo soy testigo de cómo te miraba y te abrazaba. Siempre preocupado de cómo te sentías, de si querías quedarte o partir. Estaba enamorado de ti, ¿por qué no iba a... desearte?

–No sé, Josefina, ya dejé de preguntármelo. No puedo solucionar un problema que no sé cuál es.

–Pero lo habrán hablado entre ustedes...

–No tengo mucho más que contarte. Hablamos, sí, hasta fuimos a una terapia.

–¿Y él dijo que no te deseaba?

–No es eso. Por favor, no me preguntes más. Ya te conté lo que pasó. El resto son cosas íntimas que no tienes por qué saber. ¿Por qué mejor no vas a dormir una siesta?

–Soy tu hermana, no se te olvide.

–Y mi hermana debería estar preocupada de cuidarme, no de interrogarme.

–Cómo te voy a cuidar sin que me cuentes nada.

–Es todo lo que te voy a contar.

No se va a dormir sin antes hacer un resumen de la cena de anoche en casa de unos amigos. Un cúmulo de trivialidades que me confirman su apego a un solo plano de la realidad, sobre el que le resulta fácil orientarse. Y como Ezequiel y yo abandonamos esa simple cartografía, nunca podrá imaginar hasta dónde descendimos en busca de las fuentes del placer.

El solo hecho de hablar de Ezequiel lo ha traído hasta aquí. La mecedora de mimbre rescatada de un mercado de pulgas me recuerda su admiración por los arabescos del respaldo; las tenazas de la chimenea, su alegría cuando encendimos el fuego por primera vez; la alfombra kilim, su silencio y su sonrisa tan avergonzada como orgullosa mientras me veía regatear. Con cuánto entusiasmo les mostraba la casa a los amigos. Aunque la mayoría de las cosas las escogí yo, cada una de ellas pasó ante sus ojos y quedó marcada por su aprobación. De pronto, este lugar que siento mío parece impregnado de su espíritu, como un templo construido para él. Salgo a la terraza y sucede lo mismo con el jardín. Él nunca intervino en este reino vegetal donde yo era soberana, pero en nuestros paseos su mirada era tanto o más importante que mi propio goce. Me hacía feliz cuando salía de su silencio para decir: "Mira cómo ha crecido este peumo", o cuando resquebrajaba las hojas de los molles con sus manos para aspirar su aroma cítrico, o cuando se tendía a leer al sol en esta terraza y se bañaba en la piscina tres o cuatro veces en una tarde. Ahora contemplo los cerros y la pendiente, sigo la línea globosa de la quebrada y todo parece estar ante su vista. Cuánto desearía que estuviera ahora junto a mí, y me hiciera ver que el sol tendido les da volumen a los árboles. Su disposición no consistía solo en palabras, era una capacidad de gozar de cuanto había a su alrededor. ¿Por qué no gozaba de mí, entonces? ¿De los cambios de mi cuerpo, de las luces y sombras que podían transfigurarlo? Puede que le gustara apreciar los objetos, los libros, los árboles, a la gente incluso, pero no mancharse con ellos. Así fue con esta casa, que tanto alabó pero en la que nunca intervino, y con este jardín, que disfrutó como si hubiera nacido para tener un gran parque, pero del que jamás se ocupó.

Terminada la construcción, a principios del 2004, comenzamos a pasar aquí casi todos los fines de semana. Coincidió con su ascenso a crítico semanal. En el paso desde las simples reseñas –pequeños párrafos descriptivos con una o dos pinceladas del tema de la novela y a lo más una frase de opinión– a los artículos de mayor envergadura, y pese al propósito del diario de darles la categoría de crítica literaria, Ezequiel insistió en llamarse, dentro de sus mismos comentarios, "reseñador", quizás con la intención de conservar para él la idea de estar realizando un trabajo impresionista y subjetivo, más que una crítica fundada en el ejercicio consciente de la sensibilidad, el análisis literario y el razonamiento. En varias ocasiones me dijo que le faltaban lecturas y estudios formales para tener un campo de comparación de mayor amplitud, más allá del gusto personal o un cúmulo de conocimientos parciales, limitados a su propia experiencia humana y literaria, que en ningún caso alcanzaba alturas que ofrecieran amplias perspectivas. Creía, en el fondo, adolecer de una conciencia estrecha.

Cuando publicó su primera reseña en el cuerpo de Cultura, a media página, con su fotografía y en un formato especial, la leí en voz alta mientras tomábamos desayuno. Había escogido uno de sus autores favoritos, Arthur Schnitzler, y comentaba una nueva edición de *El regreso de Casanova*. Ese día invité a almorzar a dos parejas que formaban parte de nuestro "grupo" de amigos y que habían venido a pasar el fin de semana a Maitencillo. Ezequiel estuvo callado, pero sus ojos brillaban de gusto. Fue tal mi entusiasmo que leí el libro a la semana siguiente. Tal como estaba descrito, Casanova era una especie de némesis de Ezequiel, un hombre voraz sexualmente que a su avanzada edad seducía a la doncella de la casa donde lo habían acogido, tal como lo habría hecho Gabriel Barros.

De ahí en adelante, cada domingo Ezequiel se levantó temprano para bajar a Maitencillo a comprar el pan y los diarios. Mientras tomaba un té, leía y releía lo que había escrito, y yo era capaz de percibir el sufrimiento, las contradicciones que chocaban dentro de su cabeza. Le preocupaba sobremanera detectar si había incurrido en un error de sintaxis o una falta de ritmo; pero aun más le afligía –y esto me lo confesó en una sola ocasión, en la cama, al secreto de las sábanas– constatar que sus opiniones no eran tan resueltas como aparentaban ser. Nacían de una experiencia placentera o desagradable al leer el libro, pero al transformar estas emociones en argumentos literarios, por lo general creía estar inventándolos. En esto se fundaba, además, el temor a escribir sus propias historias. Volcar los motivos de los personajes en diálogos, imágenes, pensamientos, atmósferas, era para él algo inabordable. Se hallaban siempre en un "estado", imposible de convertir en palabras, o de volverlo dinámico a través de la acción. Y aunque la ironía y el sarcasmo le resultaban naturales, en esos largos domingos de neblina, si su crítica había sido negativa, se sentía triste y acarreaba un peso culposo. En cambio, cuando era positiva, lo envolvía una especie de mansedumbre. Creo que veía en la derrota de otros escritores su propia derrota, la incapacidad de librarse de ese crítico despiadado que es su padre. Con los años se hizo menos evidente esta variación en su estado de ánimo, como si se hubiera acostumbrado a ser odiado o querido, alabado o maldecido. Y la soberbia que lo abrasó en el último tiempo, cuando se sentía ya en dominio de su oficio y solía demostrar, con su encono destructivo, verdadero odio hacia algunos autores, sobre todo si eran chilenos, fue un atentado contra sí mismo. Había perdido la esperanza de vivir sin un juicio pendiendo sobre él.

* * *

Mi hermana y yo tenemos una copa de vino al alcance de la mano, sobre el ancho apoyabrazos de las butacas. Acabamos de cenar. Parecemos dos mujeres tristes en estos sitiales rústicos, hechos de listones de madera. La presencia de Ezequiel no se ha diluido del todo. Desearía tenerlo sentado frente a mí, sentirme de nuevo protegida de los elementos en un rincón acogedor. Recuerdo las largas noches de lectura que pasábamos bajo estas lámparas de pie alto con pantallas de latón pintado. El resto del living permanecía en penumbras. Él se encargaba del fuego y, antes que música, prefería escuchar el galope apagado de las llamas; quería experimentar la sensación de que estábamos verdaderamente solos.

–¿Y los amantes? Porque supongo que los tuviste –dice Josefina.

–...

Me cuesta trabajo regresar al presente. Hemos apagado las luces de lectura y apenas veo el rostro de mi hermana iluminado por el fuego. El resplandor acusa pliegues y carnosidades que la hacen verse mayor que sus cuarenta y dos años. Seguro que tiene el mismo efecto sobre mí. Lo tendría sobre el rostro de cualquier adulto. Tan solo un niño hipnotizado por el fuego puede conservar su fantástica lozanía. A los mayores, en cambio, esa luz temblorosa nos recuerda el paso de los siglos, nos hace viejos, y ahora me gustaría creer que más sabios.

–Tienes que hablarme de Otero, o de García, o de quien quieras... Te separas cuando tienes a otro. Si no, no vale la pena.

–Cómo te gustaría oír que Otero fue mi amante. ¿Por qué te haría tan feliz?

–No te hagas la desentendida, Amelia. Sabes que el tipo es atractivo, se separó hace poco, ustedes trabajaron juntos. No hay que ser malpensada para sospechar.

Nos presentó un conocido en común, Jorge Miquel, arquitecto ya mayor, prestigioso y siempre rebosante de proyectos. Le gustaba trabajar con gente joven y de talento, como él mismo nos llamó. Colaboraríamos los tres en el diseño del nuevo club para ex alumnos de un colegio inglés. Bernardo y él se encargarían de la construcción del club house, piscinas, canchas, gimnasio, camarines y otras edificaciones de servicio. La idea era que el club estuviera inmerso en un parque y necesitaban desde el inicio una paisajista con conocimientos arquitectónicos. A esas alturas, marzo del 2004, yo había diseñado varios jardines de envergadura. Todavía no estaba considerada entre los paisajistas de primera línea, pero me había hecho de una reputación y tenía suficiente trabajo como para poder seleccionar mis proyectos. La mayor parte de las veces desechaba aquellos que suponían tratar con personas mezquinas, de las que quieren tener las mismas plantas del vecino, o que en la primera reunión se presentan con un plano propio y, además, mal concebido. Gente que piensa que un paisajista no tiene otra función que tender el riego y poner una planta junto a la otra.

Bernardo Otero no resultaba ser una persona desconocida para mí. Se podría decir que era el arquitecto más admirado y envidiado de mi generación, un personaje que trascendía los circuitos habituales de su oficio. Varias de sus obras habían sido publicadas en revistas extranjeras, recibía encargos de Uruguay, Argentina y Brasil, y –lo que más asombro y envidia había provocado– la editorial española consagratoria en arquitectura, Gustavo Gili, GG, había incluido en su catálogo una monografía de su trabajo. Ni siquiera Miquel, pope del "gran arte" en nuestro país, había recibido un honor similar. Aquí radica la mísera esencia del deseo de Josefina, la causa de la expectación de mis cuñadas. De ser él y yo los mutuos causantes del fin de nuestros matrimonios, ellas podrían convertirse en los heraldos de un escándalo suculento.

Nos reunimos la primera vez en la oficina de Miquel, un piso alto de planta libre, que se diferenciaba de una oficina cualquiera nada más que por las mesas de dibujo. Admito que la perspectiva de conocer a Otero y tener la oportunidad de trabajar con él me había inoculado una dosis de vanidad. Cuando alguien me preguntaba cómo iba mi trabajo, me era difícil no mencionar su nombre. Si en las fotos de prensa su actitud era de una ostensible gravedad, en la oficina de Miquel me recibió sonriendo, como si volviera a ver a alguien querido después de mucho tiempo. Ese hombre que agita la imaginación de los idólatras y el deseo de los arribistas tenía una frente protuberante, convexa, los arcos de las cejas ensombreciendo su mirada. La piel coriácea y la perfecta hilera de dientes, exhibida en plenitud, compensaban el rostro y lo hacían menos antipático; incluso sus mejillas llenas le daban un aire de payaso. Después llegaría a decirle "payaso", cariñosamente. La desenvoltura con que me dio un beso en la mejilla y me invitó a sentarme fue también una sorpresa. El dueño de casa no había llegado aún. Otero hizo un repaso de las referencias que tenía de mí. Había visto lo publicado en la prensa y conocía dos de mis jardines. Le gustaba el uso "orgánico" que hacía yo del concreto, mi especial preocupación por los pavimentos, la sencillez de la idea y la voluptuosidad del resultado, la capacidad de integrar el jardín al paisaje circundante –si lo había–, el uso de plantas y árboles nativos. Él había sido quien me había recomendado para el proyecto. Por fin, y sin renunciar a esa sonrisa desmesurada, afirmó que los jardines que había visto eran sobre todo originales. Recuerdo en detalle este retrato exaltado que hizo de mi trabajo, porque muchas veces, al verme frente a un terreno sin que se presentara ninguna idea, he recurrido a él para inspirarme. Ante tal profusión de elogios no fui capaz de corresponderle con los que traía secretamente preparados. Solo logré expresarle un escueto agradecimiento y me declaré feliz de trabajar con él. Nada tenía ese hombre del personaje taciturno que me había aprestado a encontrar. Estaba lleno de una vitalidad que en algunas ocasiones me llegó a parecer malsana: no podía mantener ese entusiasmo dieciséis horas al día, llevar tantos proyectos al mismo tiempo, hacer clases en la universidad, y tener una señora y dos hijos, sin perder el juicio. Bueno, ya estaba algo trastornado. Su imaginación tomaba altura y luego se lanzaba en picada, tanto que Miquel y yo tendíamos a agachar la cabeza para no vernos decapitados por sus ideas. La cantidad de asociaciones que hacía por minuto provocaba una especie de inhibición en el pensamiento del otro.

Una tarde de marzo, polvorienta y calurosa, mientras visitábamos los terrenos donde se construiría el club –unos potreros de pendiente suave en los faldeos cordilleranos de Peñalolén, con una espléndida vista de Santiago–, le pregunté por qué salía en las fotos de los diarios como un futuro viejo gruñón, con cara de sabio imprecador, si era poco menos que un optimista al borde de la demencia. Hablaba de diseñar un comedor volado sobre una gran laguna habitada por plantas acuáticas, donde las ventanas se tragarían en las paredes para transformar el espacio en una enorme y fresca veranda. Prefería que le tuvieran miedo, dijo, a que lo creyeran cándido, porque a los cándidos no los respetaba nadie. Le confesé que me producía muchísimo más miedo su imaginación que un ceño fruncido. Se rió con ganas. Se reía a propósito de cualquier broma que yo hiciera. Y en ocasiones era a mí a quien le entraban ganas de reír al verlo tan absorto, escuchando lo que le decía. Y si percibía que yo estaba a punto de perder el hilo, salía de su contemplación para defender cada una de las ideas que yo acababa de exponer, adornándolas con los términos que remueven el alma de los arquitectos.

* * *

Debo darle a mi hermana una prueba que diluya sus sospechas, de otro modo no habrá forma de sacarle la idea de la cabeza.

–No veo a Otero desde que terminamos el proyecto del club de Peñalolén, antes de irme a Estados Unidos. Principios del 2005. ¿Cómo voy a tenerlo de amante si no lo he visto en tres años? Para que lo entiendas bien: empecé a salir con Roque dos semanas después de mi separación. Si quieres colgarme un amante, tendría que ser él y no Otero.

–¿Lo conociste aquí?

Por un segundo temo que haya descubierto la mentira, pero su voz revela más sorpresa que ironía.

–No, lo conocía de antes. Pero aquí... bueno...

–Ya, ya... sin detalles. ¿Y cómo es el tal Roque? ¿Qué hace?

–Es productor audiovisual.

–No sabría decir qué hace un productor audiovisual.

–Por Dios, Josefina, no es tan difícil. Produce publicidad, películas, documentales...

–¿Es guapo?

–A mí me parece atractivo, pero no es el tipo de hombre que tú considerarías guapo.

–¿Y te separaste por él?

–¡Qué mujer más insistente!

Saco un leño del canasto de mimbre y lo lanzo al fuego. Unas cuantas chispas saltan al kilim. Josefina se pone de pie y me ayuda a apartarlas hacia el piso de piedra. Nos miramos, ella no da señas de claudicar. Pero me ve tan decidida que me perfora los oídos con la hipócrita frase del familiar compasivo:

–Lo importante es que tú estés bien.

–Me separé, Josefina, ¿no te das cuenta? –protesto indignada por la condescendencia–. ¿O crees que uno se separa porque tiene un problema pasajero? ¿O porque tiene un amante? Te separas después de intentarlo todo, cuando ya no puedes seguir –la veo borrosa, a través de unas lágrimas inesperadas–. Y no lo estoy diciendo solo por mí, lo digo también por Ezequiel. Hicimos lo que nadie podría imaginar para seguir juntos, pero al final no aguantamos más.

Me detengo a recuperar el aire, la calma. Y en un tono menos agresivo aclaro:

–No estábamos aburridos, no estábamos desilusionados, ni él ni yo habíamos cambiado de un modo que nos hiciera imposible convivir. Sencillamente no pudimos superar la frustración.

Aprieto los dientes para oírla preguntar "¿qué frustración?", pero vuelve apesadumbrada a su butaca y se acaba el poco vino que le queda en la copa. La línea de sus hombros se encorva, tiene la mirada puesta en sus piernas, los brazos caídos. Podría pensarse que está dormida o quizás desesperada. Regreso a mi sitio y la observo. ¿Habrá comprendido que debe preocuparse de mí, y no de las circunstancias de mi separación? Se ve tan abatida que llego a creer que su primera palabra será "perdóname" y luego vendrá a abrazarme y dirá que me quiere, que cuidará de mí hasta que esté bien, que le gustaría conocer a Roque.

–No entiendo por qué sigo con mi marido –dice en cambio.

Es casi imposible que una persona, aun enfrentada al más vivo dolor ajeno, deje de pensar en sí misma. Sobre todo si ha tenido un modelo como nuestra madre.

–¿Tienes algún problema con Juan?

–Todavía quiere acostarse conmigo, pero yo perdí el interés. Casi siempre está borracho. Ya no me gusta, Amelia –levanta el rostro hacia el fuego–. Lo miro y me parece un pobre tipo que repite la misma historia de cuando tenía veinticinco años: hablar de su campo de niño, de quién es quién, de la importancia de sus relaciones para la oficina de abogados. Es pura forma, envoltorio: cómo se deben hacer las cosas, no con qué fin.

Parece que nada la detendrá. Necesita sentir que la compasión es para ella, no para mí.

–Se cree un abogado influyente –continúa–, que sabe cómo llevar adelante un negocio... ¡Y ni siquiera es capaz de redactar bien un contrato! En el estudio lo soportaban porque lo reclutaron recién salido de la universidad y le tenían cariño, pero la mujer de uno de los socios me dio a entender que se burlaban de él a sus espaldas. Y cómo no se iban a burlar de su fantochería, de su enorme capacidad para hablar y su total incapacidad para hacer, si hasta se dormía en las reuniones y llegaba borracho después de almorzar con los clientes –hace una pausa, y recurre a un tono de voz bajo, resonante, para decir–: Le pidieron que se fuera.

En la penumbra creo distinguir una expresión semejante al asco. Es la primera vez que se permite denostar a Juan en mi presencia.

–Le faltó el respeto a un cliente... después de unos tragos. Y como no era la primera vez, le dijeron que mejor se buscara otra oficina. No harían ningún escándalo, lo dejarían irse como si fuera idea suya, pero tenía que irse rápido.

–Pobre hombre.

Josefina se quitó la máscara, seguro que por efecto del vino. Y yo pasé de ser una mujer sospechosa a quien se ha liberado de un peso que ella todavía debe cargar. Una variación de las tantas veces que me preguntó por mi salud con el fin de justificar el morboso relato de sus propios padecimientos. No creo que tenga conciencia de lo que hace. La vida de los demás es para ella un punto de comparación, un lugar donde mirarse, como un Narciso condenado a la búsqueda perpetua de su laguna.

–No tengo pena, no tengo rabia. Ha puesto en riesgo la vida que llevamos –dice poniéndose de pie–. Lo vieras como está ahora, como si nada hubiera pasado, perorando de esto y lo de más allá mientras lee el diario. Y cuando salimos a comer con amigos, después del segundo trago ya sabe cómo se resuelven todos los problemas. Ahora vivimos con la mitad del dinero, y eso que estoy asistiendo el doble de operaciones. Yo tendré mis taras, pero nunca llegué a pensar que él pudiera ser tan imbécil.

–¿Y no te separas?

Si creyera en lo que dice, cabría una sola respuesta. Mi problema con Ezequiel suena insustancial en comparación con la estupidez de su marido.

–No me atrevo.

–A eso me refería. Te separas cuando por fin te atreves.

¡Cuánto me recuerda a mi madre! Más bien, debería decir a mi familia. Josefina es la representación de un orden familiar en el que cada uno ha estado siempre preocupado de sí mismo, y donde los demás no han tenido mayor importancia que la de un espejo. Ver al otro salir del azogue y adquirir vida propia significa una amenaza. Yo cambié, salí del espejo y fui a ponerlo en otro lugar, con otra luz y en otra inclinación. Es ahí donde mi hermana se mira, horrorizada por las protuberancias de su cuerpo que hasta hoy no había notado.

–¿Qué hago, Amelia? –pregunta en un ruego. Me dan ganas de abrazarla y al mismo tiempo me siento harta de su autoconmiseración.

–El problema es que cada una tiene que descubrir su propia manera de hacerlo.

–Yo no sé por dónde empezar. Él no sospecha nada, cree que soy la mujer más incondicional de la tierra. ¿Debería decirle lo que pienso?

–En realidad, no sé. Hablemos mañana, vamos a estar más despejadas. Con una separación es suficiente por hoy.

* * *

Como cada mañana, me paro frente al ventanal de mi dormitorio y recorro con la vista los árboles y los cerros. Es un día luminoso. El sol entra en el cuarto y calienta el piso de piedra bajo mis pies. Desde la cocina llega un ruido. Me echo una manta sobre los hombros y me calzo unas zapatillas. Subo las escaleras despacio, no quiero que las horas se desencadenen todavía. Pero la casa se ha llenado de actividad.

–¡Qué manera de dormir bien! –exclama Josefina ya vestida. Va y viene mientras prepara la mesa para el desayuno. No hay huellas de la conversación de anoche ni en su rostro ni en sus enérgicos desplazamientos.

–El silencio y el cambio de presión.

–Y la tranquilidad de haber hablado contigo –saca leche del refrigerador–. Estás mucho más entera de lo que imaginaba. Y yo me quité un peso de encima contándote lo de Juan.

–¿Y piensas separarte? –me extraña verla tan fresca y campante.

–No me hagas caso. Juan es un tonto, pero me quiere.

Son ya muchas las ocasiones en que Josefina ha dado por resuelto un problema con solo hablar de él. Como si la miseria en que afirmaba vivir hubiera sido un maleficio que bastó poner en palabras para conjurarlo. Porque no es un asunto de grados, no es que al sacarse el problema del pecho se vuelva más tolerable, sino que lisa y llanamente deja de existir hasta que el próximo avatar la obligue a encararlo una vez más.

–Siéntate, ya van a estar los huevos. Me encantaría quedarme una semana.

–Quédate –digo por cortesía.

–Nos vamos el martes de vacaciones. El hermano de Juan nos prestó la casa del lago Vichuquén por quince días. Mañana tengo que preparar todo. Y él para estas cosas es un inútil.

–Tú lo habrás acostumbrado así.

–Puede ser... ¿Y cómo fue que ustedes llegaron a no acostarse más? –pregunta, en una desagradable asociación de ideas.

–No sé... de a poco.

–Ya quisiera yo que a Juan se le pasaran las ganas.

–No sabes de lo que estás hablando.

–Pero, más o menos, ¿desde hace cuánto tiempo?

El primer episodio prolongado de impotencia ocurrió a fines del 2000. Llevábamos seis años casados; en los últimos dos la erección de Ezequiel se había convertido en una incógnita constante. Él tenía mucho trabajo. A las reseñas se había sumado una serie de artículos de balance anual y un festival de teatro. Lo intentamos dos o tres noches seguidas, sin éxito. Ezequiel se enfurruñaba y perdía el interés en abrazarme, besarme o llevarme al orgasmo de otra manera. Se volvía hacia su lado y se quedaba dormido. En un acuerdo tácito, como si fuera un hecho más de la vida, dejamos pasar la Navidad y el Año Nuevo, con la sobrecarga de trabajo como coartada. Pero el desmayo se prolongó hasta mediados de febrero y me vi de cara a la posibilidad de que ya no me deseara. Las certezas que brinda una vida en común se deshacen al contacto de ese disolvente implacable: si me hablaba, dudaba de su sinceridad; sus palabras ya no tenían un carácter espontáneo y me sonaban a discurso o pretexto. También advertí que Ezequiel había perdido parte de su equilibrio, al punto de reescribir artículos completos dos y hasta tres veces. Ya antes había pasado por épocas oscuras, donde nada parecía capaz de protegerlo de su propia mirada crítica, ni de quitarle de encima ese encarnizado juez imaginario que no tenía otra cara que la de su padre.

En Amolanas, una playa solitaria del norte adonde fuimos a acampar cuando salimos de vacaciones, su vigor sexual regresó. Persistieron los problemas de eyaculación precoz y la fugaz erección, pero desapareció la incertidumbre que había brotado entre nosotros. Regresamos a Santiago el 2 de marzo. El accidente de mis padres ocurrió seis días más tarde.

–Cuando murieron los papás ya teníamos problemas –le digo.

–Mmm... –parece meditar Josefina, mientras colma una tostada con huevos revueltos–. No es tan grave, llevaban seis años casados, a la mayoría de las parejas les pasa.

–Tuvimos problemas desde el principio –el argumento de "la mayoría" nunca ha tenido valor para mí–. Pero, bueno, cambiemos de tema, no quiero que hablemos más de esto.

–Como su majestad ordene.

* * *

Estoy de nuevo sola. Josefina se fue contenta, con un gran ramo de flores en las manos. Tengo la impresión de que ella, más que interrogarme, quería descansar de sí misma, de la vida que lleva con Juan. Las siestas sin hora de término y los paseos al sol resultaron sanadores. No va a separarse, al menos no mientras pueda conservar su arreglo cotidiano.

Un aguilucho ha convertido el jardín en parte de su territorio. Durante la construcción de la casa se mantuvo alejado, vigilante en la punta de unos pinos enormes. Podía distinguir su pecho blanco desde aquí, o bien lo veía sobrevolar el bosque de los cerros del norte. Lo he visto posarse en la cornisa más alta de la casa, desde donde observa su campo de cacería, atento al vuelo de los pájaros pequeños en dirección a un posible nido, y también a las carreras de los roedores que abundan en el matorral. Sus chillidos son una nueva compañía. Los últimos los lanza poco antes de ponerse el sol, cuando los árboles y las pendientes se iluminan con los sucesivos colores del crepúsculo. En estas observaciones de naturalista me paso el día y me brindan un regocijo olvidado. En Amolanas también merodeaba un aguilucho. Nuestra carpa y el toldo que servía de comedor eran los únicos elementos extraños a la playa solitaria. El auto había quedado a tres kilómetros de ahí, escondido entre unos arbustos. Para volver tendríamos que subir un empinado sendero hasta la meseta y recorrer esa distancia entre las dunas. Habíamos llegado dos días antes y estábamos tendidos al sol. Aún no nos habíamos tocado. Ezequiel salió del mar, escurrió el agua de su rostro, agitó sus crespos y se tendió junto a mí para besarme. No se detuvo hasta que hicimos el amor. Y si bien ocurrió con la rapidez de siempre y sin que yo tuviera un orgasmo, la tranquilidad de la playa se coló dentro de mí, como si hasta ese minuto hubiera continuado inmersa en el desazonante ajetreo de la ciudad. Y sentí que la arena y la sal me entraban por los poros, el derrumbe minucioso de las olas por los oídos, el cuerpo de Ezequiel por las manos, y desde lejos, mientras todo esto ocurría, me alcanzaba el chillido cómplice del aguilucho. Al anochecer dimos un paseo a lo largo de la franja de arena endurecida por el mar. Estaba invadida de conchitas y de piedras blanqueadas por el agua y el sol. Producía una sensación de inseguridad en la planta de los pies, como si de pronto un crustáceo monstruoso fuera a asomar sus pinzotas para morder la carne, blanda debido a la humedad. Cerca de las rocas, frente a nosotros, vimos agitarse una masa oscura. Era el aguilucho, un pájaro enorme respecto al que uno imaginaba cuando lo veía en lo alto. Intentó levantar vuelo con su presa entre las garras, pero el gaviotín se le hizo pesado. Nos lanzó una mirada furtiva con un ojo que brilló en la penumbra, dio un picotón más y se elevó. El gaviotín todavía piaba, pero tenía abiertas las entrañas y no era capaz de tenerse en pie. Ezequiel lo tomó entre las manos y lo llevó hasta el borde del agua. El mar se lo tragó con la próxima ola. Encontramos el cadáver a la tarde siguiente, pero ya solo quedaban la cabeza sin ojos y sin sesos, las alas, las patas y el esqueleto. Miramos arriba y vimos al aguilucho suspendido contra el cielo. Daba breves giros a gran velocidad, para que la brisa marina no lo moviera de su lugar. Esos días con sus mañanas nubladas y sus tardes blancas significaron el regreso de la fe, de la espontaneidad, de nuestras naturalezas en armonía. Sin embargo, persiste en la memoria ese ojo brillante, asustado y furibundo, como un vórtice capaz de tragarse de golpe el magnífico paisaje, con nosotros dentro.

SEGUNDA VISITA

La partida de Josefina me dejó apesadumbrada. No porque se haya ido: a fin de cuentas, deseaba estar sola nuevamente. Su visita me obligó a pensar de un modo más concreto en lo que perdí, no solo Ezequiel y su compañía, sino también un hábito de vida, un campo de seguridades, un punto de vista. Perder y perderse al mismo tiempo. Incluso mi relación con esta hermana, que se supondría intacta, ha empezado a cambiar. De una manera sutil, es cierto, pero a la vez definitiva. Sus preguntas no fueron sino intentos de unir a la Amelia que conoció con esa nueva persona que tomaba cuerpo frente a ella. No podría decir con exactitud cómo Josefina irá a cambiar para mí, pero al menos su comportamiento respecto de mi separación ha hecho evidente lo peor de su personalidad. Y no me ha sucedido únicamente con ella. La reacción de la mayoría de quienes me han llamado los ha teñido de cierta mentecatez, como si el suelo llano de la amistad se hubiera quebrado y ahora caminaran sobre los restos filosos. Me he vuelto sospechosa para los demás, sufro de inconstancia, he dejado de ser alguien de fiar. Y tienen razón, no soy la misma de antes. También para mí ellos están en tela de juicio mientras no sepa cuál será su mirada, y cómo serán juzgados por mi nuevo mirar. Es posible que Josefina no tenga cabida en los tiempos que vienen. No significa que vaya a dejar de quererla, ni tampoco a renegar de ella como hermana, pero mi vida va a cambiar, ahora me doy cuenta, de forma radical.

Desde el día en que llegué a Rungue, la tristeza viene y va a su amaño, sin preguntar si la ocasión es adecuada o si estoy con los pies firmes en la tierra. Esta tristeza no pierde su intensidad con el paso del tiempo. Fluctúa, se aligera por momentos hasta hacerme pensar que se ha extinguido, para luego caer sobre mí en una emboscada tan cruel como la primera. Es posible que con los años los episodios se hagan menos frecuentes, pero una y otra vez volverán a socavar cualquier seguridad que haya ganado. Lo sé por la muerte de mis padres. Cuando recuerdo el viaje a Jamaica para traer los cuerpos, los ataúdes idénticos alzándose hacia el depósito del avión, y lo que siguió hasta su entierro, recrudece el abatimiento de esos días. No fueron buenos padres, pero su manera de morir me golpeó como si los hubiera amado con desesperación. Miro el mar y rebusco dentro de mí la pesadumbre para aliviarla con un buen llanto. Sin embargo, me encuentro con una nube de sentimientos que vuelve ciego el presente, y el pasado lo convierte en un faro que ya no se ve.

La tristeza no tiene un antídoto, pero hay fórmulas para mitigarla. El paseo de la mañana, por ejemplo. En la parte alta de la ladera donde se sitúa esta casa cruza un sendero, que se adentra en una quebrada muchísimo más ancha y profunda que la mía.

En ella se reúnen varios cauces, formados para conducir los caudales repentinos del invierno, pero algunos, aun en pleno verano, traen hilos de agua nacidos de las vertientes. Los caballos que a veces pastan por ahí son hábiles para descubrirlas. Si siguiera los senderos abiertos por ellos en la espesura, dos o tres tendrían por destino un afloramiento. A medida que me interno en el bosque, se imponen los peumos y los molles, el aire comienza a refrescar y cualquier idea de civilización se torna remota. Antes de hacer el jardín, acostumbraba a venir aquí en busca de ideas para trabajar en mi pequeña quebrada. Hay un sitio especial poco antes de llegar al fin del sendero. Las zonas umbrosas con menor pendiente están pobladas por unos helechos conocidos como palitos negros. Sus pequeñas hojas de un verde llamativo, con la forma de una nube infantil, parecen flotar al mimetizarse sus tallos con la tierra en la media luz. Entre ellos sobresalen rocas con un viso ocre, invadidas de líquenes. Por encima de todo se alza un bosque de antiguos bellotos del norte, con sus troncos grises que crecen desnudos hasta alcanzar las altas copas. Solíamos venir aquí con Ezequiel. Nos tendíamos sobre una roca de superficie más o menos horizontal y nos dedicábamos a mirar alrededor. En numerosas ocasiones logramos que nuestro silencio alentara a los habitantes del bosque a retomar su ajetreo. Nos gustaban especialmente el rayadito, por su trino entusiasta, semejante al sonido de una minúscula matraca carnavalera, y el tímido fío-fío, que parecía pedir ayuda mientras cantaba su nombre. Ezequiel era el primero en avistarlos. De vez en cuando volaba cerca una familia de tiuques, aves rapaces de poca monta y hábitos gregarios que rompían el aire matutino con sus gritos festivos. Otros visitantes menos comunes eran el carpinterito y el pitío. Nos alertaban de su presencia con el golpeteo de sus picos en busca de larvas bajo la corteza de los árboles. Fue el año pasado cuando oímos un grito que podría haber sido el de un ave prehistórica. Nos mantuvimos inmóviles, a la espera de ver al enorme pájaro pasar por sobre las copas de los bellotos. Enseguida oímos el grito en el sendero, a poca distancia. Desde ahí nos observaba un zorro que no había resistido la curiosidad. Nos estudió un par de segundos, nada más, un instante que se hizo largo debido a la sorpresa, y luego, dando un salto hacia abajo, se hundió en el bosque. En mi retina quedó la estela de su cola ingrávida. Un nuevo animal que toma la forma de un símbolo. En este caso, uno auspicioso. Un espía del bosque, con su mirada sin descanso, envidiando a una pareja de enamorados.

Estoy de nuevo tendida en la piedra, a la espera de que algún pájaro haga su aparición. Pero no resisto la quietud. Ezequiel perdura en estos árboles, en sus cortezas agrietadas, en el viento que amplifica su sonido en cada hoja. Tengo miedo de no volver a gozar del bosque como antes. ¡Cómo pudo dejar que esto ocurriera! Lo culpo, lo culpo en estas soledades de lo que nos sucedió. Nunca buscó ni fuera ni dentro de sí mismo una solución. Ni viagra, ni retardador, ni un médico, ni una terapia, nada. Permaneció inmóvil. No solo falto de deseo, sino lo más incomprensible y difícil de aceptar, falto de iniciativa. Hasta que yo me puse en movimiento. Y así avanzamos a tientas por un camino poblado de espectros.

El sendero lleva hasta una saliente en la parte alta de los cerros, donde es posible asomarse a la vista de la gran quebrada y su tejido abigarrado, con el mar de fondo. Es una formación rocosa estriada por los elementos. El viento sopla con fuerza en estas alturas y la amplitud del paisaje sobrecoge. Aquí extraño y olvido, aquí callo y grito mi frustración, aquí apuro el tiempo y espero, aquí pienso y dejo de pensar en Ezequiel.

* * *

Bernardo me llamó hace unos días. No habíamos hablado desde fines de marzo del 2005, poco después de terminar el diseño del club. En el teléfono sonó como el personaje hosco que le gusta interpretar.

–¿Tienes algún problema si te hago una visita? Voy a Maitencillo con mis niños.

–No, ninguno.

–¿El martes?

–¿Por qué tan serio?

–¿No te parece que tu separación es un asunto serio?

–Claro que lo es... para mí.

–Conversemos el martes. Para mí también lo es.

–No dan muchas ganas de recibirte.

Esta frase surtió el efecto buscado y lo sacó de su estudiada frialdad.

–Perdóname, Amelia, no es fácil llamar después de tanto tiempo.

–¿Cómo has estado?

–Solo.

–Mejor hablemos cuando vengas. Tipo siete de la tarde, para que salgamos a recorrer el jardín.

Oír su voz todavía me conmueve como podría hacerlo una mirada elocuente. Sus tonos profundos la bordan de ecos, de matices. Es una voz flexible en todas las escalas de expresión, teatral pero sin llegar a ser insincera. Su voz tuvo parte en lo que ocurrió. Una noche, después de trabajar hasta tarde en el proyecto, fuimos a tomar un trago a la casa de Miquel, situada en los faldeos del cerro Manquehue. A medida que la recorríamos, y a pesar del hormigón desnudo, los patios interiores, las claraboyas y los techos altos –una perfecta ilustración del alabado estilo de Miquel–, la casa me fue pareciendo cada vez más rígida y falta de ritmo; incluso el estar donde por fin nos sentamos adolecía de un grave problema de proporciones. La excesiva altura del techo ocasionaba una fuga vertical de intimidad. El dueño de casa no paraba de hablar.

Debajo de su ropa, tan propia de los arquitectos de antes, en especial la chaqueta de tweed con parches en los codos, asomaban sus hombros y sus caderas como puntas romas, el anuncio de un esqueleto de huesos anchos, apenas recubiertos de grasa y de piel. Hasta su nariz delgada se extinguía en una redondez y sus ideas eran también redondas: no debíamos exponer a nuestros clientes a lenguajes desconocidos. Es más, en Chile nadie aceptaría salirse del común denominador –que no se podía definir, pero tampoco negar– que gobernaba la construcción de casas y edificios. Se trataba de una nueva carga en el enfrentamiento cada vez más áspero que sostenía con Bernardo. Si bien lo había convocado para darle un aire más contemporáneo al club, se oponía a que terminara por convertirse en un proyecto experimental.

Después del tercer vodka tónica, Bernardo inició el contraataque. Llegó a decir que al paso que íbamos, terminaríamos por construir un colegio de monjas. Miquel atendía con una expresión burlona en el rostro. Pero cuando escuchó que debíamos seguir la línea del Parque de la Música en Roma –un conjunto de salas de concierto, proyectadas por Renzo Piano, que semejaban gigantescos escarabajos–, y que los edificios debían representar algunos insectos benéficos del parque, como una chinita, una abeja y una libélula, se puso serio, dejó el whisky a un lado y le pidió a Bernardo que se fuera a dormir: era evidente que había bebido más de la cuenta. Bernardo, quien por lo general se medía en sus descalificaciones, salió con la más inesperada de las réplicas: "Ni siquiera sabes lo que es una libélula, viejo latoso". No aguanté la carcajada, que me salió como un grito. Bernardo se contagió de inmediato: uno alimentaba la risa del otro. No podíamos contenernos y el pasmo creciente en el rostro de Miquel no servía de ayuda. Al momento de la despedida, ofrecimos disculpas, pero seguíamos tentados de la risa. Salimos al patio empedrado de la entrada y cuando la luz interior se apagó, nos largamos a reír nuevamente.

Bernardo me abrazó por detrás, me dio un beso en el cuello y dijo: "¿Qué vamos a hacer tú y yo?", con esa voz de tantas capas, plena de insinuaciones. La misma que volví a escuchar al teléfono.

Nunca había pensado en él sexualmente. Lo había observado con detenimiento: a pesar de sus kilos de más podía apreciar su atractivo físico, pero era algo distinto imaginarse en la cama con un hombre recargado de sí mismo, llevado de sus ideas hasta un límite peligroso y, sobre todo, con el grave impedimento del matrimonio. Me di vuelta y lo besé en la boca. Veinte minutos más tarde estábamos en un motel de El Arrayán, unas cabañas húmedas junto al río Mapocho, con estacionamientos para dos autos. Era pleno invierno, mediados de julio si me guío por el avance del proyecto. Se hallaba encendida una chimenea de troncos falsos y fuego a gas. La luz se reflejaba en la condensación de las ventanas. El río corría con fuerza y borbotaba el arrastre de las piedras en el fondo. Recuerdo a Bernardo sobre mí, apurando la penetración, demorándose dentro, sin pudor ni timidez, excesivo, con una sonrisa acaso sádica en el rostro. Tenía el pecho ancho y sin pelos, los pezones pequeños, la barriga un tanto abultada, las piernas gruesas aunque sin perder la forma. Me arrancó gemido tras gemido hasta llevarme a mi primer orgasmo en mucho tiempo. Entonces él acabó sin medirse, con un grito ronco y fluctuante que debió de oírse en las cabañas vecinas. Ya separados, encendió un cigarrillo. Verlo fumar en la cama, un acto prohibido para Ezequiel, que fumaba en cualquier cuarto menos en el dormitorio, me hizo imaginar mi cama matrimonial y desasosegarme. Las sábanas del motel, mustias de tanto uso, me dieron asco. Lo que un minuto antes era el escenario apropiado para nuestro encuentro pasó a ser una colección de piezas de utilería, sin nada que les diera sentido. Hice el ademán de levantarme, pero él me tomó del brazo que tenía a su alcance. "Esto es parte del placer", dijo. Verlo confiado, seguro de su cuerpo, con el cigarrillo en la mano, me devolvió la calma con la misma rapidez con que la había perdido, como si de golpe recordara mi parte en la obra y el escenario recuperara su lógica. Le pedí un cigarrillo para mí. Si por primera vez era infiel, por qué no también fumar. Nos quedamos en silencio, los cuerpos todavía calientes, viendo ascender el humo entre los resplandores de la falsa chimenea.

Así comenzó, como un desahogo. Los asaltos de la culpa remitían pronto, tan pronto como esa primera noche. Estaba en mi derecho. Me sentía bien. Era lo que me faltaba para recobrar una hasta entonces esquiva conciencia de mí misma. Me sucede hasta hoy: un tiempo largo sin sexo me desorienta al extremo de percibir mis actos como una serie de derrames inarticulados. La frecuencia de las escapadas al motel fue aumentando, un encuentro avivaba las ganas del siguiente. Más de una vez fuimos a la hora del almuerzo, incapaces de esperar a nuestra habitual cita vespertina, y luego una vez más por la tarde. Hubo semanas en que fuimos cada día, desde el lunes hasta el jueves. Nos quejábamos de tener que regresar temprano a casa los viernes, para salir de Santiago con nuestras familias. No creí albergar sentimientos hacia Bernardo y tampoco percibí que él se hubiera apegado a mí más allá de lo físico. Tenía mi mundo con Ezequiel, y las escapadas no eran más que un instrumento, la satisfacción de una necesidad. Bernardo tampoco parecía sentir culpa al respecto. Decía creer en el matrimonio, pero no lo consideraba un obstáculo para que un hombre o una mujer buscaran placer fuera de él. Vedar esa posibilidad, sostenía, era una manera de acabar con el sexo conyugal. Su matrimonio se sustentaba en esa libertad y sin duda el buen entendimiento con su mujer dependía de que ambos alimentaran su erotismo. De ese modo mantenían el cuerpo vivo. Si se hubieran exigido fidelidad lo habrían asfixiado. Me divertía su falta de modestia, su descaro para justificarse. Le pregunté cómo tomaba las infidelidades de Marta, su mujer. Y aquí existía una regla: ser discretos, furtivos hasta el punto de no ser descubiertos, era parte del milagro. Acicateaba la excitación y cautelaba la intimidad. Pero su esposa era bastante perspicaz, y él un poco torpe para eliminar las pruebas incriminatorias. En dos ocasiones lo había descubierto en el engaño, lo que había implicado el término inmediato de la aventura. No le cabía duda de que ella también le era infiel, pero jamás había sospechado de nadie. No creía que fuera un tema del que tuvieran que hablar abiertamente. Su mujer sabía que le gustaba verla coquetear con otros hombres y que eso incluso lo excitaba. Por cómo lo contaba, él debía de estar muy ocupado para no darse cuenta de quiénes eran los amantes de Marta, o ella simplemente se sentía satisfecha y lo dejaba hacer, mientras no le significara un peligro o un desagrado.

* * *

Se abre por delante un nuevo día de espera. Bernardo debe de estar por salir de su casa o ya en camino a la playa de Maitencillo con sus hijos Guillermo y Martín, que ahora tienen nueve y doce años. Antes de conocernos, alrededor de la misma época en que se construyó esta casa, él compró una de las antiguas cabañas de madera que están frente al mar y, sin romper con el simplísimo estilo de la mayoría, la amplió y la renovó. Una docena de veces vinimos a esa casa por el día, hartos del lóbrego motel de El Arrayán. Para darle amplitud y luminosidad, la pintó de blanco por dentro e hizo crecer los rasgos de las ventanas, aunque el mayor cambio fue la construcción de una gran terraza, también pintada de blanco, casi con la misma superficie que la cabaña original. Había zonas sombreadas con celosías de madera; muebles para dormir, conversar, comer; zonas asoleadas con tumbonas; una parrilla, lavaplatos, mesones y espacio para guardar. En fin, una casa al aire libre. Si hacía buen tiempo, nos acostábamos en una tumbona puesta a resguardo de las miradas intrusas; si hacía frío, en el piso del living sobre una gruesa alfombra de lana mapuche, al calor de una salamandra. Ni él ni yo queríamos usar la cama matrimonial.

En una ocasión nos aventuramos a la playa. Nos encubría un velo de neblina. Es la imagen que me trae la memoria cada vez que pienso en Bernardo y en mí como una posible pareja. No es muy alentadora a primera vista. Caminamos envueltos en nuestros abrigos, callados, con las manos en los bolsillos, mirando delante de nuestros pies para no tropezarnos. Pero hay algo cálido en ella: nos hacemos compañía. Una vez más, en un medio hostil, me siento protegida; en esta imagen en particular, por esa sombra que camina junto a mí. Es lo que he buscado hasta ahora, hallarme inmersa en la vida peligrosa y al mismo tiempo a salvo de su inclemencia gracias a una armadura afectiva; un ideal que creemos común a todos, aunque la mayoría no busque más que un lugar donde refugiarse.

Ese día, al regresar, nos sentamos bajo el alero de la terraza para que él fumara un cigarrillo. Su esposa resultó ser más estricta que yo y no lo dejaba fumar dentro de ninguna de sus casas. Me preguntó si confiaba en él. No supe a qué se refería. En un intento por explicarse, clasificó los distintos tipos de confianza que se puede tener en otro ser humano, hasta que comprendí que su duda era si yo confiaba en sus sentimientos, en lo que él sentía por mí. Y así llegamos a hablar de lo que sentíamos, postergando el lenguaje más pragmático de los amantes. Hasta ese día nos habíamos dicho que nos gustaba estar juntos, que lo pasábamos bien en la cama, que habíamos pensado el uno en el otro mientras estábamos separados. Pero cuando nos despedimos esa noche él declaró que me amaba, con esa seriedad orgullosa que solía imprimirle a su voz. De ahí en adelante me lo dijo cada vez que hubo ocasión, sobre todo cuando estaba dentro de mí y me miraba, ahora con rabia. Me tomó un tiempo acostumbrarme, hasta que yo también hablé de sentimientos. Lo amaba, aunque de una manera diferente que a Ezequiel. Lo amaba de una manera unidireccional, limitada, como se ama una imagen vista a través de un telescopio. Había llegado a ese límite que todos los amantes enfrentan tarde o temprano, y lo había traspuesto sin preguntarme por las consecuencias. No me importaba lo que sucediera. Me había vuelto menos cauta, hubo noches en que hablé largamente con Bernardo desde la cocina mientras Ezequiel se encontraba en su escritorio. No estuve dispuesta a abandonar esa fuente de placer cuando lo que había empezado como una forma de desahogo se transformó en un imperativo, en un fin en sí mismo. Se dice que este es el gran error de los amantes, no detenerse antes de que surjan los sentimientos. Nosotros buscábamos a alguien con quien trasponer ese límite. Y cuando ya estábamos cerca, en vez de echarnos atrás, no hicimos más que correr hacia él, como si se tratara de la frontera que llevaba a la libertad. Fuimos tan ingenuos. Creíamos que al amarnos ganábamos nuevos territorios, sin darnos cuenta, en medio del arrebato sexual, de que ahí se iniciaba también el sufrimiento.

Me divertía llamarlo "payaso" o "mi payaso". Le gustaba que lo llamara así mientras hacíamos el amor, sin que por eso atenuara su gesto reconcentrado. Ya nada quedaba de su sonrisa de sádico. Había comenzado a desdeñar mis bromas y frivolidades, sobre todo cuando lo contradecía o ponía en duda sus argumentos. Para él, las acciones, las palabras, los gestos, los giros en la conversación, los silencios, los énfasis, incluso el acto más trivial, tenían un significado único. Y su sensibilidad, que él creía infalible, determinaba cuál era ese significado. Mediante pespuntes que unían las marcas que su juicio había establecido, hilvanaba una lectura supuestamente objetiva de la realidad. Al contrario de mi propia naturaleza, que acoge cada hecho con sus variaciones, dentro de un contexto, en un rango de posibilidades. Él me "leía" a cada instante, como se lee un texto lleno de metáforas herméticas, sacando conclusiones tan sofisticadas como erróneas, con una habilidad para el retorcimiento que suele atribuírseles a las mujeres. Fueron tantos los malentendidos que ya no consigo recordarlos con precisión, pero queda el registro de la pesadez, de la dificultad de avanzar, de haberme vuelto una experta en desactivar los explosivos que él veía sembrados a su alrededor. Hubo un desencuentro que recuerdo en especial. Puede que haya sido el primero. La línea de razonamiento era más o menos la siguiente: cuando llegaste a la oficina no me ofreciste café, como todos los días. Después hablaste con Miquel acerca del jardín de juegos para niños sin mirarme. La causa fue mi enojo de ayer, cuando no me dejaste llegar hasta la puerta de tu casa. Al bajar del auto me dijiste, sin pensarlo, que tenías que irte porque Ezequiel te estaba esperando. Nunca mencionas a Ezequiel cuando nos vamos a separar. Esa fue tu revancha, sacarme en cara que tenías un hombre y un hogar que te esperaban. Me recordaste, en ese preciso instante, en el que me siento más frágil, después de estar contigo, que tú y yo no somos nada. Incluso en el motel dijiste una de esas tonterías que de vez en cuando sueltas, que ahí el mundo quedaba afuera y que el tiempo parecía suspendido. Es decir, yo no existo para ti más allá de nuestros encuentros, estoy fuera de tu mundo. Y cuando me ves atormentado como ayer, porque no quería dejarte, insistes en que vuelves a tu marido y a tu realidad apenas yo me voy. Yo no quiero ser una idea, Amelia, un momento pasajero. No quiero sentir que soy solo quien se acuesta contigo y te da el placer que tu marido no puede darte.

Recuerdo el argumento con claridad por lo peligrosamente convincente que podía sonar. Era, por decirlo sin ambages, abrumador. Mi manera de enfrentarlo fue reírme de su "paranoia". Eso lo enfureció aun más. Me reprochó que no lo tomaba en serio, que había pasado la noche dándole vueltas al asunto. Y por un largo rato no cejó en sus hipertrofiadas interpretaciones. Yo estaba molesta porque se había referido sin ningún tacto a los problemas de Ezequiel en la cama. Le había hablado de ellos un tiempo antes, inducida por la culpa y por una absurda necesidad de justificarme. Así que lo acusé de ser él mismo el culpable de que se sintiera de ese modo. Era su malsana inseguridad la que buscaba pruebas para confirmar sus miedos. En la mañana no le había ofrecido café porque había dormido mal y no quería que se fijara en mi rostro demacrado. Como a un niño, tuve que explicarle que cada acción podía responder a un rango de emociones, pensamientos o impulsos inconscientes, lo que volvía sus análisis desmesurados en su precisión. No distinguía lo intencional de lo circunstancial, lo permanente de lo pasajero, lo serio de lo cómico, lo importante de lo trivial. Le enseñé que puede extraerse cualquier conclusión de una secuencia de hechos, que es posible "leerlos" del modo en que se quiera, cargándolos del estado en que el "lector" se encuentre. Pero esa y otras lecciones no lograron hacerle comprender la grave diferencia entre lo objetivo y lo subjetivo.

* * *

No me extraña que una historia iniciada hace tres años y medio, cuyo fin llegó nueve meses más tarde, sea vista ahora como el gatillo de nuestras respectivas separaciones. La cercanía de ambas en el tiempo desató las malas lenguas que se mantuvieron agazapadas desde entonces. Una buena historia siempre da con la manera de abrirse camino. No hay quien no quiera escucharla y dejarse persuadir de que la realidad se acomoda a la forma más interesante posible. Me hace pensar en los dichos de mi madre. Una de las pocas tareas maternales a las que se entregaba con paciencia era advertirnos acerca de los peligros del libertinaje. Según su credo, cualquier cosa que hiciéramos en privado equivalía a hacerlo en la

Plaza de Armas. Y nunca debíamos caer en la ingenuidad de pensar que todo se olvida. Cargaríamos con la mancha para siempre. Cuántas historias me ha tocado escuchar como verdaderas que terminaron por ser un embuste. Pero ahora el rumor tiene algo de cierto. No me separé por Bernardo, pero estuvo en el origen del camino que llevó hasta mi separación. ¿Esperaba su llamada? Han ocurrido tantas cosas en estos tres años, y sin embargo el tono de su voz al teléfono fue el mismo del último día en que hablamos. Bernardo parece traer un pasado intacto a un presente por completo diferente. Pero también las cosas deben de haber cambiado para él. Por primera vez nos miraremos a la cara sin tener ninguno de los dos un compromiso. De sus palabras podría concluir que todavía cree en la existencia de un vínculo, una deuda pendiente, una posibilidad de retomar nuestra relación donde la dejamos y seguir adelante, ahora sin nuestros matrimonios a cuestas. ¿Tan insensato puede llegar a ser? Por su forma de analizar los actos de los demás, no sería nada raro. Acaso toma mi separación como una simple y tardía consecuencia de lo que él y yo vivimos. Quisiera conocer las razones que tuvo Bernardo para separarse. Incluso podría haber otra mujer involucrada, así como en mi caso existe otro hombre. Pero dijo "solo" a la pregunta de cómo había estado. La ternura se apodera de mí cuando recuerdo el día en que salimos a caminar por la playa, y enseguida sufro una descarga de excitación al imaginarnos en la cama del motel. No sé qué voy a sentir cuando lo tenga frente a mí. Quiero verlo, es lo único que tengo claro.

Dudo si arreglarme o no. Más exactamente, dudo hasta qué punto arreglarme para recibirlo. Estoy frente al espejo. Después de la separación sufrí un brote de acné en la mejilla izquierda, que aún no ceja, y, a medida que avanza, cada inflamación va dejando una mancha oscura en su lugar. Me gustaría disimularlas con un corrector y emparejar el tono de la piel con una base. A pesar de los bloqueadores, el sol ha pintado mi cara con una variedad de rojos y ocres. Un exceso de maquillaje sería notorio bajo la luz delatora del verano. No quiero que se dé cuenta de que me he arreglado especialmente para él; lo hago para creer que juego con ventaja. Echo mano a unos jeans viejos que me hacen buena facha, luego a una blusa o a una camiseta, no sé, una camiseta ajustada sin mangas puede parecer provocativa; una blusa suelta, una suerte de despreocupación. Me sorprendo analizando cada una de mis decisiones con el mismo afán interpretativo que tanto me llegó a molestar en él. Le temo a la misma sensibilidad que me enamoró en un principio. Me decido por la camiseta y las botas, único par de zapatos que me permitirá no sentirme disminuida a su lado, sin que eso signifique una amenaza para mi equilibrio durante el paseo por el jardín.

Ezequiel y Bernardo se conocieron en el matrimonio de la hija mayor de Miquel. Una fiesta en el Club Hípico con antorchas a lo largo del camino de entrada, quinientos invitados, un fausto que pocos arquitectos en Chile pueden permitirse. Esa noche también debí enfrentarme a Marta. Tanto los hombres como las mujeres tuvimos esa primera e incómoda plática dispuesta por la cortesía. Nos hallábamos en la terraza del último piso, abierta hacia la pista de carreras, un gran óvalo verde que a la luz de las torres de iluminación adquiría un viso sintético, un halo de irrealidad. Me preocupaba más la reacción de Ezequiel que lo que pudiera decir o hacer Bernardo. Como la fiesta recién comenzaba, mi marido todavía no se había soltado. Sus palabras eran escasas, sus gestos parcos, su cuerpo revelaba nerviosismo a través de leves movimientos de acomodo, una especie de tartamudez corporal. No recuerdo qué nos dijimos Marta y yo, solo veo su sonrisa obstinada, su delgadez agresiva, el filo de su mentón. Llevaba el pelo liso, teñido de un color rubio que despedía un brillo tan sintético como el prado a los pies de las graderías. Había algo insolente en su aspecto. O puede que esa impresión se haya debido a su trato despectivo.

Era dueña de una prestigiosa oficina de relaciones públicas, pero no parecía razón suficiente para que me tratara como a una ayudante de su marido. Tuve que aclararle que Bernardo y yo trabajábamos como asociados en el proyecto del club. Ella se mostró sorprendida. ¿Era posible que una simple paisajista tuviera tanta injerencia en el proyecto arquitectónico? En vez de abofetearla con un insulto, le expliqué cuál era mi labor. Pronto encontró a otra persona que le prometía mayor diversión o tal vez un nuevo negocio, y se alejó. ¿Sospechaba? Bernardo había sido enfático al negarlo. Me reuní con los hombres. Me causó temor y curiosidad verlos uno frente al otro. Hablaban de las similitudes y diferencias entre la crítica literaria y la casi inexistente crítica de arquitectura. Durante ese año 2004, Ezequiel se había afianzado en su posición como el crítico "oficial" del diario, rango que lo había vuelto más atractivo para cierta gente. Eran personas que buscaban satisfacer su deseo de sentirse inteligentes y cultas al hablar con él. Hasta entonces solo sus amigos lo admiraban. Creían que era un gran conversador, y cada vez que él tomaba la batuta de una reunión los hacía reír con sus parrafadas llenas de ingenio y descaro. Pero sentí pudor al verlo asaltado por otro "ingenioso profesional" como era Bernardo, y sin poder desplegar todas sus armas. Una vez liberado de la interpelación, Ezequiel se quedó mirando hacia el vacío teñido de verde y me dijo: "Me dio la impresión de que me desafiaba a un duelo de esgrima verbal". A pesar de su pasiva indiferencia frente a la mayor parte de los asuntos que ocupan la vida de los hombres, para mí seguía siendo un prodigio de sensibilidad. Su juicio era simple y certero, como la estocada de un florete.

* * *

Salgo al camino de entrada para esperar a Bernardo. Me encuentro con los generosos dietes en flor, tres grandes pétalos blancos con el centro violeta suspendidos en gran número sobre el macizo verde. Pero no consiguen calmar mi impaciencia. Voy y vengo hasta que me decido a remontar una loma cercana. Es una tarde de asombrosa claridad. Hacia el sur, puedo ver la chimenea de la fundición de cobre en Ventanas y su estela de humo venenoso. Distingo también a lo lejos, los infames edificios construidos sobre las dunas milenarias de Concón. Esta noche, en el fondo, brillará el brazo iluminado que forman los cerros de Valparaíso.

Bernardo llega en un jeep sin capota. Viene en shorts y polera, con el pelo alzado en puntas por el viento.

–No fue fácil sacar a los niños del mar –dice a modo de saludo–. Los fui a dejar a la casa y me vine.

Se quita las sandalias para sacarles la arena, mientras yo llego hasta él.

–¿Y cómo estaba?

–¿La playa? Exquisita –me sonríe–. Ya sé que nunca bajas porque no te gusta la aglomeración, pero con este sol habrías estado feliz. Y no había mucha gente. Son los fines de semana los imposibles. Qué bonito está tu jardín –dice sin detenerse a observar. Me molesta ese cumplido apresurado, sobre todo viniendo de él. Sabe cuánto me esfuerzo en mantener el jardín, cuánto valoro su opinión y cuánto me gusta hablar de cada uno de sus rincones.

No es el mismo de la llamada. Me recuerda al de la primera vez que nos vimos en la oficina de Miquel. Risueño, al borde de parecer falso. Desenvuelto como si no hubiera nada serio que enfrentar. Si estuviera segura de que no vamos a hablar de "nosotros", comprendería esta actitud, propia de un encuentro entre amigos. Sería la adecuada para una nueva partida, una visita cariñosa para saber del otro, el inicio tal vez de un acercamiento. Pero creo conocerlo bien. La obertura nerviosa del teléfono fue más sincera. Ahora interpreta el papel que, imagina, yo espero ver. Quizás al decirle por teléfono que no daban muchas ganas de recibirlo, lo disuadí de entrar sin prudencia ni medida. Se ve más joven que hace tres años, apenas con unas canas más en las sienes. Tiene el cuerpo bien entrenado. Seguro que acude a un gimnasio o practica algún deporte. Sus piernas siguen tan fuertes como antes. Lleva el pelo más largo, lo que le sienta mejor a la extraña forma de su cabeza. No es hombre que intente quitarse la edad. Desde que lo conozco ha proyectado esta aura de juventud. A la oficina de Miquel iba a trabajar en jeans y polera, y mientras más tiempo pasara desnudo, cuando estábamos juntos, mejor para él. Me recuerda su lado más amable de los primeros tiempos. Un tipo gozador, espontáneo, que no necesitaba largas meditaciones para decidir o para opinar sobre cualquier tema. En esos meses iniciales, la naturaleza de nuestra relación le impedía volverse metafísico o psicologizante. Se mantenía al nivel de los sentidos y sabía hacerlo con gracia. Parecíamos gozar ambos en la misma medida de lo que nos tocaba vivir. Tampoco en el trabajo era ningún autómata que avanzara según un plan articulado e inmodificable. Su acercamiento al proyecto no involucraba juicios preconcebidos ni nada que fijara a priori nuestra imaginación. Mientras no estuvo dibujado el anteproyecto, se movió por instinto, atento a cualquier idea propia o ajena, permitiendo que de las mismas divagaciones surgiera algo que nadie había pensado antes. Aquel Bernardo me había cautivado. Un hombre libre para pensar y para actuar, voluntad y deseo mancomunados, capaz de abrazarme por la espalda y decirme "¿qué vamos a hacer tú y yo?", confiado en que le correspondería. Un hombre abierto a cuanto lo rodeaba. Esa clase de sensibilidad se oponía a la que llevaba una cuenta rigurosa de sus observaciones. Esa faceta controladora –que excede a la mía con largueza– tendría su paralelo profesional en la manera de trabajar ya sobre el anteproyecto aprobado. Me obligaba a veces a profundizar en los planos de detalle hasta las once o doce de la noche. Aterrorizaba a los dibujantes, les exigía que le entregaran las correcciones sin ningún error. Revisaba cada línea trazada, cada cota, una y otra vez, hasta sentirse satisfecho o hasta que Miquel le quitaba el plano para dejarlo a firme. Algo semejante pasó entre nosotros. A medida que creció el compromiso emocional, también creció la incertidumbre, hasta despertar al neurótico obsesivo que dormitaba en él.

–¿Y este jeep?

–Es un juguete.

–¿De los que se compran los separados para llamar la atención?

–¡Oye...! Hace mucho tiempo que quería tener un jeep y Marta nunca me dejó. "Complejo de safari", lo llamaba. Y ahora me lo pude comprar. Es una afirmación de independencia, si quieres, pero no un instrumento de seducción. No me extraña tu comentario –continúa, y me percato de que va a iniciar uno de sus análisis–. Siempre le has dado una importancia desmedida a la mirada de los demás. Incluso durante el proyecto...

–Era un comentario, Bernardo –lo interrumpo riendo–. Y no vivo pendiente de los demás.

Ríe con ganas. Cree que se anotó un punto a favor. Lo menos que puedo desear es la compañía de alguien que esté a la pesca de mis debilidades. No sabe medir los límites de las circunstancias, aplica la misma intensidad a cualquier situación, como si en cada frase se agolpara el extenso frente de la memoria. Ezequiel, en cambio, tiene una sensibilidad menos pretenciosa, atiende con una especie de distracción, como si no estuviera del todo involucrado, y sin embargo, en las dificultades que nos tocó vivir, que no tuvieran que ver con el sexo, jamás erró en cuanto a la gravedad del problema. Sabía cuándo reírse, cuándo mantenerse en silencio, cuándo hacerme cariño, cuándo dejar que pasara el tiempo. No hay otra sensibilidad como la suya; no es explícita ni minuciosa, ni está sujeta a los mandatos de la vanidad. Es una sensibilidad justa, al menos para conmigo.

–Aquí hace falta un lugar de sombra –dice Bernardo cuando llegamos a la terraza de la piscina.

–Es una terraza para tomar sol.

–Por lo mismo, el yin y el yang: debería haber un lugar donde poder descansar del sol. Un árbol al menos.

–Me encantaría tener un quincho y una terraza como la tuya –digo con abierta ironía–. Pero aquí en los cerros corre viento, si te pones a la sombra te da frío. Y tampoco planté los olivos de Bohemia, como me dijiste que hiciera.

–Deberías, se verían bonitos –replica, y ríe al notar que lo desafío. Simula una voz doctoral para agregar–: Es la tonalidad de verde gris que hace falta.

–Ya no hay espacio. Incluso voy a tener que echar algunos árboles abajo.

–Yo los dejaría crecer como un bosque tupido.

Nos movemos entre los árboles sintiéndonos diferentes, empequeñecidos, con menos desparpajo que en el pasado.

–¿Estás bien? –me pregunta al internarnos en la quebrada. Me recuerda la tierna audacia con que me acogía si me notaba triste.

–Tan bien como se puede estar después de una separación. Te va a dar frío con esas sandalias. Mejor volvamos a la casa.

Al mirar sus pies desnudos recuerdo cómo se sentía su piel.

–No, terminemos el paseo. Ha cambiado mucho el jardín. Aquí, debajo de estos molles, no había nada y ahora está lleno de plantas.

–Sí, las plantamos con César. Son las mismas que crecen en la Quebrada del Agua.

–Mañana podríamos ir a recorrerla.

La sensación de que ese es un lugar reservado para Ezequiel, me obliga a responder.

–Prefiero ir sola.

Nos quedamos un rato en silencio. Su mirada inquieta traiciona la tranquilidad que ha pretendido irradiar hasta ahora.

–Te separaste –digo por fin.

–Sí, hace seis meses –y medita un instante antes de añadir–: Estoy mejor de lo que estaba.

–¿Y Marta?

–Tiene a un gerente de banco viviendo con ella.

–¿Tan pronto?

–Ya salían antes de separarnos. El tipo se instaló en mi casa a los dos meses de haberme ido... Me dolería menos si fuera cualquier casa, pero es la que más quiero de todas las que he proyectado. Marta no quiso ni saber de irse a un departamento con los niños... Por esa casa nos vamos a pelear a muerte... A mí no me importa darle la plata que quiera y que no necesita. Gana mucho más que yo. Pero no puedo creer que no entienda que esa casa *me pertenece.*

–Más que de la casa, deberías preocuparte de la impresión que les pudo causar a los niños.

–Mi hijo mayor me contó que el tipo estaba durmiendo con Marta, mientras ella me lo negaba. Le pedí que fuera discreta, que pensara en ellos. Pero no me escuchó; dice que los niños tienen que acostumbrarse a su nueva vida.

–¿Y por qué crees que reaccionó así?

–¿Venganza?

Mientras observo un cuadro humano corrompido, desde la superioridad que creí me concedía no haber tenido hijos y no haberme ensuciado aún con el barro del dinero, Bernardo, con una sola palabra, me involucra en su miseria.

–¿Ella sabía?

–Desde un comienzo.

–¿Tú se lo contaste?

–No –confabula pequeños cambios en su rostro para mostrarse ofendido. Pero no me toca ni me atemoriza. Conozco esa suma de gestos, favorita entre sus muletillas argumentativas. Sea cual sea el tema, en algún momento da con un giro que puede interpretarse como una puesta en duda de su honestidad, su capacidad de juicio, su buen gusto o su inteligencia. Entonces recurre a ese talante reprobatorio para desequilibrar a su interlocutor y pasar a ser el árbitro de lo que es correcto. Pero lo único que consigue en este caso es que yo me ponga a la defensiva.

–Y si lo aceptó mientras ocurría, ¿por qué vengarse ahora?

–Dice que se metió con el banquero porque yo había dejado de amarla por tu causa.

–¿No era una mujer independiente?

–Amelia, es la verdad.

Al encenderse los cerros con la última luz, el leve golpe de emoción me saca de mi centro.

–Es una buena forma de evadir su responsabilidad. Y tú no puedes ser tan ingenuo y aceptar una explicación como esa. Ella se metió con el banquero porque quiso –alzo la voz, molesta por ser señalada como culpable. Yo no fui la causa del descalabro, sino una más de las consecuencias–. Tú no dejaste de amarla por mí. Querías dejar de amarla, ella seguramente también quería que la dejaras de amar. Estaban los dos atrapados en un matrimonio infeliz, buscando una excusa para liberarse. Una buena excusa, por supuesto.

Me pone una mano en el hombro y sonríe.

–Ya sabes que me equivoco en las relaciones de causalidad. Y a ella le conviene la historia. Así no tiene que pagar culpas frente a los demás ni frente a nuestros hijos: "Lo dejo porque antes él ya me había dejado" –y acompaña el supuesto argumento con una mano vertical que primero se inclina en un sentido y luego en otro–. No me importa, que diga lo que quiera. Ha vuelto a ser la extraña que siempre fue para mí, solo que ahora no hay una convivencia que distorsione esa extrañeza.

–¿Te casaste con una extraña?

–Nos conocimos cuando yo pasaba por un mal momento, me protegió, me pegó un polvo cada día y se casó conmigo.

–¿Pero qué les pasa a ustedes dos? –me vuelvo hacia él, cada vez más perpleja–. Viven culpando a los demás de sus actos. No vuelvas a repetir eso de que te tomó desprevenido, quedas como un idiota.

–Seré un idiota, pero así fue.

–Pobrecito.

Esta vez me desconcierta al no recurrir a su gesto reprobador. Despliega en cambio una sonrisa triste y devota, como si se solazara en su calidad de víctima.

Cuando llegamos a la casa, noto que tirita levemente. Le ofrezco una taza de té y un suéter para abrigarse. En los clósets está la ropa que dejó Ezequiel.

–¿No te importa que sea suyo?

–No –responde, frunciendo los labios.

Al abrir las puertas que han permanecido cerradas desde que llegué, el olor de Ezequiel me golpea. No se ha ido todavía. Tomo un suéter con el cuello desbocado y huyo de ahí para no dejarme vulnerar por ese aroma. Al ponérselo, Bernardo adquiere un aspecto inofensivo. Creí que me buscaría para acostarse conmigo. Pero ya lo habría hecho y ese suéter de Ezequiel es la prueba de que no quiere estar desnudo a mi lado, sin nadie de por medio. Nos sentamos a tomar el té. ¿Debería contarle lo que sucedió después de que dejamos de vernos? ¿Hablarle de Estados Unidos? ¿Debería revelarle la existencia de Roque? Llevo más de un año saliendo con él y no un par de meses como le mentí a mi hermana. Bernardo vuelve a preguntar cómo estoy y no tengo mucho que decir. Mi separación ha sido más pacífica que la suya. Le menciono la visita de mi hermana y el convencimiento de mis familias sanguínea y política de que él es el responsable de mi separación.

–¿Y no lo soy?

–Para nada. Ya lo hablamos en el jardín.

Parece genuinamente decepcionado.

–Una vez, en el motel, estabas tan agobiada que empezaste a jugar con la idea de irnos a vivir juntos. Eran tonterías: que veríamos los programas de televisión que te gustaban, que tendrías un taller para ti, que íbamos a dormir abrazados todas las noches. Pero ahora te sientes mejor como la mujer que se separa por razones de peso; no por una aventura, claro que no.

–Cada uno busca cómo protegerse –replico sin enojarme. Hasta cierto punto tiene razón–. Prefiero verlo así antes que culpar a los demás.

–¿No culpas a Ezequiel?

–Tanto como a mí misma.

–No es cierto, Amelia. Siempre lo acusaste de ser impotente, de no desearte, de no haberte satisfecho nunca en la cama.

–Pero eso no significa que yo no sea también responsable de la separación. Aunque no lo creas, me pregunto si no fue mi culpa que él se sintiera tan inseguro. Me lo sacó en cara más de una vez. Decía que con otras mujeres no le pasaba. Que fue mi ansiedad la causante.

–¿Y estás de acuerdo?

–Era un círculo vicioso. Mientras más nos alejábamos, más ansiedad tenía yo y más la criticaba.

–En el fondo, lo estás culpando...

–Majadero.

Sentados con Ezequiel a esta vieja mesa de campo, a finales de febrero del 2005 hablamos por primera vez de lo que nos sucedía. Llevaba ocho meses como amante de Bernardo. Habíamos terminado el proyecto, y los planos ya estaban en manos de las empresas constructoras para la licitación. Planeaba pasar dos semanas aquí. Eran mis primeras vacaciones en bastante tiempo. Bernardo también se vino a su casa de Maitencillo, con su mujer y sus hijos. Nos escapamos un par de veces en su auto por un camino desolado que entraba hacia los cerros, poco antes de llegar a Puchuncaví. Él habría preferido venir a esta casa, pero yo no lograba sentirme cómoda con la idea. Tenía una empleada trabajando conmigo en las mañanas, y además estaban César y el vecino que, como todos los vecinos, acabó convirtiéndose en un intruso. Nadie hubiera visto con buenos ojos que un hombre me visitara seguido mientras estaba sola. Hacíamos el amor en el asiento de atrás, con urgencia adolescente, siempre apurados porque él tenía que regresar con su familia.

Ezequiel solo podría venir durante los fines de semana. En el diario le habían pedido ser el editor de una recopilación de crónicas periodísticas, y debía trabajar en Santiago con los autores, que sumaban más de veinte. El viernes en la noche lo esperé con un ají de gallina, uno de sus platos favoritos. Tenerlo conmigo me puso contenta. Aun después de haberme acostado con Bernardo esa tarde, anhelaba el regreso de mi marido. Para mí eran dos sentimientos que convivían sin menoscabarse el uno al otro. Ezequiel se hallaba de buen ánimo. Comió con ganas, sin dejar nada en el plato, algo inhabitual en él. Me instó a que habláramos. Se daba cuenta del vacío que se había creado entre nosotros y ya era hora de enfrentarlo. Debíamos mirar nuestra vida con una perspectiva más amplia y no dejarnos aturdir por la indiferencia. Quiso saber cómo me sentía yo. Mi única preocupación era nuestra falta de cercanía física. Si eso mejoraba, el resto vendría por añadidura. Hacía meses que ni siquiera nos abrazábamos. Me preguntó si había estado con otro hombre. Era obvio que sería la próxima pregunta. La tomé como una oportunidad para no ser descubierta de mala manera en el engaño. Sí, había estado con otro hombre. Su semblante conservó la misma expresión afectuosa de un principio, como si no le causara dolor. Le pregunté si había estado con otra mujer. Me respondió que sí, dos veces, con dos mujeres distintas. Nadie que yo conociera. Hice un esfuerzo para no alterarme, pero cuando inquirió sobre las circunstancias de mis infidelidades, le confesé que me había acostado con el mismo hombre en varias ocasiones. Con Bernardo, el arquitecto. Mi voz brotó compungida, pero dentro de mí resonaba con un acento vengativo. Calló un momento y volvió a ofrecerme una mirada de comprensión. Su único temor era que me hubiese "enganchado". Le dije que estuviera tranquilo, que no me había involucrado emocionalmente. Le mentía y deseaba reprocharle que él se desfogara por ahí con cualquiera cuando yo siempre había estado dispuesta a recibirlo. Era su disposición indulgente y pacífica la que me inhibía de hacerlo y no el hecho de que yo hubiera incurrido en una falta mayor que la suya.

En el recuerdo se ha desvanecido lo que nos rodeaba esa noche: la mesa, el fuego lejano; permanece la imagen de Ezequiel dentro de un halo de luz. Quiso saber cómo nos arreglábamos con Otero, así lo llamó. Ya no pude continuar en ese plano de ecuanimidad y le pregunté directamente si no se sentía traicionado o herido. No, no le dolía, se lo imaginaba hacía tiempo y ya se había hecho a la idea. Si nuestra voluntad era seguir juntos, debíamos mirar nuestra vida sin prejuicios. Y si era necesario que buscáramos satisfacción con otras personas, él creía que debíamos hacerlo. Es más, me propuso que nos diéramos esa libertad, para sacarnos la presión de encima. Mientras continuáramos unidos, no habría de qué preocuparse. Sería difícil enamorarnos de otras personas si nos manteníamos cercanos y cómplices. Y de llegar a ocurrir, habría una buena razón para separarnos. La única forma que encontré para enrostrarle mi desconcierto fue no irme a acostar con él. Me quedé junto al fuego, las palabras y los gestos de Ezequiel girando en mi cabeza sin que yo pudiera detenerlas con un juicio claro sobre el fondo de lo que habíamos conversado. De pronto me sentía aliviada y a los pocos minutos más confundida que nunca.

Cuando me acosté, Ezequiel dormía boca arriba, con una placidez escandalosa en el rostro. Pero mi perplejidad se volvió absoluta a la mañana siguiente. Me despertó con besos y caricias, además de una insólita erección, y yo no encontré la voluntad para rechazarlo.

Esa tarde llamé a Bernardo por teléfono. No pudo entender la posición de Ezequiel. La idea no le gustaba. No soportaba cargar con esa condescendencia. Reaccioné mal y corté. No respondí a los llamados que vinieron. Ezequiel levantaba los ojos de su lectura cada cierto rato. Me veía inquieta. Yo no lograba entender lo que me sucedía: su mirada se había colado dentro del motel, de la casa en la playa, del auto, y nos exponía a Bernardo y a mí a una especie de intemperie moral. Una aventura justificada por la necesidad se tornaba obscena. Ya no me sentía libre como antes para acostarme con Bernardo. ¿Era Ezequiel un hombre tan inteligente y perverso como para prever esa reacción? ¿Su consentimiento no era más que una estratagema para separarme de Bernardo? Desde ese día en adelante mis viajes a Maitencillo serían sospechosos. Ezequiel pensaría que yo estaba con Bernardo cada vez que no contestara el celular. O que había estado con él durante el día si escuchaba una explicación imprecisa o confusa. ¿Cómo seguir trabajando con Bernardo bajo esa sospecha? Estas conjeturas me obsesionaron. ¿Por qué le había contado todo? ¿No sería yo la que deseaba librarse de Bernardo, con el pretexto de que mi marido se había enterado? ¿Era una manera de terminar con esa doble vida que me producía tanta culpa? Miraba hacia donde se hallaba Ezequiel, en su sillón, una parte de su cuerpo dentro del cono de luz de la lámpara, la otra en la oscuridad. Nada en su semblante revelaba si hacía o no los mismos cálculos que yo. Se veía sereno y concentrado, pasaba página tras página sin perder el ritmo, tomaba notas sin levantar la vista más que un segundo, sin faltar a su cigarrillo cada media hora ni tampoco recurrir a una dosis mayor. El silencio placentero que emanaba de él podría haberse interpretado como una incitación a que me acostara con Bernardo. Y si tomaba en cuenta su calentura de la mañana, su permisividad podía tratarse de un deseo erótico travestido. Quizás Ezequiel buscaba una fantasía potente para seguir adelante con sus rituales onanistas. Porque no me cabía duda de que había encontrado en la masturbación su principal desahogo.

Pasé la noche a sobresaltos, temía un posible encuentro con Bernardo. En un mensaje enviado a mi celular amenazaba con presentarse en la casa sin aviso si no le daba una oportunidad para vernos. Ya no me parecía el hombre fuerte, orgulloso y desvergonzado de antes. Había perdido su identidad para convertirse en un instrumento. Ezequiel lo había rebajado, había desbaratado esa amplitud que trae un hombre consigo, reduciéndolo a la categoría de "amante", aquel que satisface las necesidades de su mujer, pero que en ningún caso podrá ofrecerle una vida mejor de la que lleva junto a él.

Ezequiel regresó a Santiago el domingo en la tarde, para volver a trabajar en el libro de crónicas. Esa noche Bernardo vino a verme. Estaba convencido de que había llegado la hora de romper nuestros matrimonios; sin embargo, había vacilación en su voz. Lo desafié a que hiciera lo que se le antojara; yo no iba a separarme. Tuvimos una larga discusión, sus argumentos se tornaron más contundentes y elaborados, y mi intransigencia creció en la misma medida. Cuando me hablaba, recurría a una actitud comprensiva, como la de un cura que se conduele de una confesión escandalosa, uno que intenta aplacar a una feligresa alzada en rebeldía. Pero en cuanto apartaba la mirada, su rostro y sus ojos adquirían vida propia. Estaba confundido y distintas corrientes luchaban por tomar el mando de su estado interior. Sus gestos parecían vacilar entre una y otra expresión, sin decidirse. En un instante dado se acercó y me besó con insolencia, con furia, como para demostrarme que había algo más fuerte que los principios y los sentimientos por

Marta y Ezequiel. Intenté rechazarlo, pero su boca siguió a la mía donde fuera. De pronto me dejé llevar. El pudor provocado por la mirada de Ezequiel pendiendo sobre mí se había convertido en excitación. Quise culminar lo que había quedado incompleto la noche anterior. Quería que viera cómo Bernardo me dominaba y me tocaba, me mordía y me penetraba: quería que Ezequiel me viera gozar, que me escuchara gritar, que viera por fin a Bernardo derrumbarse sobre mí.

Más tarde, cuando Bernardo regresó a su casa, me invadió la angustia. Tenía miedo de lo que había ocurrido. Había estado consciente en todo momento de la mirada de Ezequiel y prácticamente me había olvidado de Bernardo. Tener de testigo a ese hombre al que tanto había deseado y que había dejado de desearme me había llevado a esa especie de paroxismo de placer. No pude dormir. Cualquier ruido me asustaba. Perdidos la ecuanimidad y el control sobre mis juicios, responsabilicé a mi relación con Bernardo de lo que me sucedía. A tal punto llegaba mi confusión que recurrí a las viejas reglas: tener un amante era un asalto brutal a la intimidad. Hasta entonces había creído que el engaño se realizaba en otra esfera, inalcanzable para la percepción de mi marido. Sin embargo, esa noche había comprobado que cada vez que me acostaba con Bernardo, lo hacía en las narices de Ezequiel. Y cuando empezaba a clarear, ya ciega por la acción tóxica del miedo, me convencí de que los sentimientos que tenía respecto de Ezequiel mientras tiraba con Bernardo habían sido la revelación de la culpa en su máximo grado. No podía continuar así. Por complaciente que se mostrara mi marido, ya nada me quitaría de la cabeza que lo estaba engañando. Sufría una crisis de pánico. Tanto había sido el placer, que ahora me sentía herida, desamparada. No vería a Bernardo nunca más, nunca más experimentaría una sensación tan perturbadora. Tomé mis cosas y regresé a Santiago. Lo llamé desde la carretera y apenas le di tiempo de murmurar "no, Amelia, no...".

Ezequiel se mostró tan extrañado de mi regreso que cualquier sospecha de que su transigencia era una maquinación quedó descartada. No esperé a deshacer la maleta para encararlo. Había terminado con Bernardo. No podía seguir si él, mi marido, conocía el engaño. No lo engañaba, replicó, mientras él lo supiera no lo engañaba. Pero no le presté atención. Quise que percibiera el miedo que me había asaltado, la desnudez de la culpa. Era mentira, sí, era mentira que yo soportara la idea de que se metiera con otras mujeres; no aceptaba ese arreglo, me negaba a que nos convirtiéramos en una de esas parejas que comparten la rutina baldía y guardan sus pasiones para experimentarlas con otros. No quería ir por ahí buscando un macho que me saciara. ¿Por qué no podía tirar conmigo? ¿Por qué tenía que buscarme un amante? ¿O es que eso lo excitaba? Me pidió que me calmara: él no me había pedido ni que lo tuviera ni que lo dejara. Era su acostumbrado cinismo en plena forma, sus manos retiradas del foco donde se desvirtuaban mis certezas. Lo acusé de hacerme sentir culpable, de hacerme tener miedo de mí misma. La maleta yacía sobre la cama con las fauces abiertas, como dispuesta a vomitar las vísceras de nuestra intimidad. Yo sacaba algunas prendas sucias y las arrojaba a la bolsa del lavado. Le exigí que me dijera cómo podíamos seguir sin hacer el amor y sin tener amantes. Al menos tenía derecho a que me indicara cómo actuar. Nuestra conversación del viernes me había dejado completamente desorientada.

Esa noche fumamos un pito de marihuana antes de sentarnos a la mesa y luego, durante la cena, bebimos vino. Yo buscaba calmar la desazón. Me veo recostada en un sofá mirando el cielo raso, y a Ezequiel en el otro sofá, frente a mí, en una posición similar. La lona se sentía fresca. Una pila de libros sobre la mesa de centro dividía a Ezequiel en dos: de la cintura hacia arriba con una vieja camiseta y, como estaba en shorts, desde las rodillas desnudas hasta los pies. Le lancé que me había acostado con Bernardo la noche anterior. Estaba poseída por una indignación fría, vindicativa, justificada moralmente por el miedo que había sentido. El efecto de la yerba ayudaba a la representación. Hablaba desde una distancia con los hechos, con la vida en general, como si esta pudiera ser analizada con imparcialidad, como si tuviera lugar más allá de nosotros. Le hablé de la clase de placer que había sentido al imaginar que él nos estaba observando. Lo hice sin énfasis, como si le relatara a un psicólogo lo que había ocurrido. Después hablé del pánico. Se me coló dentro un filo de vulnerabilidad, un hilo cortante capaz de rasgar hasta el razonamiento más firme; levanté la mirada hacia él y deseé que me abrazara. Se dio cuenta, creo, pero se quedó pensando mientras daba caladas profundas a su cigarrillo. Las ventanas permanecían abiertas hacia el follaje del cerro Santa Lucía. A esa hora el tráfico había menguado y una imperceptible corriente de aire jugaba con el humo. Ezequiel parecía resuelto a mantenerse dentro de la convención de lejanía que habíamos asumido desde mi llegada. Hasta que me preguntó si quería que él estuviera presente. ¡De qué estaba hablando! ¡Anoche me había acostado con otro hombre creyendo que nos miraba y después casi me había muerto! ¿Qué pretendía, que viviera horrorizada por tener ganas de tirar de vez en cuando como cualquier mujer normal? La interpelación no lo conmovió. Hundió la colilla en el cenicero y miró por la ventana hacia la clara noche de verano. ¿No había dicho yo que me había excitado al pensar que nos espiaba? Se levantó y vino hacia mí. Se sentó a la altura de mis caderas, se quedó mirándome y luego me besó. Quiso saber cómo había sido. Una de sus manos se aventuró entre mis piernas. Tanto la acción de Ezequiel como la inmediata reacción de mi cuerpo me tomaron por sorpresa. ¡Qué estaba haciendo! La mano ascendió bajo el vestido ligero. Ezequiel me pedía que sintiera ahora lo mismo que el día anterior. Le ordené que dejara de tocarme. Pero me volvió a besar. Su mano se paseaba por mis piernas y me acariciaba por encima del calzón. Bernardo me lo había metido, y él veía cómo yo estaba gozando, vamos, Amelia, bastaba ver cómo me asomaba el placer en la cara. Ahora era mi cuerpo el que se movía llevado por el puro placer. Ezequiel me bajó del calzón y me acarició el sexo, despacio pero sin aflojar la presión. ¿Cómo se sentía dentro de mí? Su dedo medio me penetró. Le gustaba verme gozar: me estaba mirando, miraba cómo Bernardo me lo metía, me escuchaba gemir, pedir que no parara, eso, Amelia, deja que Bernardo te haga acabar. Le rogué que me lo metiera. Pero no, era Bernardo quien me lo estaba metiendo, él solo miraba y le gustaba ver cómo me movía, eso, Amelia, iba a acabar, eso, Amelia, eso, Amelia...

Dormí aferrada a él, temblando a ratos, sin comprender lo que habíamos hecho. Tenía menos miedo que la noche anterior. Atrás quedaron los años en los que entendía la seguridad y el amor de una forma distinta, ahora abolida. Me hallaba en un nuevo espacio de mí misma, uno menos conocido y menos convencional, al tiempo que más peligroso y más auténtico, con la sola guía de un placer anidado en el cuerpo. Ese placer halló la forma de brillar aferrándose a mí, tal como un trauma se adhiere a la mente. Ese placer ignoto, temido, resplandecía en medio de la oscuridad, aunque todavía no fuera más que una luz parpadeante.

En los días que siguieron, me pregunté cuándo había comenzado a incubarse ese cambio de época, cuáles habían sido los primeros indicios, los más inocentes pensamientos que con el paso de los años nos llevaron hasta esa noche en el sofá. Y tuve que resignarme a que era tanto o más difícil desentrañar la prehistoria de ese acto, que podía remontarse hasta nuestra niñez, que prever las consecuencias que pudiera llegar a tener. Porque ni su desgana sexual ni mi ansiedad alcanzaron a darme una explicación suficiente de lo que ahí sucedió. También me he preguntado hasta hoy si fui yo la instigadora o fue Ezequiel. Y he llegado a creer que nos fuimos dando pequeños impulsos el uno al otro, como notas alternas de una escala ascendente, hacia una especie de nueva conciencia en común: una que superó en su visión a la suma de las conciencias individuales.

* * *

Me levanto a prender la luz del comedor. Una banda roja se distingue en el horizonte mientras el mar se apaga y toma el color de la plata sin pulir.

–¿Puedo venir a verte mañana? Tengo que irme. Los niños me esperan a comer. Seguro que están muertos de hambre.

–Hablemos...

–¿No estás segura de si quieres volver a verme?

La pregunta nace de la idea que se ha hecho de la visita. Me recrimina mi tibieza, mi falta de entusiasmo, el paseo en vez de la cama, el té en vez de un trago, una charla amistosa en vez de una renovada complicidad.

–Estoy saliendo con otra persona, Bernardo –me siento culpable al decirlo.

Medita acerca de lo que acaba de oír. Deja pasar unos segundos y en su rostro se dibuja la expresión del cura de sonrisa compasiva.

–¿Es importante?

Ese tono eclesial que se alza por sobre las cosas y al mismo tiempo se arrastra.

–Creo que sí –digo sin convicción.

–¿Creo? ¿No lo sabes? Ah... Ezequiel todavía te ronda.

–Bernardo, no te debo nada.

–Me debes un final, si es que esto realmente terminó.

Se pone de pie, me da un beso acusador en la mejilla y antes de que yo reaccione, se va.

No creí que pudiera ser tan cándido. ¿O soy yo la que se ha

blindado de cinismo, de circunspección? ¿Es cierto que le debo un final? Parece que su gesto reproduce los correos que me envió durante los últimos días de vacaciones, antes de que nos volviéramos a encontrar en la oficina.

22 de febrero de 2005

Desde el principio me aseguraste que la relación con Ezequiel era tan estrecha como podía esperarse de un matrimonio bien avenido. Déjame decirte que es una fantasía malsana que tienes que desterrar. Tú y yo sí hemos estado cerca, en carne y hueso, la única manera digna y humana de estarlo. Te equivocas, Amelia, si crees que vas a dejar de pensar en mí.

23 de febrero de 2005

Tienes miedo. Lo tuviste desde niña cuando pensabas que tu madre no te quería y tu padre era poco más que una ausencia. Con Ezequiel, por primera vez en tu vida, creíste que podías confiar en alguien, que podías dejar de tener miedo. Él es un lugar seguro: lo conoces, lo vigilas, lo dominas porque tú tienes ganas de vivir y él no. Seguramente te impresionarán estas palabras porque no son mías. Son tuyas... dichas en uno de los tantos momentos en que nuestra cercanía te dio fuerzas para mirar tu vida con algo de verdad. Vuelve a mirarla así, no dejes que la costumbre te trague como arenas movedizas.

27 de febrero de 2005

Eres terca y brutal. No me has dado la menor oportunidad, no has respondido mis llamadas, ni los mensajes de texto, ni los correos. Tu reacción es de una frivolidad pasmosa. Al menos escríbeme. No quiero que volvamos a encontrarnos en la oficina sin haber hablado antes.

Cuando los recibí, los juzgué grandilocuentes, exagerados para un hombre que escribía sin haber abandonado a su mujer. Pero no era esa la razón para el rechazo que despertaron en mí. Fue lo que ocurrió con Ezequiel –desde su consentimiento para que me acostara con otro hombre, hasta la noche en el sofá– lo que demolió la visión tradicional de los triángulos amorosos en que esos correos estaban fundados. Ya no se trataba de una lucha interior para decidirme entre Bernardo y mi marido, como él creía pensar: una fuerza nueva había vuelto inútiles las viejas balanzas.

* * *

La neblina que viene del mar se arrastra por las laderas y enfunda cada casa, cada árbol, cada persona, en un estrecho hábito de vapor. De todos modos, salgo a caminar. Es una nube cálida, que no moja, y a medida que subo la pendiente se hace más ligera. En un altozano emerjo por fin a un día de sol. Se impone al mar blanquecino que abarca desde el horizonte hasta la línea sinuosa con que se arrima a los cerros.

Mientras tomaba desayuno hablé con Roque. Me llamó desde España. Está trabajando en la posproducción de sonido de un largometraje. Él lo llama "el largo", y a veces por el título: *La apuesta*. Es la historia de un poeta ludópata y enamoradizo. No le conté de la visita de Bernardo. Es un hombre celoso y no quiero ponerlo en guardia sin razón. Le he hablado de él en más de una oportunidad, pero como se habla de una aventura pasajera. Y no es que haya mentido burdamente: me había convencido de que no fue mucho más que eso. Pero su visita me obligó a reconocer la magnitud de lo que vivimos. El recuerdo que trajo consigo se abrió ante mí como se abre este día. Hubo luz y amplitud entre nosotros, las que yo he querido reducir a fuerza de olvido, a fuerza de una niebla que borra contornos y encierra los objetos de la memoria. Los correos que volví a leer anoche son la demostración de la intimidad que llegamos a compartir. Su presencia, la presencia de su cuerpo, que en ningún momento dejé de absorber mientras caminábamos por el jardín o de regreso en la casa, fue tan poderosa como para trasladarme hasta ese tiempo en que él desmanteló la imagen de víctima que yo había construido para mi seguridad, y me entregó a cambio, una idea más potente de mí misma, una capacidad de buscar la satisfacción sin culpa, más allá del pudor. ¿Ya entonces había derribado la barrera del pudor? Esos meses constituyeron mi aprendizaje para lo que vino después. Aprendí a guiarme según criterios distintos de los que me habían gobernado, a dejarme llevar por el deseo, a no regresar jamás a ese arreglo injusto, cordial pero yermo, en el que habíamos vivido Ezequiel y yo.

Si no llego hasta la roca final me siento como si no hubiera salido a caminar. Desde aquí veo sumergirse la tupida vegetación de la quebrada en ese océano de nubes. Estos pensamientos que le hacen justicia a Bernardo me convencen de enviarle un mensaje por celular: "¿Vienes hoy?". Después de reemplazar "esta noche" por "hoy", para no parecer sugerente. Creo que más que un final le debo una explicación. Al minuto me contesta: "Voy a las nueve".

Tengo una visión mientras camino sendero abajo: las pantorrillas firmes de Ezequiel oscilando frente a mí, como si caminara adelante y el cuerpo sobre ellas se hubiera esfumado a causa de la neblina. Mientras caminábamos por aquí, en medio de la reticencia de los árboles, yo tenía la costumbre de ir detrás y hablar de lo que me viniera a la mente. Le contaba de mis preocupaciones, de alguna discusión unilateral que sostenía con un contradictor ausente, de las ideas que ese paisaje despertaba. Y a Ezequiel le complacía escucharme. No me alentaba ni respondía las preguntas argumentativas que me hacía en voz alta, pero me dejaba seguir y yo creía ver, en los recodos del sendero, una sonrisa en su rostro.

Le divertían mis entusiasmos y mis desvelos, mis guerras no declaradas, la tenacidad de mi pensamiento. Y las pantorrillas oscilantes y el deseo de hablar me regresan a las camas de nuestros primeros años, la del cuarto vecino al de su madre, la del departamento de la calle Rosal donde nos fuimos a vivir recién casados, con él besándome los pechos, haciéndome el amor mientras yo relato lo que está ocurriendo, demasiado minuciosamente para el corto tiempo con que cuento. Me estás tocando, Ezequiel, me muerdes los pezones... me abres las piernas, Ezequiel, estoy mojada, tócame, quiero tenerte dentro... me lo vas a meter, eso, despacio, ya lo siento, ah, me lo estás metiendo... entero, quédate, quédate dentro, Ezequiel, quiero que te vayas dentro, quiero sentir cómo te vas..., y después de acabar él, continúo moviéndome hasta gritar mi escaso placer para que Ezequiel no lo olvide.

Me siento a la orilla del sendero, ahogada, con la impresión de su cuerpo más viva que nunca. Esa era yo, contándole desde un principio cómo tiraba con otro hombre que era él mismo. Lo excitaba con las palabras, no cabía duda, pero era yo quien más se enardecía, como si escucharme le diera mayor realismo a lo que hacíamos. Deseaba que él tomara conciencia de cómo yo sentía placer con un sujeto que recibía su nombre, pero que podría haber sido cualquiera.

* * *

Hice un buen fuego en la chimenea. Entre los troncos brotan cuernos encendidos. Es uno de esos veranos en que las noches no acaban de templarse. La corriente antártica de Humboldt, que asciende cercana a la costa, neutraliza el calor y es la responsable de la neblina. Por eso nunca debe faltar leña. Aquí no hay problemas de contaminación y podemos gozar de ese gusto primitivo de calentarnos ante un fuego vivaz y relumbrante. Bernardo está de pie junto a mí, sin llenar el vacío de palabras, ni las incidentales ni las que acarrean el peso de su juicio. Con el brazo pendiendo junto al cuerpo, da lentos giros al vaso de whisky. Una nueva ronda de aclaraciones, como ya la tuve con Josefina, pero con diferente signo: ante Bernardo no estoy a la defensiva; tengo menos que ocultar. Y demuestra una vez más su valentía al entrar en el tema que ayer evitamos:

–Esa última vez que hablamos en la oficina, cuando ya sabías que te ibas a Estados Unidos...

–¿Sí?

–Me propusiste –respira hondo, toma un trago y continúa–... que nos acostáramos delante de Ezequiel. ¿Hablabas en serio o fue tu manera de terminar con mi insistencia?

–¿Te pareció que era una artimaña?

Confío en que Bernardo no se escandalice si soy sincera. Un chuncho canta desde un bosquecillo de peumos, más abajo en la quebrada, un búho diminuto cuyo canto, un pulso agudo, dulce y pertinaz, se expande a través de la noche en ondas sucesivas, como la señal que aún emana de esa última vez que nos vimos.

–Me acuerdo de tus razones. Ezequiel se había vuelto tan... ineludible, dijiste, que la única forma de hacerlo era con él presente.

–Desde que se había enterado no podía sacármelo de la cabeza.

–Me diste a entender que él también estaba de acuerdo...

Contemplamos el fuego como si avanzáramos en paralelo hacia distintas conclusiones. El chuncho nos acompaña. Ambos seguimos una luz que oscila ante nosotros, pero la recibimos en dos haces independientes, como asomándonos a dos ventanas distintas de la realidad. Tanto su tono de voz como su talante son los de un Bernardo inusual: reflexivo sin ser dogmático, atento a los detalles sin ahogarse en su neurosis, un Bernardo con quien pocas veces estuve, un término medio entre el implacable dios analítico y el Dioniso desaprensivo, llevado en andas por sus intuiciones.

–Estaba segura de que él aceptaría.

–Pasé días tratando de descifrar el significado de tu proposición –va hasta la botella de whisky y llena el vaso con un brusco ademán–. Al principio pensé que era, como te dije, un pretexto para deshacerte de mí. Una condición inaceptable para cualquier hombre con algo de orgullo. Pero después dudaba: tú habrías sido capaz de decirme a la cara y sin retorcimientos que no querías volver a verme. Entonces consideraba la posibilidad de que fuera cierto. Yo quería tenerte conmigo más que nunca, estaba convencido de que, si nos acostábamos una vez más, te darías cuenta de la fuerza de nuestro... amor, deseo, como quieras llamarlo. Y con Ezequiel de testigo, sería irrefutable. Pero después volvía a pensar que estabas mintiendo, que era tu rara manera de decirme que no podías seguir acostándote conmigo si él lo sabía, y que tampoco encontrabas la fuerza para separarte.

–¿Y todavía no me crees?

–Me arrepiento de no haber aceptado, de no haber ido esa misma noche. Yo creo que te cegaron la culpa y el miedo a la separación. No fuiste capaz de soportar la incertidumbre. Si yo hubiera sido menos prejuicioso y más atrevido, te habrías dado cuenta de la forma más concreta posible, de que lo de ustedes no tenía solución.

–Te equivocas, Bernardo.

–¿Por qué estás tan segura?

El reflejo del fuego da movimiento a sus facciones, pero se mantiene fijo y constante sobre el punto más sobresaliente de su frente convexa; como si justamente ahí tuviera lugar una lucha entre la comprensión y la memoria.

–Porque tu única posibilidad era participar de algo que Ezequiel y yo habíamos inventado. Habrías tenido que actuar para nosotros y te diste cuenta de que no podías hacerlo. Por eso te negaste.

–¿Me considerabas tan poca cosa?

–No es eso... es que no había otro lugar para ti que no fuera ese. Yo todavía estaba unida a Ezequiel y quizás no te lo dije claramente, o tú no quisiste aceptarlo.

Su mirada adquiere una súbita indignación, para dar paso de inmediato a una mueca complaciente, hasta bobalicona. Se esfuerza por permanecer en ese estado anterior a los juicios.

–Aunque puede que tengas razón con lo del miedo a separarme –agrego–. Yo sentía algo fuerte por ti, pero no podía vivir sin Ezequiel. A él lo amaba más todavía, era como si me envolviera. No me veía sin él ni más allá de él. Me hubiera sentido ahuecada, sin un yo. Tú también tenías miedo, recién te separaste dos años después. Para mí no fue fácil y tampoco quería que lo fuera. Tuvieron que pasar muchas cosas antes de que me atreviera a pensar en la separación.

–¿Qué cosas?

–No te las voy a contar.

–Si yo hubiera ido esa noche, lo absurdo y lo insoportable de la situación te habría hecho arrancar de ahí.

–Yo no la consideraba ni absurda ni insoportable. Por eso te la propuse.

–Me la propusiste porque sabías que me iba negar.

En el pequeño cuarto embaldosado de la oficina de Miquel, donde había café y un hervidor de agua en medio de un arsenal de artículos de aseo, lo creí capaz de desobedecer a su orgullo. El Bernardo libre para pensar y para actuar, libre de ideas prefabricadas, confiado en la vida y dispuesto a ensayar lo inaudito, podría haber aceptado la proposición. Hablábamos apurados, temerosos de que alguien nos oyera, excitados los dos, él con la idea de acostarse conmigo, yo con hacerlo delante de Ezequiel. Desde mi sesgada perspectiva, Bernardo se había constituido en la única esperanza de regresarle la sexualidad a mi matrimonio. Era tan imperioso lo que me movía, que no tuve vergüenza de planteárselo, a ese punto llegaba mi afán de volver a experimentar lo que nos sucedía en la casa, pero ahora con Bernardo de cuerpo presente. Después del sofá, Ezequiel y yo habíamos hecho el amor y nos habíamos masturbado mutuamente pensando en él en varias ocasiones, y lo que nos decíamos al oído adquiría cada vez más realismo, como si no tuviera nada de descabellado y fuera posible con solo proponérselo. En el estrecho y asfixiante cuarto de aseo no conseguíamos ponernos de acuerdo. El hervidor de agua todavía echaba vapor y un olor a café y detergente colmaba el aire. Nos hablábamos cara a cara, en voz baja, como dos conspiradores. Bernardo se debatía y en varias ocasiones intentó besarme. Pero yo quería doblegarlo, incitarlo al punto de que aceptara mis condiciones. Describía cómo lo haríamos, cómo me entregaría a él con más libertad que nunca antes. Me dijo que estaba loca, que Ezequiel estaba más loco que yo, que saliera de ahí, que me salvara, pero yo no escuchaba y seguía a la espera de que accediera a mi deseo. Me asombra mi temeridad, mi egoísmo, el descaro con que estaba dispuesta a usarlo sin detenerme a pensar en sus sentimientos. Porque no se trataba exclusivamente de una perversión: yo creía que mi matrimonio dependía de ello. Más tarde aprendí que podía ser él u otro, pero necesitábamos que un tercero se prestara al juego y así nos devolviera, paradójicamente, una ilusión de intimidad que habíamos perdido.

–No, no lo sabía. Si no te dejabas dominar por el orgullo y los prejuicios, quizás lo tomaras como una aventura –repliqué.

–Te escucho y tengo la impresión de que nunca creíste que te amaba de verdad.

Me sonrío ante el rebrote de su romanticismo. Es el cambio de rumbo propicio para dejar atrás el arrecife de emociones y conjeturas que acabamos de cruzar. El romanticismo recubre las pasiones más incómodas con un duro caramelo y las vuelve inocuas.

Cociné un curry verde de pollo con arroz basmathi, no con

el afán de impresionarlo –a Bernardo nada le impresiona–, sino para ir sobre seguro con una de mis mejores recetas. Además de arquitecto, cree ser paisajista, psicólogo, analista político y gourmet. Poco antes del postre, Roque vuelve a llamar. Me refugio en el dormitorio. La señal se debilita un tanto. Como me siento más segura que en la mañana, le cuento sin miedo que estoy comiendo con Bernardo. Es mejor que se acostumbre a mi pasado, no va a desaparecer de un día para otro. Su voz se vuelve cautelosa. Le digo que no tiene nada de que preocuparse: lo único que debe hacer es venir cuanto antes a Rungue una vez que esté de regreso.

Hasta que Bernardo se levanta para irse, fingimos que podemos ser amigos. Nos engañamos mediante una suma de asuntos triviales, noticias sin importancia, comentarios livianos acerca de algún proyecto de interés; en fin, simulamos un diálogo entre esos amigos que están más acá de las confidencias y más allá de la simple cortesía. Y ese es nuestro principal problema: a qué distancia ubicarnos el uno del otro. La distancia larga, la que empleamos mientras comíamos, se invalida por la cercanía que alguna vez tuvimos. Existe de parte de ambos una presión involuntaria que lo vuelve todo más espeso, más incómodo, menos intrascendente. Y la distancia corta, la de las confidencias y la intimidad, la de los momentos frente a la chimenea, sin el amor y sin la pasión que la aligeren, se torna grávida, solemne y recriminatoria. La única distancia posible por ahora es dejar de vernos. Él también parece comprenderlo: en la despedida no me da el consabido beso en la mejilla y con una mueca me dice, alzando la mano:

–Nos veremos algún día.

* * *

Tal como estaba planeado, días después del encuentro en el estrecho cuarto de aseo me retiré del proyecto. La posibilidad de que

Ezequiel tomara un año sabático para ir a la New York University, a dar clases en un magíster de escritura creativa en español, se había concretado al regreso de las vacaciones. En el diario no pusieron problemas, con la condición de que enviara un artículo al mes; y prometieron no reemplazarlo como crítico insignia. Lo esperarían. Pero Ezequiel no creía en sus virtudes, y estaba convencido de que la razón de tanta conformidad era que no había otro idiota que quisiera hacer ese trabajo ingrato.

Clarisa, mi gran amiga Clarisa Baldwin, me reemplazaría en la supervisión de las obras asociadas al proyecto del club. Controlaría a la empresa a cargo de la construcción del parque, desde los movimientos de tierra iniciales hasta la plantación de la última mata de cubresuelos. Somos amigas desde 1996, cuando nos presentamos juntas a una exposición de proyectos paisajísticos, una de las primeras de este tipo que se organizaban en Chile. Hicimos un jardín semidesértico, mezclando plantas suculentas, resistentes a la sequía, con pequeñas pilas de piedra laja de tonos ocre, pilas verticales no muy altas que daban la sensación de ser túmulos dejados como ofrenda por un pueblo precolombino. Obtuvimos el segundo premio y para mí significó el despegue de mi carrera. Después nos asociamos para hacer un par de jardines, pero las posibilidades de tener cada una su oficina crecieron con los encargos. Al principio hablábamos nada más que de trabajo, como dos mujeres cautelosas de su intimidad, pero con los años nos hemos hecho verdaderas amigas. Nos escuchamos, no nos juzgamos, nos aconsejamos, nos protegemos, nunca la he descubierto en una indiscreción y yo tampoco me la permitiría.

Durante los meses que siguieron terminé otros trabajos aún pendientes y puse mis asuntos en orden. Con la excepción de los trámites para obtener nuestras visas, los arreglos para la partida fueron más fáciles de lo que esperábamos. Tuvimos la suerte de que un primo hermano de Ezequiel se casara a principios de agosto de ese año 2005, y como él y su novia no tenían claro su futuro inmediato, les acomodaba quedarse en el departamento y hacerse cargo de los gastos comunes. Y esta casa de Rungue quedó al cuidado de Josefina.

Una nueva etapa se había iniciado, y en ella me sentía menos insatisfecha. No pasaba más de una semana sin que tuviéramos un encuentro sexual. Yo había resultado ser una buena contadora de historias. Apenas empezábamos a tocarnos en la cama, le hablaba a Ezequiel de otros hombres –hombres posibles, para agregarle verosimilitud a los encuentros–, mientras Bernardo perdía protagonismo hasta una noche en que no lo mencioné más. La justificación era la misma cada vez. Me iba a la cama con ellos pensando en Ezequiel, imaginando que él nos espiaba. Nos dejamos llevar por ese nuevo furor, una segunda ola de sensualidad, un entusiasmo olvidado hacía años. Él se mostraba abierto a la experiencia, me estimulaba a seguir y le gustaban en especial los detalles: cuándo el tipo se había atrevido a tocarme, si se lo había chupado, cómo me sentía yo con otro pene dentro, en qué modo era diferente, en qué posiciones lo habíamos hecho. Le gustaba que repitiera una y otra vez que tenía los pezones erectos y que el tipo me los mordía.

Pero hacia el final de aquellos meses de espera esas fantasías dejaron de surtir efecto. Él estaba nervioso porque todavía continuaba con las reseñas y debía preparar el primer seminario que dictaría en el otoño. Había perdido la costumbre de tener más de un trabajo contra el tiempo, y las exigencias de la universidad eran numerosas y precisas en cuanto a contenidos, metodología, bibliografía y evaluación. Pero la principal causa del enfriamiento fue que yo no era una Sherezade del sexo. A esas alturas había empleado todo mi repertorio de fantasías y las situaciones comenzaban a repetirse, los escenarios también, la estructura a resultar predecible. Por supuesto, Ezequiel no me sometía a un examen de habilidad narrativa y se mostraba más dispuesto a dejarse llevar por cualquiera de mis invenciones que por una historia impresa en papel. Pero, como en todo, hacía falta novedad y ya no sabía dársela. Así transcurrieron el último mes en Santiago y el primero en Nueva York. En estado de alerta, conscientes de que no había vuelta atrás, nos dejamos llevar por el espíritu de esa ciudad tumultuosa.

TERCERA VISITA

No hubiera podido anticipar que la visita de Bernardo me despertaría una nostalgia dolorosa por Ezequiel. Estos árboles jóvenes que me sobrepasan por un par de metros, los macizos de arbustos con sus formas semejantes a la vegetación de las laderas húmedas, la curva y la contracurva de la quebrada cada día más robusta e insolente bajo el sol, no significan gran cosa si Ezequiel no está aquí para admirarlos. Quisiera tener un buen pretexto para hablar con él, pero no puedo resistir la tentación de marcar su número de teléfono. De nuevo estoy ante el gran boldo a la espera de que conteste la llamada. Su voz me provoca un sobresalto. Está donde su amigo el escritor Renzo Perti, en un viejo caserón del cerro Cárcel de Valparaíso.

–Estoy en el jardín y echo de menos salir a dar una vuelta contigo.

–¿Quieres que vaya mañana?

–Es lejos –digo a la defensiva. Comprendo que mi llamada es un arranque sentimental antes que la manifestación de un anhelo genuino. Quiero recorrer el jardín con él, pero sin pasar por la ordalía de volvernos a ver. Quiero el idilio, pero no la responsabilidad. Quería decirle que lo extrañaba, pero ahora me siento perdida en mi propia confusión.

–No... no lo es –tartamudea levemente–, en poco más de una hora estoy allá. Voy, almorzamos y regreso. Así me olvido de Perti por un rato. No me deja leer en paz. Lo único que hace es hablar y emborracharse. No ha escrito ni una linea en un mes.

–Bueno... –digo con ostensible reticencia, segura de que Ezequiel detectará mi arrepentimiento.

–Nos vemos mañana –reafirma y se apresta a cortar.

–¿Ezequiel?

–¿Sí?

No sé qué decir.

–¿Quieres algo especial de comer?

–Mmm... Ají de gallina.

* * *

Por la mañana voy de paseo a la Quebrada del Agua, para distraerme. Aún bajo la consigna de mantener la calma, las imágenes se sublevan: hacemos el amor, y Ezequiel se muestra ardiente y determinado, tomando venganza por los años muertos; o los dos caminamos por el jardín, sin nada que decir por temor a herirnos. Voy de un extremo al otro. Anhelo y miedo enfrentados. No nos hemos visto desde el día en que salí de Santiago, hace ya dos meses. ¿Cómo será su expresión al llegar? ¿Será el gesto hosco y esquivo del final o volveré a encontrar timidez y benevolencia en sus ojos? ¿Simulará que es una llegada como las de antes? ¿Se moverá por la casa con desparpajo para afirmar su dominio sobre ella? ¿Me llenará de reproches o implorará que regresemos? En la saliente donde acaba el sendero me parece verlo junto a mí, con los crespos de la frente agitados por el viento. Lo veo lleno de vida, como si él dominara el mundo desde esa cumbre, me tomara de la cintura y me ofreciera sus reinos. Empuño las manos. Doy un grito. No quiero que la imaginación juegue conmigo. Ezequiel nunca será ese hombre ni ese Satanás; tampoco será el Dios de amor donde refugiarse cada día. Seguirá observando el mundo desde aquí con los ojos cargados de escepticismo, de miedo –por qué no–, seguirá desafiando al viento y a la neblina porque nunca podrá emocionarse con ellos. Porque nunca soñó de niño que volaba ni que se volvía invisible, porque nunca, ni siquiera durmiendo, perdió la conciencia de sí mismo.

Durante la primera hora de su visita hacemos lo que se supone debemos hacer, recorrer el jardín y hablar de plantas. No hay instante en que no sienta el olor que emana de su cuerpo. Llevamos los sombreros para protegernos del sol: yo una pamela, él uno típico de huaso, de copa y ala rígidas. En algunos de sus comentarios percibo un punto de exageración, en discordia con su talante circunspecto. Se lleva una mano a la nuca cuando llegamos a la explanada junto a la piscina. Dice no creer que la pendiente que baja desde ahí se haya poblado tan rápido. No parece recordar que fue testigo de cómo los raphiolepis, las verónicas y los mirtos cubrieron por completo esa zona durante la primavera. Busca darme en el gusto y se lo agradezco. Pone su afán en detectar las labores que hemos realizado con César. Cuando los dos hombres se encuentran se dan un abrazo, algo poco usual en ambos, de costumbre reacios al contacto físico.

–Las plantas se ven felices, César, se nota tu mano.

–Gracias... La señora es la que sabe.

–La señora no sabría qué hacer sin ti.

Ezequiel advierte dónde hemos podado, qué plantas han cambiado de lugar, cuáles están mejor y cuáles peor que antes; incluso me pregunta por los planes que tengo para el invierno, única temporada en la que hay tiempo para construir. En otoño se mejora la tierra, se planta, se trasplanta y hacia el final se poda. En primavera se fumiga, se fertiliza y se desmaleza. En verano, sobre todo se riega, se arreglan los caminos y César toma vacaciones, aunque este año no saldrá hasta que su mujer dé a luz el hijo que espera. Tengo la idea de levantar una pérgola en la parte baja, un lugar para sentarse a leer en las tardes de sol. Una pérgola sencilla, suelta, hecha de madera y caña, cubierta de enredaderas. César preparó un almácigo de una passiflora chilena, una flor de la pasión que se ha vuelto escasa en su hábitat natural. En una de las caminatas a la Quebrada del Agua encontré un ejemplar trepado a un molle y del suelo recogí un fruto parecido al maracuyá, rebosante de semillas. Ezequiel la descubrió conmigo. De ahí en adelante, cuando pasábamos junto a ella, comentaba el aspecto prehistórico de sus flores. Cada frase que emplea es un hidalgo reconocimiento de mi soberanía sobre esta casa y este jardín. Sin embargo, las pistas que deja caer a medida que nos movemos, y que podrían interpretarse como indicios de que busca un nuevo entendimiento, me resultan vacías. Esa dedicación al detalle, la leve acentuación del gesto apreciativo, el trato respetuoso y atento, tienen un dejo de hipocresía. Un registro adecuado pero falso. Ezequiel quiere "hacerlo bien" y su motivación puede ser tanto complacerme como no contrariarme, acercarse y a la vez mantener inalterada la distancia. Por el exceso de urbanidad que la rodea, su visita no es más que un bote de pelota, un toque de cercanía para volver a alejarse, el modo de verme sin enfrentarnos, una manera de enfriar la inevitable intimidad.

Yo también me he mostrado cautelosa. Creo haber expuesto mi añoranza con el llamado y le cedo la iniciativa de la conversación.

Pero el almuerzo no consigue ablandarlo. Los tendones de sus manos y sus antebrazos parecieran sobresalir más de lo habitual. Celebra el ají de gallina con la misma expresión de la primera vez, aunque sin verdad. Habla de Perti, de Valparaíso, de cuánto echaba de menos *esta* vista al mar. Me limito a relatarle mis días silenciosos, mis lecturas. Come sin apuro, casi con cálculo, a diferencia de mí, que trago sin control. ¿Cuántas horas podríamos permanecer en este registro artificial? Ezequiel se muestra tan determinado a conservarlo que no consigo reunir la valentía para darle un vuelco.

Después de haber masticado con parsimonia la última hoja de lechuga cultivada por César, me pregunta:

–¿Sig... sigues con García?

La duda lo humaniza y delata la impostura anterior.

–¿Por qué lo preguntas?

–Solo quiero saber.

–Lo he visto poco. Está de viaje.

–Ah.

–¿Por qué lo preguntas? –insisto.

Se demora en contestar.

–Por el llamado. Pensé que...

–¿Habría alguna diferencia?

Niega con la cabeza, desplazando levemente el plato con los pulgares.

–Ezequiel, ¿crees que podríamos...?

–No –me interrumpe–, no mientras sigas con él.

–Antes no te importaba que fuera mi amante.

–Ya no es tu amante, es... es tu pareja.

–¿Entonces has pensado que existe una posibilidad de volver?

–No sé qué he pensado, Amelia. Es inútil...

–No me parece inútil. No es mi pareja.

–Yo no te llamé.

–Al menos soy honesta. Te echo de menos. No ha sido fácil.

–Quería saber cómo estabas, nada más –dice mientras se limpia escrupulosamente la boca con la servilleta.

–Y yo quisiera saber qué sientes.

Me brinda una mirada lenta, para que pueda absorber la expresión de sus ojos. Y de ellos brota la duda, el temor que despierta la incertidumbre. Una expresión que fluctúa entre el cariño y el resentimiento. No sabe qué siente y por eso ha actuado de este falso modo.

–¿Viniste para saber qué sentías?

–Vine, Amelia.

También fuimos a Nueva York para saber qué sentíamos. Desde que Ezequiel me habló de esa oportunidad, lo animé a que la tomara. Y él, que por lo general respeta el principio de la inercia, venció su inmovilidad para presentar una buena postulación y lograr ser aceptado. Creo que ambos confiábamos en que Nueva York nos abriría una nueva perspectiva, una forma de mirar nuestro matrimonio desde un nuevo punto de vista sin abandonarlo. ¿Queríamos seguir adelante con la vida que llevábamos en Chile? ¿Era posible cambiarla? Ninguna de estas preguntas había sido formulada, vagaban de un fuero interno al otro, cuestiones ineludibles que de tan cercanas no podíamos resolver.

Llegamos a un departamento en un noveno piso, arrendado para nosotros por la oficina de *housing* de la universidad. Estaba ubicado en Grove Street con la Séptima Avenida, frente a Sheridan Square, en la esquina enfrentada con Christopher Street, corazón del Village y sus fachadas de ladrillos. Gracias a la amplitud visual que permitía ese triángulo verde, nuestras ventanas del salón y el dormitorio tenían una vista oblicua a la avenida que bajaba hacia el sur de la isla de Manhattan. La coordinación de los semáforos producía un efecto que nunca dejó de hipnotizarme. Durante la noche, cuando estaban en rojo, se veían cinco o seis frentes de luz hacia el norte, como barreras, solo perturbados por los autos que se derramaban hacia la corriente desde las calles laterales. Pero cuando la secuencia de verdes iniciaba su avance hacia nosotros, las luces de los autos se movían con relativa fluidez, como pares de glóbulos incandescentes que copaban el flujo sanguíneo. Así vivimos durante diez meses, entre el movimiento y la espera: el fragor y el silencio sucediéndose a intervalos regulares.

La primera vez que nos pusimos en movimiento fue durante una reunión social organizada por el Departamento de Literatura Española. En una sala de clases frente a la secretaría, a las cinco y media de la tarde, nos esperaba el decano de la Facultad de Lenguas junto a su señora, ambos de pelo blanco y vestidos para un elegante cóctel de playa. La idea era que se conocieran entre sí los recién llegados al departamento, ocho profesores visitantes y catorce candidatos a doctor, acompañados de sus parejas. Era una tarde calurosa, húmeda, más espesa de lo que cualquiera acostumbrado a un clima mediterráneo pudiera soportar, agravada por el contrastante frío de la semana anterior, que me había hecho abrigar la esperanza de que ese verano opresivo terminaba de una buena vez. Algunos hombres no se habían molestado en cambiar sus shorts por un par de pantalones, y más de la mitad de las mujeres lucía vestidos marchitos y el pelo desarreglado. Ezequiel ya me había descrito la mal compuesta versión de un estilo "activista latinoamericano" que predominaba sobre el "socialista europeo". Recuerdo que uno de los invitados me llamó "latina", una condecoración que entre esas gentes debía ser ostentada con orgullo, y que a mí me sonó graciosa al pensar en las ínfulas que se daban mis padres por su ascendencia "indiscutiblemente europea". Para causar una buena impresión me había puesto un vestido negro, sin mangas, entallado, de escote redondo y largo sobre la rodilla. Y dos días antes me había comprado unas sandalias de cuero y una pequeña cartera, accesorio que parecía frívolo ante las demás mujeres, pues si no dejaban un maletín sobrecargado de documentos y el notebook encima de un escritorio, acarreaban un alto de carpetas y libros, o simplemente no llevaban nada. Había pelos por todas partes, desde axilas femeninas sin depilar hasta barbas desaseadas. De beber, se ofrecía jugo de frutas con un sabor a preservantes insufrible, agua y cervezas sin alcohol. De comer, nachos con salsa picante. Era todo perfectamente anodino y cordial.

Nos hallábamos reunidos en grupos, y en el nuestro la conversación avanzaba a trompicones, sacudida de vez en cuando por una risotada general, nacida más de la incomodidad de los oyentes que del ingenio del bromista. Tal vez violentado por la insulsez del momento, Ezequiel hizo un aparte y me presentó a Lucien, un alumno de doctorado que asistía como oyente a sus clases. Me gustó la pulcritud de su aspecto. Sin mediar razón, le pregunté si tenía sangre jamaiquina. Era un mulato, un poco más alto que yo, de rasgos que me parecieron caribeños, aunque su piel tersa daba para pensar que también tenía algún ancestro oriental. Llevaba el pelo cortado al ras y en el círculo de su rostro destacaban unas pestañas largas y combadas. Me tuve que tragar mis palabras cuando me miró extrañado para decirme que era de Iowa City y que su familia llevaba muchas generaciones en Estados Unidos. No conocía la proveniencia de sus ancestros negros. Y su madre era blanca, de Tennessee. Yo le había oído decir a Ezequiel que en la Universidad de Iowa existía uno de los programas de literatura más prestigiados del país, así que para borrar mi anterior fallo le pregunté a Lucien si había estudiado allá. Otra falsa presunción. Al salir del colegio ya estaba cansado de esa pequeña ciudad sin nada más que edificios universitarios, hospitales y malls, y se había inscrito en la NYU para estar, según dijo, en "la ciudad por antonomasia". No dejaba de tener sus arrestos literarios, aunque los profería sin arrogancia. En ningún minuto explicó las razones de su interés por la literatura en español, pero sí dejó en claro que no tenía intención de ser escritor ni de moverse de Nueva York. Era un hombre fuerte, según pude notar en sus piernas y brazos, dejados a la vista por unos shorts de lino y una polera de color mostaza, y al mismo tiempo daba la impresión de ser un niño. En sus ojos brillaba un vivo candor, sus modales eran corteses y no se mostraba ni cínico, ni impertinente, ni mordaz, como suele ocurrir entre los estudiantes de literatura. Contaba de Iowa, de cómo asistió desde niño a conferencias de grandes escritores en la universidad, de sus padres –auxiliares médicos en el hospital de la misma institución–, de su tesis, una idea pretenciosa disimulada por su entusiasmo infantil. Hablábamos en un inglés salpicado de expresiones castellanas. Ezequiel atendía al intercambio de frases con su reticencia habitual, hasta que de pronto intervino, sin esperar un silencio, para invitar a Lucien a comer después de que saliéramos de ahí. Podíamos ir al Miracolo, que quedaba cerca de nuestro departamento. El joven candidato a doctor aceptó encantado, mostrando un par de incisivos animalescos. La inédita sociabilidad de mi marido, sin una copa en el cuerpo, me tomó por sorpresa y pensé que Nueva York podía ser la causante.

A partir de aquí mis recuerdos, las imágenes, se suceden de manera discontinua. Estoy en la terraza sobre la amplia vereda de la Octava Avenida con un hombre a cada lado. Ezequiel ha bebido bastante, ríe y bromea con Lucien, que le sigue el paso sin desfallecer. Aunque nuestro invitado parece ser una persona alegre, muestra cierta premeditación en cada gesto, cada palabra, cada movimiento, como si tuviera que "crearlo" en medio del vacío interior. Un niño para el que la alegría es un deber. No recuerdo qué comíamos. Los fines de semana, en ese café-restaurante solíamos tomar café latte en unos tazones enormes, sentados en los sillones antiguos de diferentes estilos que poblaban el comedor principal. Pero en la terraza nos tenemos que contentar con sillas plegables y una mesita con cubierta de vidrio. El calor ha disminuido gracias a una brisa fresca que baja por la avenida en contra del tráfico, un respiro que trae desde el norte el vecino río Hudson. Una mano de Ezequiel me descorre el vestido y se posa en mi pierna, más arriba de lo que cualquier convención podría aceptar. Ese ademán insólito me da a entender sus intenciones. O es su manera de acceder a las que supone mías. Quisiera que el recuerdo me trajera instantes de confusión, una resistencia espontánea, una violenta descarga de pudor. Pero nada de eso me viene a la memoria. Lucien se convierte en un hombre posible y no es difícil imaginarme con él en la cama. Me desprendo de cualquier timidez para coquetearle. Me río, agito el pelo, le toco el brazo, acerco el rostro cuando me habla, mientras Ezequiel continúa acariciándome el muslo a alturas desacostumbradas. Lucien puede ver esa mano audaz a través del vidrio de la mesa. Llega la invitación al departamento a tomar un último trago. Caminamos entre la muchedumbre que ha salido a gozar del frescor de la noche. Lucien pareciera dar pequeños saltos, como si imprimiera más energía de la necesaria a cada paso.

El invitado y yo nos sentamos en el horrible sofá, cubierto por mí, al día siguiente de nuestra llegada, con una tela listada de colores fuertes. Las ventanas están abiertas y desde las calles asciende el ruido de la ciudad. Ezequiel está tendido sobre la alfombra, apoyado en unos cojines de casi un metro por lado. Temo que algo salga mal y a la vez que todo se concrete. Miro las manos y los pies de Lucien. Quisiera tocarlos. Tiene puestas unas sandalias con una sola traba en el dedo gordo. Después observo su rostro para indagar si presiente lo que va y viene entre Ezequiel y yo. Conserva la expresión ingenua y el único cambio es que al hablar ahora se dirige a mí. Encendemos un pito de marihuana. Mi corazón late fuerte. Lucien le da una parsimoniosa calada. Nos reímos al recordar lo incómodos que nos sentíamos en la reunión de la facultad. ¿Cómo lo haríamos, cómo pasaríamos desde este lado de las cosas, el lado convencional de una noche entre amigos, a ese otro lado desconocido donde no habría más guía que la intuición? Y al cabo de un rato Ezequiel cruza ese abismo, insalvable a primera vista, lanzando la pregunta en medio de un silencio prolongado: "¿Quieres acostarte con mi mujer?". Más que cualquier otra imagen, recuerdo la expresión de Ezequiel. Mantiene el semblante serio, sin una sonrisa abochornada ni una incipiente mueca de vergüenza que lo distorsionen; es una proposición hecha con voz firme, con determinación, con bravura, que no se presta para confusiones. Ante la falta de reacción de Lucien, agrega: "A nosotros nos gustaría". El invitado se vuelve hacia mí y no sé con qué se encuentra: ¿anticipación, miedo en los labios, estupor? Sonríe confundido, mira de nuevo a Ezequiel, deja el vaso de whisky sobre la mesita y me besa, sin decir nada, al tiempo que desliza una mano entre mis piernas. El sabor del whisky se propaga en mi boca y mis muslos tiemblan al tacto.

Estamos semidesnudos en el dormitorio, él en unos pantaloncillos negros ajustados y yo en calzones, con su mano colada dentro. Me toma por sorpresa su glande pálido a pesar de la erección, como las plantas de sus pies y las palmas de sus manos. Me arrodillo entre sus piernas y se lo chupo. Me acaricia la cabeza y los pechos, como si los sopesara. Ezequiel se desnuda, me recorre la espalda con sus manos. Continuamos así hasta que Lucien me hace tenderme de espaldas, me saca el calzón, me besa ya sin cuidado y se gira hacia el velador para tomar un condón que Ezequiel acaba de poner ahí. Se acomoda entre mis piernas y me penetra. Frente a mis ojos se estremecen sus pectorales en punta, ligeramente femeninos pero firmes. Ezequiel se tiende a mi lado. Quiero mantenerme conectada con él. En su rostro no asoma ninguna duda respecto de lo que hacemos. En el mío creo que tampoco, incluso dejo que lo vea deformarse de placer. Tiene una erección. Sobre nosotros, en el cielo raso, se turnan la oscuridad y los reflejos del tráfico, en un largo compás. El invitado me besa el cuello y los pezones, y llegado un punto le ofrece su boca a Ezequiel. Pero este no le corresponde, lo observa con ojos alentadores, imperiosos, y pone una mano sobre el hombro de ese mulato que se mueve dentro de mí hasta arrancarme un orgasmo breve pero intenso. Lucien acaba poco después, sin ostentación, en un estertor monocorde. No sé en qué momento acabó ese tercero, mi marido, de pronto tan lejano como para sorprenderme con su esperma caliente sobre la piel.

Lucien se viste luego de un tiempo prudente, no huye ni tampoco se demora más de lo apropiado. Se despide de mí con un beso en la boca. Volvemos a estar solos Ezequiel y yo, nos miramos con fijeza, tendidos de costado, los cuerpos en paralelo. No hablamos, no hay nada que decir, pero necesito ver sus ojos para sentirme segura de lo que hicimos. Así permanecemos hasta quedarnos dormidos, en la misma posición de nuestra última noche juntos.

Despertamos tarde y regresamos al Miracolo a tomar *brunch*. Debió de ser un sábado, porque Ezequiel no tenía que ir a la universidad. Nos quedamos en el interior esta vez, para protegernos del calor en el salón con aire acondicionado. Había dormido tranquila, sin remordimientos. Pese a que habíamos abierto el cerco de nuestra intimidad, no me sentía mal. Ni usada, ni sucia. Al contrario, me sentía liviana, segura de mí misma, con los sentidos desafiantes. No conservo ningún detalle de esa mañana, pero me imagino sentada en una poltrona, gozando de la textura granulosa de un *smoothie*, del tenue dulzor de un *muffin*, del estimulante parloteo proveniente de las mesas a nuestro alrededor. No creo que hayamos hablado de lo que pasó. El cuerpo aplacaba cualquier erupción de moralina. El cuerpo como un domicilio al que se regresa para dejar fuera la incertidumbre de la calle. Y sobreviene la imagen de Ezequiel sentado con desparpajo en el sofá de terciopelo, la cadera adelantada, las piernas abiertas; el rostro en descanso y sin sombras.

Días después Ezequiel se encontró en clases con Lucien. Lo escuchó decir que nuestra salida había sido *brilliant*, con ese aire de inocencia que lo caracterizaba y que parecía negar cualquier compromiso más allá de una incipiente amistad. Esta fue la razón de que nos atreviéramos a invitarlo por segunda vez. Fuimos a una *trattoria* en la calle Hudson del Meat Packing District. Luego Lucien nos llevó a un bar próximo, ubicado en un subterráneo, un sitio oscuro, atestado y húmedo a causa del sudor. En el centro del recinto, un mesón de bar en desuso formaba tres lados de un rectángulo y servía de separación entre los que bailaban dentro y los que charlaban fuera. Quienes mayor uso hacían del mesón eran los exhibicionistas que se montaban en él para vanagloriarse de sus piruetas. La música de ritmo pausado, con predominio de bronces y percusión, volvía los contoneos más lentos y sensuales. La concurrencia era principalmente negra. Cada tanto, las mujeres se ponían de espaldas y tendían el tronco hacia delante para frotarse contra las caderas de los hombres. Entramos al interior del mesón. Lucien se movía con gracia, sin dejarse llevar del todo. A veces se orientaba hacia a mí y otras hacia Ezequiel. Tuve conciencia de que los ojos de mi marido recorrían los cuerpos semidesnudos de las mujeres a su alrededor. Algunas no llevaban más ropa que un top sobre el ombligo y una falda muy corta. Más tarde, en el departamento, no hubo marihuana ni whisky. Lucien me penetró desde atrás, mientras yo se lo chupaba a Ezequiel, dejándolo descansar de tanto en tanto para que no eyaculara antes de tiempo. Grité al acabar y Lucien me alentó con la vieja fórmula: "Come on, baby, come on", hasta acabar él, sin controlarse esta vez: "Fuck, fuck, fuck".

Tuvimos un tercer encuentro. Esa noche se me hicieron evidentes los elogios simplones y sin gracia, dichos casi por deferencia a nosotros, con los que Lucien se hacía parte de la conversación. Frente a un comentario de Ezequiel acerca de Stendhal, afirmó que *Rojo y negro* lo había partido en dos y que Ezequiel era un genio, un genio de los Andes. Después alabó la elección de ese restaurante japonés que habíamos encontrado en la guía Zagat; también celebró la frescura del salmón y, cuando ya nos íbamos, se lamentó de que una paisajista tan buena como yo no pudiera trabajar en Estados Unidos y se aburriera en casa. Y sin embargo, de haber provenido de un hombre mordaz, cada comentario habría resultado ser una cruenta ironía, la otra cara de todo lugar común. Como era miércoles y ellos tenían que madrugar, regresamos a casa directamente. Algo salió mal. No podría asegurar qué. Ni siquiera recuerdo bien lo que ocurrió. Es como si hubiera habido demasiada luz en la habitación. No la luz a pulsos lentos del tráfico ni el resplandor de la ciudad, sino una luz que impedía olvidarse de las paredes. Nuestros actos y nuestros dichos adquirieron un realismo exacerbado. Los cuerpos se habían vuelto torpes, los gestos desmedidos, los quejidos estentóreos, la calentura artificiosa. O Ezequiel se salió de la escena y la contempló desde lejos, o Lucien ya no disfrutó de su papel, o sencillamente yo perdí fe en la historia y se me hicieron evidentes sus trucos. El aura inofensiva y la falta de doblez de Lucien habían conseguido ahorrarnos, desde un principio, los celos y el miedo a que yo me prendara de él, pero esa misma ingenuidad terminó por exponernos a la falta de misterio. Ezequiel y yo nos habíamos detenido y tendríamos que esperar –como un par de glóbulos incandescentes ante un semáforo– hasta ponernos de nuevo en movimiento.

Vi a Lucien una vez más, en Washington Square, el hito en torno al que se ordenan los edificios de la universidad. Yo esperaba en una banca a que Ezequiel comprara marihuana a uno de los tantos *dealers* que traficaban en el lugar. Reparé en ese hombre-niño sólo cuando lo tuve frente a mí. Mi cuerpo no experimentó ninguna reacción, no había huella de Lucien. Me saludó con una sonrisa destellante, preguntó por Ezequiel –ya no asistía a sus clases– y después soltó una larga descripción de las absorbentes complejidades de su tesis. Pobre, pensé, cree que debe explicarse. Y en vez de enternecerme, avivó mi irritación. Uno más de los tantos gringos a quienes la experiencia no parecía afectar: la idea que tenían de sí mismos estaba subordinada a un proyecto de vida que, por muy descabellado que fuera, regía su política social y degradaba lo que realmente les acontecía. Yo no deseaba jugar a niña de día, mujer de noche, ni a nada semejante. Si nos habíamos acostado, al menos cabía hacer un reconocimiento tácito en el modo de dirigirnos el uno al otro. Pero no. La exposición de sus dificultades académicas negaba cualquier intimidad, nos devolvía al primer instante en que nos conocimos en aquella atmósfera de camaradería forzada, con olor a nachos y salsa picante. De pronto calló, sus gestos faciales se crisparon y una sonrisa plena de sarcasmo se dibujó en su rostro. "Tendré que renunciar al placer de su compañía por un tiempo", dijo. Me dio un abrazo rápido, un beso en el cuello y se marchó. Una bofetada al final de todo, cuando ya no había riesgo de una represalia.

* * *

Luego de tomar un café y fumar dos cigarrillos sin pausa, como es su costumbre después de comer, Ezequiel partió de regreso a Valparaíso. Me dejó con una especie de arritmia: así padezco la vulnerabilidad, como si desconfiara de las funciones de mi cuerpo. Las escasas certezas que había ganado en estos dos meses se tornaron ridículas. Fue inútil decirme una y otra vez que no había nada más que hacer. Quisiera llamarlo y pedirle que volviéramos. Después de un quiebre tan doloroso para ambos, las cosas mejorarían sin duda. Pienso en la separación como un fracaso. Podríamos buscar soluciones con mayor madurez, sin exigirnos demasiado, pero sin cegarnos. Desde algún lugar de mi mente aparece Roque para entorpecer estos planes. Hasta el minuto en que llamé impulsivamente a Ezequiel, lo esperaba sin aprensiones. Pero ahora la sola idea de que venga este fin de semana me abruma, como si desafiara mi voluntad. Desde un comienzo Roque ha constituido una presencia que actúa por oposición, con un voluntarismo difícil de combatir, impulsado por unas certezas que de tan improbables se asemejan a las reglas que a veces imponen los niños cuando juegan a ser adultos. No había pasado más de un mes desde que nos hicimos amantes cuando ya se ilusionaba con ser mi pareja. Lo desalenté cada vez, pero a medida que se acercaba la separación su insistencia se hizo más resuelta. Él me acompañó durante las fechas más difíciles de enfrentar, Navidad y Año Nuevo, aquí en Rungue, y no ocultó su convencimiento de que, en efecto, ya se consideraba mi pareja. Insistí en que yo no quería involucrarme tan pronto en una nueva relación. Extrañaba tanto a Ezequiel que no me costó trabajo decirlo mientras caminábamos por la playa de Maitencillo, la mañana del 25 de diciembre, último día de tranquilidad antes del asalto de las loberías adolescentes, con cientos de jóvenes echados en la playa dispuestos a aparearse. La noche anterior había sido desastrosa. Roque trajo champaña de Santiago y yo había comprado erizos. Nos habíamos propuesto pasar un buen rato a como diera lugar. Para él era más fácil, llevaba dos años separado de su mujer; en cambio, yo no pude sobreponerme a la extrañeza de tenerlo a mi lado, recrudecida por una llamada de Ezequiel una hora antes de la cena. No se trataba de algo consciente, era una negación del cuerpo, un abatimiento, un abotargamiento que asfixiaba cualquier chispa de comunicación. Pero seguimos juntos y el Año Nuevo fue tan triste como la Navidad. Solo que esa noche nos resignamos a la tristeza. Cenamos temprano, nos fuimos a la cama a las once y nos dimos el debido abrazo al despertar. Un abrazo receloso de lo que podían traer consigo esos buenos deseos para el futuro.

* * *

Tengo la tarde ante mí y no sé en qué ocuparme. Prefiero no salir al jardín a esta hora. La violenta luz del verano le roba sus matices y lo tiñe de un único verde, uno diferente a cualquiera de los verdes originales, un verde impostor y sin vida. Suelo dormir una siesta después del almuerzo, pero la visita de Ezequiel me desveló, como si también alumbrara con una luz ineludible las zonas umbrías de mi ser y acabara con las distinciones, los contrastes que pudieran darme una guía. Solo puedo ver el verde unánime de mi incertidumbre.

Cada vez que nuestros encuentros sexuales se interrumpían por un tiempo largo, como ocurrió cuando dejamos de ver a Lucien, yo caía en un estado semejante a este, un estío mental donde no podía ver más que ese color que ahora llamo verde unánime. La única compensación fue el inicio de mi curso de paisajismo con John Lytton. Cada martes y jueves, muy temprano, salía del departamento, compraba un café y un donut en un carro, me subía al metro en la Séptima Avenida hasta Penn Station y, una vez ahí, al tren de cercanías que me dejaba en Brentwood, Long Island, una hora más tarde. Me daba tiempo para leer la bibliografía y contemplar ese paisaje que adquiría progresivamente la desnudez del otoño, contrapuesta al verano embrutecedor que prevalecía en mis pensamientos. El instituto se hallaba en un suburbio de casas de ladrillo con techo de tejuelas asfálticas, todas prácticamente iguales. Algunas mañanas, mientras cruzaba sus calles apacibles, imaginaba un pánico pequeñoburgués al estilo de Hollywood –una plaga de langostas antropófagas, o un lento y anunciado pulso atómico, o un monstruo ciegamente destructivo–, que hacía bullir las calles de una multitud vociferante y aterrada. Otras mañanas me resignaba a envidiar a los miembros de esas familias, dedicados a quererse, a cuidarse, a trabajar y a estudiar para, de regreso en la noche, reunirse satisfechos en torno a la mesa o frente al televisor. Otra distorsión hollywoodense de la realidad. Así de encontrados eran mis sentimientos respecto a la vida que llevaba la clase media suburbana de Estados Unidos. O deseaba verlos pagar por su búsqueda enfermiza de la seguridad, o me sentía peligrosamente atraída por ese aburrimiento asegurado a fuerza de pólizas, préstamos y planes de salud. Si de algo me salvó Ezequiel fue de reproducir las costumbres de mis padres, ese estilo de vida consagrado a la búsqueda de un bienestar preconcebido que obliteró las fuentes más sencillas de la felicidad. Por lo que resultaba tranquilizador ver el edificio de cemento levantarse en medio de esa monotonía. Un cubo de tres pisos ubicado en el centro de una explanada donde crecían setos podados, réplicas de distintos patrones formales del XVIII y el XIX europeos. Me gustaba especialmente una huerta donde los repollos de distintos colores formaban arabescos entre caminos de ladrillos en espiga. Lytton resultó ser un tipo agradable, pero menos brillante de lo que había esperado. No lo favorecían sus limitadas dotes histriónicas ni la falta de expresión de su rostro. El primer trimestre resultó ser poco más que un curso de principiantes, sin el rigor del posgrado de la Universidad Católica. Y tendríamos que esperar hasta el segundo para trabajar en diseño. Escasas fueron las ocasiones en que Lytton demostró ser el artífice detrás de sus obras. Había estado entre los primeros que diseñaron edificios verdes, techos verdes, y su estilo era de clara inspiración geométrica, lo que explicaba el despliegue de un jardín formal en torno al edificio. Por eso repetía, como si se tratara del eslogan del curso, que debíamos conocer primero los viejos patrones para ser capaces de crear una nueva geometría.

El resto de mi tiempo lo gastaba frente al computador o caminando por la ciudad. Salía a recorrer el Central Park y, cuando me hallaba cerca, el West End Park, junto al río, de la calle 110 hacia el norte. Una vez fui hasta Brooklyn para ver el jardín de Noguchi.

Pero el otoño terminó por imponerse. La profusión de amarillos y rojos saturaba la vista y tan solo las hojas en el suelo le conferían realidad y desorden a esa fantasía hostigosa. Yo no uso árboles de otoño vistoso en mis jardines. Tal vez un arce japónico en un patio duro, pero nada de bosquecillos de liquidámbares, ni menos de ginkgo bilobas. Un bello entramado de ramas grises y desnudas es lo que buscaba en los parques de Nueva York.

Las exposiciones, las películas, los conciertos, el teatro, quedaban para las noches en que Ezequiel no tenía que trabajar, o para los fines de semana. No me gustaba ir sola, la principal motivación era comentarlos con él. Atendía a mis opiniones con generosidad y se reservaba el derecho de expresar una idea casi siempre bien estructurada, de guiarme cuando me creía perdida, de hacer una refutación sin descalificarme. Yo quería impresionar a Ezequiel con la finura de mis percepciones, ponerme a su altura en mi juicio crítico y de paso tener la sensación de que estaba viva: una mujer que asiste al espectáculo del mundo con espíritu alerta y nítida conciencia, y con una ridícula necesidad de sentirse "neoyorquina". En el fondo, quería sentirme útil, ocupada, y a la vez justificar mi presencia en esa ciudad. Me mantenía al tanto de las novedades a través de *The Voice* y *Time Out*, además de los suplementos de *The New York Times*. Así llegábamos a obras de teatro experimentales, conciertos de bandas nuevas, exposiciones y ferias callejeras de todas clases. La que más nos gustó fue una de libros usados en una plaza de la calle 115, cerca de la Universidad de Columbia. Ezequiel encontró una primera edición de *Herzog* en tapa dura, firmada por Bellow, y un diccionario de literatura inglesa muy barato. Y yo compré una guía de campo para reconocer árboles de Nueva Inglaterra, que me sirvió de compañía en mis paseos.

A medida que el frío se adueñaba de las calles, salía cada vez menos, como si mi cuerpo rechazara el cambio de estación que en un principio tanto había anhelado. Vivía bajo la luz aplastante de una realidad que no me satisfacía, encerrada en ese departamento poco acogedor. Es cierto que había comprado en Crate & Barrel unos cojines enormes y la tela colorinche para tapar el sofá de tapiz inmundo. Asimismo, había colgado en las paredes tres pósters art nouveau que descubrí en una pequeña tienda del Village, avisos publicitarios de productos que ya no existen, como una loción capilar para varones, una crema de cuerpo hecha con "Diamantine" y un jabón desmanchador marca "Swell". Y también nos habíamos dado un gusto al comprar en un *outlet* ropa de cama de algodón egipcio y un edredón de plumas de ganso. Pero la mesa de comedor no era más que una tabla ancha sobre el murete que separaba la diminuta cocina del living: todo el espacio, incluidos el baño y el dormitorio, no alcanzaba a más de treinta metros cuadrados. En esa sala gris, recalentada por una calefacción sin termostato, leía y chateaba por internet la mayor parte del día. Clarisa, mi hermana Josefina y Danny, compañero del taller de paisajismo, eran mis corresponsales más frecuentes.

Danny era un joven gay recién salido de la universidad que vivía con un hombre veinte años mayor que él, en Brooklyn. El tipo trabajaba en un banco y le pagaba el curso en el instituto de Lytton. Danny fue quien me habló del New York Dating System. Había conocido a su pareja a través de ese sitio de internet. Después de conversar durante un rato en el café donde se citaron, el ejecutivo lo había invitado a su casa de Brooklyn, habían pasado la noche juntos y ya llevaban dos años como pareja. Me pareció que solo dos hombres, abrumados por esa ciudad que no se presta para establecer relaciones, podían iniciar la suya de esa manera tan fría y alienante. Ahora sé que ese sentimiento de superioridad no era más que la expresión del temor a mis propias fantasías; de mi ignorancia. No participaba en Facebook ni en ninguna otra red social, no sabía de los cientos de páginas de citas que ya campeaban en la red desde hacía años, y mi única audacia era contar con una dirección de Messenger. Dos días después de haber hablado con Danny, con la excusa de divertirme un rato, entré a www.nyds.com y seguí el tour promocional del sitio. Parecía tan fácil conocer al amante perfecto. Los cuerpos de los modelos, esculpidos por la luz de los estudios de fotografía, y las sonrisas blanqueadas de tanto exhibirse creaban una especie de ensoñación publicitaria. Todo era pulcro y nítido. Externo, gráfico.

Al día siguiente volví a entrar y me registré sin detenerme a pensarlo, atraída por la posibilidad de husmear en la vida de los otros. Cada miembro tenía un perfil. No agregaría nada al mío, ninguna descripción ni fotografía. Estaba convencida de que mi único interés era ver los perfiles de los demás. Había más de tres mil personas conectadas al mismo tiempo, a cualquier hora del día, y los viernes en la tarde pasaban de los cinco mil. Un tercio de los participantes era gay. Me dediqué a buscar hombres heterosexuales entre veinticinco y cincuenta años. Para leer más de una cierta cantidad de perfiles y ver fotos sexualmente explícitas había que hacerse socio de una categoría superior. A cada paso menos escrupulosa, pagué los catorce dólares de la suscripción mensual con mi tarjeta de crédito. Quería pasarme el día indagando lo poco o mucho que revelaban los miembros del sitio. La mayor parte exhibía una o más fotos, por lo general de mala calidad. Los hombres iban desde quienes se mostraban en retratos o fotos de cuerpo entero, por lo general bien vestidos, con un traje o una tenida oscura, y se declaraban en busca de una relación sentimental –una forma de encubrir su avidez y no ahuyentar a las mujeres que en su mayoría afirmaban buscar pareja, ya fuera esta una declaración mendaz, hipócrita, idealista o sincera–, hasta quienes se fotografiaban semidesnudos, en traje de baño, calzoncillos, con una toalla a la cintura, de escorzo, y que buscaban una mujer con quien salir y ojalá tener sexo. Unos pocos ostentaban sin reserva sus partes pudendas, casi siempre una erección. Las fotos obscenas iban unidas a una promesa de sexo duro, con visos sadomasoquistas. En los perfiles se podía encontrar hombres que no decían nada de sí mismos ni de lo que buscaban, mientras otros describían sus hábitos, su trabajo, el tipo de mujer que despertaba sus ilusiones, su comida preferida, sus pasatiempos, verdaderos currículos de su vida diaria, me imagino que en parte realidad y en parte fantasía, y que a medida que se hacían más extensos se tornaban más contradictorios. Las páginas de las mujeres eran más homogéneas, se veía desde un rostro o una foto de cuerpo entero hasta las más desinhibidas que se mostraban en bikini. Solo unas cien se atrevían a fotografiarse desnudas, por lo común tendidas sobre una cama, dejando ver la curva de la espalda y de los pechos. El sitio contaba con una sección exclusiva para *escorts* masculinos y femeninos. A pesar de su apostura, los hombres que ahí anunciaban sus servicios, no lograban excitarme. Me parecía más estimulante la idea de un hombre común, con un trabajo cualquiera, con agallas. Para mí era indispensable sentirme deseada y la idea de un *escort* disipaba gran parte del vértigo.

Corría por esas páginas con una fascinación mucho mayor que la de caminar por las calles de Nueva York. Pasaba días enteros frente al notebook con la sangre subida al rostro y a veces cedía a la urgencia de masturbarme. Cuando Ezequiel abría la puerta, estaba rendida, enojada conmigo misma y a la vez molesta por tener que dejar la diversión. Me había subyugado la posibilidad de encontrar un tercero en ese sitio. No era nada inusual. Había muchas parejas en busca de terceros, pero lo común era que buscaran a un hombre bisexual o a una mujer. Eran pocos los casos como el nuestro, cincuenta a lo más. Después de dos semanas de repasar cientos de perfiles hasta conocer las convenciones, los diferentes matices, los socios habituales y los hombres que me parecían atractivos, me atreví a escribir mi perfil. Quienes lo visitaran sabrían de inmediato que tenía treinta y siete años, un posgrado universitario, que medía un metro setenta y un centímetros, pesaba cincuenta y nueve kilos, tenía sexo seguro, no fumaba y sí me drogaba "socialmente", la categoría más popular frente a ese tema: "nunca" era timorato y "a menudo" daba la impresión de que uno era adicto. No tuve la malicia para distorsionar estos datos, ni siquiera con unos años de menos. Como zona de la ciudad era posible escoger NYU. También subí al sitio una foto que Ezequiel me había tomado cuando todavía veíamos a Lucien. Me hallaba frente a uno de los puestos de flores que se instalan los sábados en la calle 28, entre la Sexta y la Séptima Avenida. En mi rostro se podía ver una sonrisa, pero un par de grandes lentes oscuros ocultaba mi identidad. Llevaba puesto el vestido negro de escote redondo, las sandalias y la carterita, con el pelo asido en una cola. Entre las manos tenía un ramo de narcisos. Para la descripción escribí: "Somos una pareja que busca un tercero, hombre. A mi marido le gusta mirar, no es gay. Yo soy una mujer atractiva, sensata, franca y gozadora". Era necesario que me hiciera propaganda y creí que adjetivos como sensata y franca daban un primer indicio de que no se encontrarían con una mujer trastornada, o drogadicta, o ninfómana. Mi falta de voluntad para renunciar al sexo, transformada en esa obsesión con la página, me traía a veces esa palabra, ninfomanía, desde los labios de mi madre, que solía pronunciarla cada vez que una mujer se separaba por otro hombre. A quienes había seleccionado como "Favoritos" les envié un escueto mensaje: "¿Te interesa? Magdalena". Lo hice a última hora de una tarde lluviosa, después de debatirme por horas entre esperar una proposición o tomar la iniciativa. A los pocos minutos oí los pasos de Ezequiel en el pasillo. Sin que hubiera necesidad, puesto que él nunca husmeaba en mi notebook, borré el historial de navegación y cerré la pantalla de golpe. Seguramente recalentamos algo para comer. Nos habíamos habituado a comprar tres o cuatro platos diferentes en un *deli* tailandés que se hallaba camino a la universidad. Conservo la imagen de las bolsas mojadas por la lluvia, colgadas de las manos de Ezequiel. Casi no dormí esa noche. Las fotos de los candidatos, sus características y descripciones, corrían por mi mente como los símbolos de una máquina tragamonedas que se detiene cada tanto para dar origen a un hombre improbable. Mi imaginación atrapaba a ese engendro y lo traía hasta mi cama bajo la mirada cómplice de Ezequiel.

Temprano por la mañana tenía doce mensajes de respuesta, la mayoría fechados la noche anterior. Tuve miedo. No sabía con qué iba a encontrarme. ¿Obscenidades? ¿Insultos? ¿Comentarios crueles o desdeñosos? Había una manera de denunciar el abuso, pero no creí que fuera efectiva. Navegué por otros sitios sin prestar mayor atención hasta que me armé de valor, entré de nuevo a la página de NYDS y pinché un sobre diminuto que palpitaba junto a la foto del último en responderme. Tenía la respiración desacompasada, el rostro ardiente y fríos los pies. "Hola, Magdalena, me llamo Tony, no me importaría probar, no lo he hecho nunca. Me gustan las mujeres arriesgadas como tú. Mi dirección de Messenger es...". Y el siguiente: "Hola, claro que me interesa. Soy tu hombre. Ya lo he hecho antes y lo he pasado bien. Andrew. Mi Messenger es...". Después otro, que descarté de inmediato porque escribía en una jerga incomprensible. Pronto comprendí que a la gran mayoría de los hombres no les molestaba que mi marido estuviera presente. Algunos me advertían que no harían nada con él; otros daban a entender que no les importaría si quisiera participar. A todos, en el fondo, la idea los excitaba más de lo que se habrían atrevido a confesar a sus amigos. Entonces abrí un mensaje que decía: "Pobre niña, tienes la mente enferma y tu marido es un cornudo". Mi corazón dio un vuelco y salí de la página. Abrí la ventana del living. El ruido del tráfico sobre las calles aún mojadas se vertió hacia el interior. A pesar del golpe de aire frío, apenas lograba respirar. Me sentía incriminada por las palabras de ese hombre, arrasada por la culpa que hasta ahí había permanecido latente. Sentí que era Ezequiel quien me enrostraba mi avidez. No podía quedarme en ese nicho recalentado el resto de la mañana. Tenía que huir de esa página y recuperar mi vida normal.

Abrigada con una parka y un gorro, arranqué las llaves de mi velador, cerré la ventana y salí a la calle. No sabía adónde ir. La casa de Danny quedaba lejos y él rara vez venía a Manhattan. Pensé dar una vuelta por el paseo junto al río. Pero ahí el viento soplaría aun con más fuerza y me helaría el rostro. Preferí recorrer las calles del Village, más tranquilas y protegidas. En Cristopher Street pasé frente a varias tiendas porno, algunas todavía cerradas. Por sus vitrinas daba la impresión de que habían sido pensadas para gays. Al dejar atrás una de ellas tuve la idea de comprar un vibrador o como oí que lo llamaban la primera vez que supe de ese artilugio, un consolador. De ese modo podría terminar con el incordio de ir a la busca de hombres. No me costó trabajo vencer mis prejuicios. El latigazo sufrido al leer aquel mensaje escocía, sin que las adulaciones de los demás corresponsales sirvieran de alivio. Entré a la próxima tienda que encontré abierta. El interior olía a plástico recalentado y apenas pude abrirme paso entre las provocativas prendas de ropa y los mesones donde se exhibían revistas y videos. El calor me obligó a sacarme el gorro y la parka. Le pedí al dependiente, una especie de oso calvo y barbón, con tatuajes en los brazos y pantalones de cuero, que me ayudara a elegir. Tuve que contener la risa cuando me habló. Tenía la voz afeminada y gesticulaba con manos flamencas. Rebuscó entre las decenas de objetos expuestos en una pared, desde esposas y látigos hasta *candies* con forma de pene. El *dildo* seleccionado cumplía una serie de funciones vibratorias, estimulaba el clítoris y la vagina al mismo tiempo, tenía una textura agradable y no era de un porte descomunal, como creí que serían todos al ver en la vitrina uno de al menos cuarenta centímetros de largo. Me gustó que este no pretendiera ser una imitación verista de un pene, desde ya por su color violeta y sus dos cabezas. Regresé al departamento con el aparato escondido debajo de la parka. Me senté en la cama, lo desenvolví y le puse las pilas. Durante un rato observé cómo funcionaba. Media hora más tarde había tenido un orgasmo suave y prolongado gracias a Didi, como lo llamó el entusiasta vendedor.

Pero la distracción no sirvió de nada. La promesa de sexo real que ofrecía el sitio me había cautivado. Por la mañana, apenas Ezequiel salió, encendí el notebook y leí los mensajes pendientes, no sin antes borrar aquel en que me insultaban. Habían llegado tres más. Aparte de un "No, gracias", los restantes dejaban abierta la posibilidad de un encuentro. El siguiente paso fue obtener una nueva dirección de correo. No quería que conocieran mi dirección habitual. Usé el mismo sobrenombre del sitio: magdalena1968@hotmail.com. Con esta dirección abrí una nueva cuenta de Messenger e inscribí las que me habían enviado. No pasó más de un minuto y ya tres pretendientes me ofrecían un saludo. Así se inició la segunda etapa, la selección. Me llovían preguntas: ¿De dónde eres? ¿Qué haces? ¿Tienes más fotografías? ¿Tienes fotos de tu marido? ¿Qué hace él? ¿Qué buscan? ¿Lo han hecho antes? ¿Dónde lo haríamos? Al mismo tiempo, yo intentaba determinar el grado de veracidad que había en las características que decían tener. Los hombres mentían acerca de su trabajo, de su estado civil y del lugar donde vivían. Y también acerca de su cuerpo. Por lo general las fotos tenían al menos un par de años de antigüedad y coincidían con su último período de vigorexia. Casi todos decían ser profesionales, solteros y vivir en Manhattan, pero rápidamente se confesaban técnicos o empleados de oficina, con casa y familia en Queens, Long Island o Nueva Jersey. Buscaban una amante diurna en Manhattan para regresar satisfechos a sus hogares por la tarde. De las tantas alternativas de un principio, luego de un agotador escrutinio, llegué a entablar una conversación más seria con un hombre que decía ser médico radiólogo en una clínica que yo no había oído nombrar, ubicada en la calle 77, cerca del East River. Sin que yo le preguntara nada, afirmó que era tan exclusiva como para haber tenido a Pavarotti entre sus pacientes. Su fotografía lo mostraba tomando sol en una tumbona, en lo que parecía ser la terraza de un penthouse. En el perfil aseguraba ser lector de Henry James, a quien yo llegué a leer por la admiración que le tenía Ezequiel. Cuando le pedí otras fotografías, al igual que él a mí, me envió una en que llevaba delantal blanco y sonreía. Era guapo sin ser un figurín. En su rostro se apreciaban algunas marcas de acné, su nariz ganchuda no lo favorecía, pero sus ojos grandes y oscuros, de nuevo delineados por largas pestañas, despedían un brillo que se sumaba al viso negro de la barba y a su mentón hendido para darle un marcado talante varonil. Tenía ocho años menos que yo. Había nacido en Estados Unidos, pero sus padres eran libaneses. Me di cuenta, al revisar a quienes había elegido como favoritos, que a primera vista me gustaban los hombres de piel morena y "pelo en pecho", con piernas y brazos más gruesos que los de Ezequiel. Se había graduado de doctor en la Universidad Johns Hopkins de Baltimore, una de las tres mejores escuelas de medicina de Estados Unidos, según sus propias palabras, en cuyo hospital había terminado hacía unos meses su residencia en radiología. Al separarse de su mujer, había decidido regresar a Nueva York. Decía llamarse Hadi. No parecía preocupado de la participación de Ezequiel, para él era estimulante del modo que fuera y me llenaba de piropos cada vez que veía una nueva foto mía. Me hizo muchas preguntas acerca de nosotros, sin llegar a ser paranoico. En las primeras etapas de cualquier conversación sobrevolaba, en ambos sentidos, el miedo a involucrarse con un o una psicópata, y era preciso conjurarlo con preguntas y respuestas certeras, dejando fuera las bromas. Ya después, establecido un piso de confianza, se podía ser más osada en el humor y las insinuaciones. Hadi se mostró paciente con mi renuencia a fijar una cita y seguía los meandros de mi curiosidad sin protestar. Su forma de compensar tanta dilación fue describir lo que haríamos cuando estuviéramos juntos en la cama. Era un buen narrador, con un justo grado de obscenidad. Para mí resultaba muchísimo más fácil escribir y leer de sexo en inglés de lo que hubiera sido en castellano. Una tarde estuve a punto de aceptar una cita, compromiso impensable sin haberme confesado antes con Ezequiel. Recurrí a Didi mientras veía pasar las frases temerarias de Hadi. Le confesé que me estaba "tocando" y lo animaba a seguir. Estuve fuera de la comunicación más de un minuto mientras tuve el orgasmo. Le prometí que esa noche hablaría con mi marido. Si él aceptaba nos encontraríamos el sábado. Hadi ofreció llevarnos a un buen restaurante, para irnos a la cama contentos.

Invité a Ezequiel a cenar. En mis incursiones al Village, me había llamado la atención una *brasserie* de interior rústico y cierta sofisticada sencillez. Tuvimos que esperar media hora para que nos dieran una mesa. Mientras tanto nos sirvieron una copa de champaña. Un tipo con un ostentoso hongo de chef en la cabeza trabajaba a la vista de los clientes en dos hornos a leña, donde introducía y sacaba pequeñas cacerolas de fierro con una gran paleta. Recuerdo que Ezequiel y yo ofrecíamos un aspecto contrastante. Él llevaba la barba sin afeitar, sus jeans viejos y el montgomery azul, triste por el uso, mientras que yo me había maquillado y tenía puestos un abrigo rojo de ruedo ancho, medias negras y un par de zapatos de taco alto. Ya en la mesa nos enteramos de que el plato recomendado era *boeuf bourguignon* al horno a leña. Pedimos uno solo, a sugerencia del garzón, y como entrada *foie gras* con pan de campo. De las tantas salidas a cenar en Nueva York es quizás la que puedo evocar con mayor detalle. Me mantenía alerta, deseaba que el ambiente influyera positivamente en Ezequiel. Tal vez fuera una simpleza inexcusable pensar que ese restaurante, donde se recurría a todos los sentidos para agradar, podría conseguir que él privilegiara la sensualidad por sobre un juicio moral. Pero era la única estrategia –más allá de lo que iba a decir y cómo lo iba a decir– que había pergeñado. Deseaba que no me juzgara por haber salido "a la caza de hombres". Visto de ese modo, hasta a mí me resultaba chocante, como si no fuera yo quien lo hiciera. Tuve que invocar una vez más las razones que me amparaban para recobrar la confianza en que Ezequiel lo tomaría bien. Nos sirvieron el primer plato y el vino. Le conté todo, paso por paso, desde que Danny me habló del sitio hasta la invitación de Hadi. Bueno, no todo: dejé a Didi fuera. Me esmeré en la justificación de mis actos. Según me había asegurado Danny, y tal como yo había podido observar, se trataba de un sitio relativamente seguro. Tenía la ventaja de que las intenciones de quienes participaban en el juego estaban puestas sobre la mesa. Como no era necesario hablar de otras cosas, también quedaba acotado el compromiso personal. Otras ventajas eran que podríamos elegir entre cientos de hombres que provendrían de mundos diferentes al nuestro, y no nos expondríamos a las posibles murmuraciones entre quienes frecuentábamos; también podríamos encontrarnos sin peligro con el candidato en un restaurante o en un café; y en caso de irnos con él a la cama, siempre tendríamos la alternativa de verlo una sola vez y evitar que afloraran los sentimientos. En fin, nos daría mayores grados de libertad y ampliaría enormemente el campo de posibilidades. Ezequiel celebró cada una de mis precisiones con un irónico gesto de asombro, acompañado de un bufido gutural.

"Nada es suficiente, al parecer", fue su insultante conclusión.

"No tienes derecho a hablarme así. Nada es lo que recibo".

Me arrepentí de mi respuesta al instante, pero él sonrió y brindó a la salud del New York Dating System. Mientras comíamos el *boeuf bourguignon*, que me supo demasiado fuerte, comenzó a hacer preguntas sobre el sitio. Primero generales y después cada vez más específicas, hasta que logró sacarme del encierro provocado por su reacción. Le conté lo que había visto, la impresión que me había formado, la panoplia de fantasías sexuales que se desplegaba en la página. Ante la sorna que empleaba para interrogarme, le propuse, no sin cierta crueldad, que buscáramos a una mujer. Me replicó que si tenía ganas de acostarse con otra, prefería hacerlo por su cuenta. ¿Y por qué no se buscaba una amante en el sitio? Era más fácil y menos comprometedor que cruzar miradas en la facultad con una alumna. Soltó una carcajada. Había vaciado la botella de vino antes de que yo terminara mi primera copa. Quizás lo haría, dijo, quizás lo haría.

De regreso en el departamento me pidió que le mostrara la página. Pasamos un rato frente al computador. En dos ocasiones pinchó el perfil de mujeres desnudas. Su descaro le causaba risa. Luego quiso ver a quienes había seleccionado como favoritos. Uno de ellos le chocó por cursi: el sobrenombre era Dartagnan y decía ser un experto espadachín en la cama. Otro le pareció curricular, falto de gracia, y a un tercero lo juzgó agresivo: nada de vampiresas, decía el tipo, ni de histéricas. Llegamos al de Hadi. Le mostré también las fotos que me había enviado por Messenger. A primera vista le pareció simpático. Antes de que me comprometiera con él, me sugirió que lo llamara por teléfono. Creía que la voz era importante. A través de ese comentario me hacía saber que se había sumado a la idea. Si después de hablar con él seguía entusiasmada, nos pondríamos de acuerdo para tomar un café. El mismo sábado, más temprano. No fuéramos a sentirnos acorralados en el restaurante.

En la cama Ezequiel me besó y sus manos se llenaron de audacia. Esta vez fue él quien habló: le gustaba que fuera tan caliente, mi amor, que me calentaran tanto los hombres. Le gustaba escucharme gemir. Tuvo una erección y enseguida me penetró. Yo me quejé de placer. Era una putita, eso, Amelia, se veía que me gustaba tenerlo adentro... Acabó a los treinta segundos y se quedó tendido sobre mí, hasta que se puso a roncar, cortesía del vino y el *boeuf bourguignon*.

* * *

Estoy cansada. El abatimiento por la partida de Ezequiel ha adquirido la forma de estos recuerdos de Nueva York, que no son necesariamente ingratos, pero sí pesados de acarrear. Parece estúpido considerar una reconciliación después de las turbulentas aventuras que emprendimos para seguir juntos. Porque esos encuentros, a pesar de la excitación y la adrenalina, eran un esfuerzo, la necesidad de salir a buscar lo que no teníamos, lo que a otros se les daba en forma natural y a nosotros se nos había escamoteado. Esa es la razón por la que evocarlos resulta gravoso; no por la culpa. Aunque estuvieran reñidos con los principios que me habían inculcado, y a cada paso presagiaran un final aflictivo, nunca constituyeron un peso moral. Una vez entregada al juego no me detuve a pensar en nociones como dignidad, pureza y menos reputación. Solo deseaba sentirme viva. Dirán que fui una perra en celo que buscaba encubrir sus perversiones revistiéndolas de un sentido, una misión, y puede que estén en lo cierto. Quién sabe. Yo las asumí como un rescate, como la única forma de cultivar una intimidad erótica entre nosotros, la única manera de acallar las voces del vacío. Era la clase de vínculo que nos permitiría satisfacer nuestros deseos, por más que necesitáramos de otros para consumarlos. Reconozco, eso sí, que también me habitaba una suerte de despecho, una rabia latente por los años de juventud malgastados a causa de la indolencia de Ezequiel. Se trataba de un ajuste de cuentas inapelable, y Nueva York ofreció las condiciones ideales para llevarlo a cabo. Estábamos en un lugar donde el control social era mínimo o inexistente. Ahí podría mi cuerpo experimentar al menos una parte de cuanto había añorado.

¿Es posible volver con Ezequiel? Quisiera hacerlo, es parte de mi identidad, por años me apoyé en él más que en el trabajo y por supuesto, más que en mi familia. Ezequiel es mi única familia. ¿Qué tendría que ocurrir? Al despedirse vino hasta mí y me dio un beso en la mejilla. En ese breve lapso de cercanía esperé que me abrazara, me besara en la boca y me llevara hasta la cama; anhelo que está un grado más allá de lo posible, una emanación de mi mente que distorsiona la realidad, al extremo de volverla material amoldable, un juguete sensual, una casa de muñecas hecha de espuma de goma que adquiere la forma que se le quiera dar. Si lo pienso mejor, no sería mucho pedir que Ezequiel mostrara iniciativa y ganas de acostarse conmigo. Es lo que le exigiría a cualquier hombre. Parece una condición tan elemental y sin embargo, en nuestro caso hace toda la diferencia. Con decir que va a tratarse su desgana sexual bastaría. Lo mismo que nos unió, ahora nos separa para dar forma al más triste lugar común. Ezequiel me cedió la iniciativa ya antes de casarnos, y puede que esa prescindencia se haya filtrado con los años hacia capas más profundas del suelo que pisábamos cada día.

* * *

Con el atardecer ha prosperado la bruma. El horizonte no se distingue y en el cielo despejado las nubes parecen a punto de cuajar. Un anticipo del otoño, que está seis semanas por delante. Bajo por el sendero que lleva hasta una zona de suculentas: un arreglo de cactus, puyas, opuntias, sedum y echeverías. Me sorprendo al ver que César aún no se ha ido.

–César, ¿qué haces aquí tan tarde?

–Quiero dejar esto terminado –dice sin mirarme y sin dejar de trabajar, como es su costumbre. Doblado sobre la tierra, planta paletas de tunas y retoños de San Pedro en la parte alta de la ladera. Por un efecto acústico de la pendiente, basta que yo hable en mi tono habitual para que me oiga, pero él tiene que alzar la voz.

–¿Y no puedes seguir mañana?

–Ya tengo los hoyos hechos y quiero dejar regado. Se veía bien... don Ezequiel.

–Sí –replico, tomada por sorpresa.

Se alza y se apoya con las dos manos en el mango de un rastrillo. Mira muy por encima de mi cabeza hacia los cerros del norte.

–Hizo calor.

–Sí –vuelvo a decir.

–¿Y usted?

–¿Yo?

–¿Cómo está?

–Bien, César, gracias –debo refrenar un asomo de emoción en la voz. Nunca antes me había hecho una pregunta personal.

–¿A don Ezequiel le gustó como está el jardín?

–Dijo que nunca lo había visto tan bonito.

–Sí, ha crecido –ufano, da una mirada abarcadora y dice, entre risas–: Harto bien cuidado que lo tenemos.

–Claro que sí.

–A él le gustaba hablar de las plantas. Cuando bajaba me hacía preguntas y no me dejaba trabajar.

–¿Sí? No sabía.

–Claro. Le gustaba aprender. Trabajar no, pero quería saber el nombre de las plantas... y de los pájaros. Fui yo el que le enseñó a reconocer el canto de los pájaros.

–A mí también me enseñaste.

–Pero usted no tiene buen oído, don Ezequiel, sí.

–¿Lo echas de menos?

Se vuelve a inclinar y continúa con la plantación. Sus manos enguantadas trabajan ágiles sobre la tierra.

–A veces. Pero yo a usted la veo mejor así –dice, y me da la espalda para trabajar en otro de los hoyos que tiene preparados.

–Mañana puedes llegar más tarde.

–No hace falta, señora. Vaya a ver el almácigo de enredaderas, brotaron casi todas las semillas.

Continúo camino abajo hasta el cajón donde crecen las diminutas pasionarias, en una plazoleta junto a la quebrada donde también cultivamos lechuga, rúcula y berros. Una bandada de codornices pasa volando sobre mi cabeza. No las veo, pero siento cómo corta el aire su fulminante llegada. Vienen a dormir entre los árboles. Cloquean mientras terminan de acomodarse. Este es su hogar, como es el mío, como fue hasta hace poco el de Ezequiel. Quisiera que se hubiese quedado. Tenerlo aquí conmigo. Advertir la sonrisa de César al vernos pasar por el sendero, y luego esperar la metamorfosis de los cerros del norte al caer el sol. Pero nada de esto ocurre. Solo una luz descolorida se propaga a través de la bruma y pronto desaparece.

Ya de noche, caminando de regreso a la casa, me asalta la imagen de Hadi. Me penetra con embates impacientes. Los recuerdos se niegan a remitir, como si mi imprevisto deseo de volver con Ezequiel tuviera que luchar contra ellos. Hemos retirado un pesado cubrecama con visos broncíneos. Ezequiel está tendido junto a mí, envuelve mis pechos con sus manos y me muerde los pezones como no lo ha hecho desde hace años. Lo miro solo a él. Hadi se halla perdido en su propio placer, en un afán casi masturbatorio. Ezequiel me besa, apoya una mano firme en mi vientre; mi cuerpo responde, mis caderas se agitan, el placer cunde en mi cabeza y en mi ascenso hasta el orgasmo arrastro a los dos hombres conmigo.

Media hora más tarde salíamos de ahí, hastiados de ese tipo que no necesitaba más que una oreja y un orificio donde verterse. Daba igual. No buscábamos un ejemplar perfecto. Y un narcisista tenía la ventaja de no interferir en nuestra complicidad. En el metro nos reímos de lo presuntuoso que había resultado ser Hadi. Mientras subíamos en su auto por la Riverside Parkway, desde Tribecca hacia el Upper West Side, tuvo incluso el atrevimiento de indicarnos la Estatua de la Libertad, como si nunca la hubiéramos visto y él fuera el dueño de Nueva York.

Su voz en el teléfono me había resultado agradable, masculina, sin estridencias. En algunas conjunciones de su pronunciación creí distinguir vestigios de un acento árabe. Nos citamos en un salón de té, The Indian Company, en el Soho. Durante media hora atendimos al relato de sus logros. Bebió té oolong imperial y disertó acerca de sus propiedades curativas. Estaba orgulloso de lo que había conseguido a su edad, a pesar de ser hijo de inmigrantes sin mayor educación. Me habría gustado enrostrarle que la fortuna hecha por ese padre iletrado había contribuido más de lo que imaginaba a su "brillante carrera", como él la llamó, medio en broma, medio en serio. En un principio pensé que su afán de impresionarnos se debía a la errada suposición de que ayudaría a darnos confianza. Pero en Shatoush, un restaurante de moda en Tribecca, la pretenciosa manera de pedir el vino y de probarlo, su trato confianzudo con el *maître* y la necesidad de mostrarse como un *connoisseur* de la alta cocina dejaron en claro que se trataba de un farsante. Y aun así yo deseaba seguir la noche con él. Sus muñecas anchas y velludas me habían seducido. Quise creer que una fuerza bruta, torpemente disimulada por su jactanciosa mundanidad, emanaba de cada gesto, de cada movimiento de sus manos venosas. Me convencí de que su estupidez estaba cargada de potencia sexual. Cuando salimos a la calle, Ezequiel y yo nos quedamos atrás un momento para deliberar. Él pensaba que Hadi era un imbécil. Y claro que lo era, pero me había dejado de importar.

Al llegar a su departamento, un penthouse diminuto en el Upper West Side que solo tenía sentido en verano, cuando se podía aprovechar la amplia terraza, nos ofreció un trago y cocaína. A esas alturas no me extrañó que se pavoneara de comprar la mejor cocaína de Nueva York. Nosotros no quisimos jalar. Para ser el departamento de un hombre joven le sobraban espejos, antigüedades y terciopelo. No pasó mucho tiempo hasta que nos desnudamos y nos tendimos en la cama que formaba parte del único espacio de estar. Esta vez, Ezequiel permitió que Hadi lo acariciara, pero no se besaron. Nada más terminar, nuestro anfitrión se levantó de la cama y regresó del baño con un vaso donde bullía una tableta de Alka-Seltzer.

Nos bajamos del metro una estación antes de llegar al Village y salimos a la noche. Queríamos caminar. Íbamos del brazo, pegados los hombros, dando pasos rápidos para combatir el frío; las solapas levantadas, el mentón bajo. En los árboles titilaban las luces de Navidad. Todavía faltaba un mes para celebrarla, pero la ciudad ya se había travestido durante ese fin de semana largo de Thanksgiving. A esa hora, la una de la mañana, en la Séptima Avenida predominaba el amarillo de los taxis y las aceras estaban prácticamente desiertas, a excepción de una niña de trenzas que pasó corriendo a nuestro lado y desapareció en la entrada de un edificio. ¿Qué hacía en la calle una niña tan pequeña, a esas horas? Apoyé mi cabeza en el hombro de Ezequiel y hablamos de Hadi, cada frase dando forma a una nubecilla de vapor. Recuerdo dos en particular:

"Qué tipo tan ridículo", dije riéndome.

"Sí... qué presumido. Pero igual lo pasamos bien".

Con ese "igual lo pasamos bien", dicho con gusto, casi con alegría, mirándome a los ojos por un instante, Ezequiel no solamente aceptaba el estado de cosas, sino que a partir de esa noche dejaría de simular que me acompañaba para complacerme. Era él quien se sentía satisfecho. Puede que también lo animara un espíritu aventurero, la confirmación de que podíamos hacer lo que quisiéramos, de que nos habíamos liberado de unas restricciones inútiles. De ahí en adelante buscaríamos un nuevo candidato cada fin de semana. Sin tener conciencia de ello, ese sábado inaugurábamos una época en que nuestro equilibrio y bienestar descansaría sobre el follaje de nuestras pequeñas orgías.

El humor de Ezequiel mejoró y me hizo recordar su chispa y su entusiasmo de los primeros años. Hubo fines de semana en que nuestra pesca en el sitio nos ofrecía un ejemplar escuálido que devolvíamos al agua durante el encuentro previo. En otras ocasiones el tercero nos dejaba plantados. Pero con cierta regularidad terminábamos con alguno en la cama. Una de las novedades fue que Ezequiel comenzó a tomar el lugar del otro cuando yo estaba por alcanzar el orgasmo, y algunas veces acabábamos juntos. Nos volvimos cada vez menos puntillosos acerca de los requisitos que le exigíamos al pretendiente. Ya habíamos aprendido que el sitio, las fotos y las conversaciones por chat eran una referencia vaga y, en muchos casos, una gruesa distorsión de la realidad. El ejemplo más obvio era el tipo que buscaba proyectar una idea superior de sí mismo, sin el peso de los kilos de más, de la vejez o de los lastres psicológicos. Pero también existían participantes que no se tenían en buena estima y se declaraban menos atractivos de lo que realmente eran. Yo desarrollé una sensibilidad especial para detectarlos en el chat. Eran quienes mejor respondían. Nunca faltaban a la cita para conocernos, en la cama se mostraban solícitos y dispuestos a complacer, y nunca perdían el contacto. Los infatuados consigo mismos, en cambio, terminaban por ser desagradables, como Hadi, que no dejó de mirarse en los espejos durante toda la función. Tuvimos que enfrentar situaciones antipáticas, es cierto, tipos paranoicos, agresivos, indecisos. También debimos aceptar algunas consecuencias de nuestra promiscuidad, como contagiarnos más de una vez lo que los franceses llaman *papillons d'amour.* Sin embargo, no teníamos duda de que habíamos dado con una alternativa a la separación. Ezequiel y yo estábamos de nuevo juntos, vivos y cómplices.

Para *spring break*, los diez días libres a fines de marzo antes del último trimestre, nos animamos a ir a Inglaterra. En el aeropuerto de Londres nos esperaba el auto que habíamos arrendado. Me puse yo al volante, incapaz Ezequiel de manejar por la izquierda. Recorreríamos una zona llamada The Cotswolds, un triángulo que tenía por vértices Oxford, Stratford-upon-Avon y Bath. Visitamos las tres ciudades con un interés más bien literario –Shakespeare, la Austen y muchos otros habían vivido en esa zona–, y en el camino entre una y otra nos detuvimos para recorrer pequeños pueblos y parques. Guardo de ese viaje una sensación de paz, sin las menesterosas urgencias de conocer hasta el último rincón indicado en la guía de turismo, como si hubiéramos estado satisfechos a priori y lo que nos brindaba ese prolongado paseo no fuera más que un regalo, un premio a nuestro esfuerzo por permanecer unidos. Fue un viaje pausado, donde usamos la vitalidad otorgada por esos terceros para alimentar la fantasía de que recorríamos plácidamente los bellos paisajes de nuestra vida en común.

CUARTA VISITA

El silbido de una turca me hace levantar la vista del libro. Es un canto poderoso pero circunscrito, como el de un hombre que celebra la belleza de una mujer, con repeticiones en escala descendente, una sucesión de círculos sonoros cada vez más pequeños. Debe de ser la misma que vi hace unos días, en un sendero. No son más de dos las que merodean por aquí; de lo contrario, a esta hora de la tarde se escucharía un coro de silbidos amplificado por los cerros. Es un pájaro del tamaño de un zorzal, más robusto, que vuela solo si es necesario y se desplaza con la cola erecta, montado sobre sus largas patas corredoras. Me hace pensar en Roque, tan apegado a la realidad como la turca al suelo. Él no se deja abatir por los diagnósticos que hago de nuestra situación. Nos deseamos, dice, nos queremos, hablamos cada día. Estamos juntos de hecho, lo demás es teoría inútil. A pesar de los obstáculos que he levantado para que "lo nuestro" fructifique, de los argumentos que he elaborado para demostrar su bastardía, aún sigue adelante. Sin futuro, pero sin sufrir la descomposición de lo que queda en el pasado. Pero la visita de Ezequiel lo ha expuesto a ese fondo resplandeciente de sentido, de pertenencia, que significan quince años de vida en común. El resplandor de una mínima posibilidad de regresar a mi matrimonio ahoga las tenues luces del presente junto a Roque.

Me llama poco antes de las diez de la noche. Va en camino a un restaurante para reunirse con su "tropa". Festejan un cumpleaños. Además de trabajar juntos, les gusta verse en su tiempo libre.

–¿Cómo ha ido el día? –utiliza un tono cariñoso, aniñado, que pareciera negar sus miembros gruesos y sus movimientos más bien toscos.

–Nada especial. En la tarde salí a caminar. Está brumoso...

Me acomodo en el sitial de madera para salir del cono de luz. Prefiero hablarle de la visita de Ezequiel en persona.

–¿Pasa algo?

–No, ¿por...?

–No sé, tu voz suena distante.

–Estaba leyendo. Puede ser eso... aquí es más difícil salir del silencio.

–¿Qué lees?

–*El lamento de Portnoy*, de Philip Roth.

–¿Y?

–Me da risa... El protagonista culpa a su familia y al hecho de ser judío de sus obsesiones sexuales. Pero cuando comparo a su familia con la mía me dan ganas de llorar. Toda una vida esforzándome para que me quisieran. Al menos a Portnoy lo quieren; lo llenan de culpas y remordimientos, pero lo quieren.

–Yo te quiero.

–Gracias –digo con sardónica dulzura.

–Como no te quisieron de niña, crees que nadie te puede querer de verdad. Por eso te casaste con Ezequiel –argumenta en un giro que me toma desprevenida.

–No uses cualquier pretexto para criticarlo, por favor.

–Él no te quería.

–No seas infantil.

–El amor es como lo entienden los niños. ¿O no es esa la razón para no dejarme que te quiera, porque la niña que hay en ti no lo comprende?

–No sabía que tenías esta veta psicoanalítica.

–Te casaste con un hombre que no podía satisfacerte. A sabiendas. Y terminas mendigando consuelo en amantes pasajeros, en busca de cariño, de aceptación. La de tus padres, en el fondo. No es una suma difícil, Amelia.

–Nuestros problemas no son de tu incumbencia y los simplificas burdamente.

Mi voz ha perdido su premeditada ecuanimidad. Estoy a punto de decirle que hoy vino a verme, para mortificarlo.

–¿Nuestros problemas? Lo dices como si todavía estuvieras con él y yo no fuera más que un entrometido.

–Qué obsesión la tuya de probar que eres mejor que Ezequiel.

–Te equivocas. No soy mejor. La diferencia es que yo te quiero. Pero de verdad, no para que me soluciones la vida.

Lamento haber sido tan abierta con él. Vivo arrepentida de no haber protegido mi pasado de sus juicios, que hieren el recuerdo con un filo supuestamente imparcial. Y no se trata solo de mi pasado: tantas veces esta inútil ansiedad me ha hecho derramar lo que pienso, o deseo, o siento, hasta no dejarme nada en guarda, expuesta y desangrada como los costados de un animal en las viejas carnicerías. ¿Es tanta mi necesidad de amparo?

–¿A qué hora llegas mañana? –pregunto, para esquivar la sangre.

–Alrededor de las siete, creo. ¿Me quieres?

–Ahora no.

–Qué bueno, así vas a poder dormir tranquila.

No soy capaz de volver a concentrarme en las desventuras de Portnoy. ¿Buscaba yo en esos hombres una confirmación de que aún podía despertar amor? ¿En este extremo de la vida continuaba buscando un sucedáneo del amor de mis padres? ¿Es Roque uno más en la fila? No fui una niña querida, ni mis hermanos tampoco. Constituíamos un peso que había traído la vida para frustrar a mi madre y distraer a mi padre. Y no es que fueran completamente desnaturalizados. Se preocupaban por nosotros, pero como quien se preocupa de una casa o de un negocio; en otras palabras, nos administraban. Con qué prontitud nuestra madre cambiaba el rostro –ojos como piedras arrojadas, hendiduras junto a la boca, el mismo músculo protuberante de la mandíbula que yo heredé– si alterábamos su noción de armonía con nuestros juegos, llantos, enfermedades, ocurrencias o impulsos. Incluso peor era la manipulación. Las muestras de cariño se reservaban como la mejor moneda para condicionar nuestra conducta. ¿Y aun consciente de la brutalidad a que estuve sometida, voy detrás de otros, para que me den lo que mis padres fueron incapaces de dar?

Roque no es particularmente analítico, por eso me sorprendió su opinión tan clara e incisiva. Fui yo quien la alimentó, es verdad, pero no tiene derecho a juzgarme. También él podría ser considerado un insatisfecho crónico. Mal que mal nos conocimos en las mismas andanzas. Él merodeaba como una turca por un sitio de internet, lanzando silbidos, atento a quien le diera una respuesta, mientras yo, con el mayor sigilo, como los zorros de aquí, intentaba replicar el mecanismo que habíamos adoptado Ezequiel y yo en Nueva York.

Al poco tiempo de volver nos vimos frente al problema de cómo continuar con nuestros encuentros. La posibilidad de que se corriera la voz era mucho mayor en Chile. Nos exponíamos al riesgo de que el tercero nos identificara y cometiera una indiscreción. El trabajo en el diario volvía a Ezequiel especialmente vulnerable. Y de propagarse el rumor de que yo era una mujer depravada, me quedaría sin clientes. Tampoco nuestro departamento era un lugar apropiado para las citas: los porteros llevaban cuenta de quién entraba y quién salía, y se encargaban de mantener informados a los vecinos. Un domicilio fijo podía prestarse incluso para alguna clase de chantaje. Cuando propuse que fuéramos a un motel, recibí una mirada reprobatoria y una interpelación: ¿no me parecía demasiado sórdido? Quedaba la alternativa de ir a la casa del tercero, pero primó el temor a convertirnos en manjar para chismosos. Yo no perdía la esperanza de que nuestra capacidad de encontrarnos a solas se hubiera desentumecido en Nueva York. Hubo noches, mientras leíamos en la cama, en que dejé mi libro a un lado y me arrimé a su cuerpo, para sentirlo respirar y recibir su calor. Mis manos no dejaron dudas acerca de mis intenciones. Su respuesta, sin embargo, fue tan pasiva como siempre, un abrazo cariñoso y frío, un beso estampado como si timbrara un papel. Me recuerda el intestino inmóvil del padre de Portnoy, una enfermedad que termina por involucrar al resto de la familia. Hubiera querido acarrear en mis genes la resignación de mamá Portnoy, ese compañerismo a toda prueba para enfrentar el estreñimiento sexual de mi marido. Pero me veía dominada por un instinto de rebeldía: ¿por qué no brotaba en Ezequiel, cuando estábamos a solas, el deseo de cuando intervenía otro hombre? Estaba claro, por su comportamiento con ellos, que no se excitaba al verlos desnudos o al tocarlos. Era yo la causante de su calentura. Pero me costó trabajo comprender la importancia que tenía la situación para él: más que yo, lo excitaba verme despertar el deseo de otro hombre; más que yo, era la imagen pornográfica de una mujer, su mujer, gozando y haciendo gozar ante sus ojos, la que lo enardecía.

Los meses no transcurrieron en vano. Me sentí cada día más

desdichada, a pesar de que había retomado mi rutina y parte de mi identidad con dos buenos encargos de trabajo. Hasta que una mañana cualquiera no pude resistir más y me lancé a la busca de páginas de citas en internet. Pronto di con lovehunt.com. La cantidad de participantes chilenos era mayor de lo que hubiera esperado. En mi recorrido por los perfiles de unos seiscientos hombres comprendí que no tenía las agallas para iniciar un acercamiento. Pero como el sitio funcionaba en diferentes países, concebí la idea de ir un fin de semana a Buenos Aires. Concertaríamos las citas por computador y tendríamos el cuarto del hotel a nuestra disposición. Me inscribí como si fuera una usuaria argentina y en el perfil explicaba que éramos una pareja de Chile que pasaría unos días en la ciudad. El fin de semana largo del 12 de octubre se mostraba propicio. Reuní una veintena de candidatos. Tuve que pasar tardes enteras en el chat para elegir a los que valían la pena. Llegué a establecer un cierto grado de confianza con tres de ellos. Ya era hora de incorporar a Ezequiel. Tal como aquella noche en que le entregué el viagra, estábamos sentados a la mesa. Finales de septiembre del 2006, después de las fiestas patrias. Las habíamos pasado aquí, en Rungue, los dos solos, para descansar en el silencio de los cerros y huir de cualquier algarabía, aunque en mi fuero interno prevaleciera una agitación venérea. Frente al Santa Lucía vagamente iluminado y con las marionetas de sombra estupefactas a su espalda, le hablé de mis planes. Quiso sonar divertido cuando me preguntó qué locura me había entrado en la cabeza, pero no pudo reprimir una mueca desdeñosa. Yo reaccioné mal. Le reproché su pasividad, su indolencia, su ingenuidad. No podíamos pasarnos la vida sin sexo. Y Ezequiel no se calló sus pensamientos. Podía tirarme a quién quisiera, pero él no iba a seguir con el jueguito. ¿Hablaba en serio? ¿No se daba cuenta de que era mucho más que un juego, de que era la única manera de seguir juntos?

Dos días más tarde, al regresar de mi nueva oficina –que compartía con un fotógrafo de moda y una diseñadora excéntrica, en el barrio de Vitacura–, lo encontré echado en la cama, con el televisor encendido pero sin volumen. Se había entusiasmado con la idea de ir a Buenos Aires. Con todo lo que nos gustaba esa ciudad, no podía ser que no hubiéramos ido en más de tres años. Una forma oblicua de acceder, como siempre en estos asuntos. Después de la cena entramos a su computador. Tres de las cuatro paredes del escritorio se hallaban cubiertas de libros. En una de ellas, dentro de una hornacina formada por las estanterías, se abría una ventana a un patio de luz, con la mesa de trabajo adosada al antepecho. A la cuarta pared se arrimaba una cama donde Ezequiel dormía las noches en que trabajaba hasta tarde. Nos dedicamos a chatear con los elegidos, yo sentada en la silla y él a mi lado en la cama. Los dos frente a ese pequeño altar incrustado en un retablo de libros. Quedamos de vernos con uno de ellos, un hombre que había hecho fortuna en la bolsa. Decía tener treinta y dos años, y en su cara rozagante chispeaba una mirada entre pícara y querendona. Por lo que pude apreciar cuando se puso en cámara, tenía unos kilos de más respecto a las fotografías que me había enviado antes; pero era un tipo de ideas rápidas, con la dosis justa de mordacidad, sin majaderías ni complicaciones. Ya se había acostado antes con otras parejas. A Ezequiel le pareció divertido, seguro de sí mismo y con claridad acerca de lo que buscaba. Se hacía llamar Orsino. Vivía solo en su casa del Tigre. A esa edad aún no se había casado, aunque ya tenía tres fracasos amorosos sobre sus espaldas. Acordamos tomarnos un trago en el Milion, un bar en la calle Paraguay, y si congeniábamos nos iríamos a su casa.

El Milion resultó ser un palacete a pasos de la avenida Santa Fe. Recién abría cuando llegamos a eso de las siete y media de la tarde. En el patio trasero, donde debieron de estar las cocheras y las caballerizas, había un restaurante; en el piso bajo funcionaba la cocina y en el *piano nobile*, el bar. Sentado junto a una puerta-ventana de más de tres metros de altura, abierta a un balcón sobre la calle Paraguay, Orsino oficiaba de único cliente. Tenía en su mano una copa de champaña y a su lado una sudorosa cubeta de pie alto con la botella dentro. Era más bajo de lo que había imaginado, o fue la impresión que me causó al verlo de pie junto a Ezequiel. Me besó en ambas mejillas, costumbre más española que argentina, y con mi marido se palmotearon las espaldas de medio lado, cuidadosos de que los frentes de sus cuerpos no entraran en contacto. Un mozo trajo unas tapas de aperitivo y llenó nuestras copas. Orsino sonreía sin pudor. La camisa abierta hasta el inicio de la panza evidenciaba su gusto por el sol. Y como tenía recogidas las mangas, sus gruesos antebrazos también exhibían la piel tostada. Su rostro no corría la misma suerte: se había estancado en la etapa del enrojecimiento, un mal fondo para las cejas de un rubio chillón. Había algo ligeramente fuera de lugar en sus facciones. La extrema proximidad de sus ojos vivaces con una nariz pequeña y unos labios finos resultaba desconcertante en ese rostro de grandes mejillas. Pero sus rasgos no aplacaban el deseo de acostarme con él. Su cuerpo prometía fuerza y sensualidad, que era cuanto yo necesitaba. Como en los encuentros anteriores, durante esos primeros instantes me dominó el vértigo. Ezequiel me había contado que le sucedía lo mismo, como si nos eleváramos a gran altura sobre el plano corriente de nuestros días. Quizás ese fuera el motivo de que durante media hora repitiéramos el guión de las sesiones de chat. Aunque dejamos fuera lo sexual; es decir, la mayor parte. Esta paradójica discreción se dio de manera espontánea con cada uno de los hombres con que nos reunimos. Orsino volvió a relatarnos, esta vez con un alegre desenfado en la voz, cómo había llegado a trabajar nada más que tres o cuatro tardes a la semana. Había sido *broker* de Lehman Brothers, un banco de inversiones norteamericano, durante cinco años, y después se independizó para manejar sus ahorros y una pequeña herencia. En otros cinco años se había hecho rico. Poco a poco el champaña fue soltando a Ezequiel. Preguntó por la situación política. Sobre todo le interesaba Cristina Kirchner, uno de sus blancos favoritos, y también la reacción de la prensa ante los ataques hostiles que recibía de la presidenta. En contra de lo que yo hubiera supuesto, parecía fascinado con Orsino, aun cuando tenían enfoques prácticamente antagónicos para ver la vida. Orsino no tenía ideas, sino propiedades. No discurría: gozaba. No juzgaba: compraba o vendía. Su desenvoltura resultaba intimidante. Transmitía una seguridad en sí mismo en cierto modo malsana. O estúpida. Sin decirlo, pues no llegaba a ser tan burdo, parecía creer que el dinero era un barco insumergible y que él simplemente debía tomar el sol en cubierta.

Apenas llegamos a su casa nos dio a tomar a cada uno una pastilla de cialis, un vasodilatador como el viagra, pero con un efecto prolongado. Duraría treinta y seis horas y nos sería más útil que un éxtasis, según sus propias palabras. Al echármela a la boca, la convergencia del miedo y la anticipación me provocó una taquicardia. Orsino aseguró que también me estimularía. Y tuvo razón. Salimos a tomar un trago a la terraza, donde hacía un calor desmoralizante. La pesada humedad y el relumbrón lejano de Buenos Aires velaban las estrellas. Me rondaba un mosquito. Ahí olía mal todo el tiempo, fue la explicación del dueño de casa cuando una vaharada nauseabunda provino del río, en franco contraste con la pulcritud que yo había notado al pasar por el living. La casa se alzaba en pilotes sobre un pajonal que iba desde la calle hasta uno de los brazos del delta. Debí esperar al día siguiente para adentrarme en la hierba alta por una pasarela hecha de tablones, hasta llegar a un muelle con un yate atracado a él, sobre un canal de agua barrosa que parecía estancada. No había duda de que la casa estaba inspirada en la Ville Savoye de Le Corbusier. Cuando se lo hice notar, Orsino reconoció con una sonrisa coqueta que no había podido evitarlo. Los pilotes serían de ayuda en caso de una crecida y siempre le habían gustado las rampas. Era un hombre encantador, con un aire de bribón sofisticado. Mi marido se sentía a sus anchas y gorjeaba con su risa en la noche. En Chile no habría estado a gusto con alguien semejante, como si su ángulo para juzgar a los demás cambiara al salir de nuestro encierro y, al igual que en Nueva York, se volviera más permisivo. Orsino nos invitó a entrar. Lo seguimos por un pasillo albo, con una secuencia de ventanas apaisadas a la altura de la visión. El aire acondicionado fluía silenciosamente a través de unas largas y angostas rendijas en los cielos. Nos hizo pasar a un cuarto con un gesto cortesano de su brazo, una habitación de paredes vírgenes donde no había más que una cama y un velador. Sobre él había condones y un pote de lubricante. Orsino parecía haber soportado un largo período de privación. Nos sacamos la ropa a toda velocidad, nos besamos con avidez y el primer polvo duró poco. Al cabo de media hora ambos hombres tenían una nueva erección y yo sentía congregarse la sangre en mi sexo. Esta vez Orsino hizo gala de sus habilidades amatorias al recorrer mi cuerpo con su boca y sus manos. Se detuvo entre mis piernas largo rato: me lamía, me daba mordiscos apenas perceptibles, al tiempo que dejaba escapar gruñidos de deleite. Así logró disolver la rebelde extrañeza que todavía me habitaba. No mostró ninguna inhibición con su cuerpo macizo. Tenía el pecho ancho y la barriga cubiertos de vellos rubios y dóciles. Me senté a horcajadas sobre él. Sus manos sobre mis muslos, su rostro a punto de estallar. Ezequiel se montó detrás de mí, abrazado a mis pechos, los recogía y los dejaba para volverlos a acariciar. Me besaba en la nuca y en los hombros. Con una leve presión de su mano me hizo tenderme sobre Orsino y presionó con su pene entre mis nalgas. Ya lo habíamos hecho antes con otros hombres. Tomó de mis propios jugos para lubricarme y cuidadosamente me penetró por atrás. Más que la experiencia física, el desvarío surgió de la idea de tenerlos a los dos adentro. El final fue un orgasmo ametrallado que ellos acompañaron con sus roncos estertores de placer.

Orsino nos rogó que nos quedáramos a alojar. Él dormiría en su habitación. Ezequiel aceptó de inmediato, sin siquiera consultarme con la mirada. Tuve un sueño intranquilo. Abría los ojos a esa habitación y me imaginaba que habíamos perdido todo y que únicamente nos quedaba ese lugar desprovisto de humanidad, de pasado, de vida diaria; un lugar sin tiempo ni referencias, donde solo existíamos como cuerpos. Giraba la cabeza y Ezequiel era un extraño a mi lado. Hasta que volvía a percibir su olor y el vacío se hacía tolerable.

Por la mañana nuestro anfitrión nos despertó con un vaso de jugo de naranjas y un huevo a la copa para cada uno. Con una sonrisa somnolienta dibujada en el rostro, Ezequiel le preguntó si todavía estaba caliente. Orsino no tuvo más que bajar la vista hacia el bulto en su pijama para responder. Mi marido se rió. También estaba caliente. Y como si los dos respondieran en forma sincronizada a un mismo estímulo, se volvieron hacia mí. Los desalenté con un gesto de falsa reprobación en el rostro. Tendrían que esperar a que fuera al baño. Me di una ducha sin mojarme el pelo y me peiné con un cepillo que encontré en un cajón. Estaba carente de pensamientos claros, dominada por una especie de deliberación del cuerpo: cansada, algo adolorida y sin embargo, todavía anhelante, con la piel como principal fuente de mi percepción. Al volver los encontré desnudos, orgullosos de exhibir sus erecciones. Sonreían como un par de críos. Una vez entre ellos, sus manos y sus bocas se vertieron sobre mí. Me embriagó el fuerte olor de sus cuerpos. Ezequiel hizo el primer intento esta vez y, gracias a la pastilla y a las dos eyaculaciones de la noche anterior, resistió un par de minutos sin acabar. Luego Orsino tomó el relevo.

Pasamos el mediodía en un quincho, junto a una piscina que no había visto la noche anterior. Orsino tenía trajes de baños especialmente pensados para las visitas y nos roció con un repelente de mosquitos. Era un gran anfitrión. Bebimos Bellini. Y en todo momento tuvimos a mano algo para comer. Iba y venía de la cocina en sus breves shorts naranjos, con bandejas de quesos, canapés improvisados, mientras en una parrilla producía chorizos y provoletas. Los dejé parloteando como viejos amigos y me fui hasta el embarcadero. Una línea negruzca se había dibujado en el casco del yate. No corría viento. Llegué hasta la punta, me senté en un peldaño bajo y hundí mis pies en el agua. Estaba tibia. Así me sentía yo, tibia, incluso satisfecha, pero tan inerte como ese canal quieto y barroso.

Después de almorzar, Ezequiel y yo quisimos dormir una siesta. El dueño de casa pidió sumarse y ninguno se atrevió a decir que no. Yo no quería más sexo. Incluso en la mañana le había sugerido a Ezequiel que nos fuéramos, pero él insistió en quedarse: lo estábamos pasando tan bien. De esa tarde tengo un recuerdo fragmentado. No veo a Ezequiel. Puede que estuviera durmiendo la borrachera que le había causado la copa siempre llena de Bellini. Solo veo a Orsino empecinándose sobre mí. No tuve cómo negarme a una última ronda y el tipo me penetró durante una inacabable media hora, sin reparar en que ya no estaba involucrada. La agitación de nuestros cuerpos hacía brotar el olor del repelente, mientras él me amasaba los pechos con sus manos enrojecidas, absorto, olvidado de mí. Quedé con una sensación de abuso en el cuerpo. Y no era Orsino el único a quien culpar. Había abusado de mí misma. Y también sentí, aunque lo sabía injusto, que Ezequiel me había descuidado. No porque esperara que me protegiera, sino porque desde un punto en adelante dejó de estar atento a mí. Nunca me había sentido así de regalada a un segundo hombre como esa tarde. El acre hedonismo de Orsino había actuado como un gas narcotizante, hasta hacernos perder de vista al otro y convertirnos en presa fácil de su avidez.

Nos llevó de regreso a la ciudad en su todoterreno impecable, conmigo encogida en el asiento de atrás. Aún no teníamos manera de saber que esa sería nuestra última aventura. Nos habíamos excedido: desde la idea misma del viaje, pasando por la pastilla y las espléndidas atenciones, hasta el abuso final. Habíamos transgredido las fronteras de esa rara forma de sexualidad que nos habíamos dado, al extremo de desvirtuar su razón de ser.

* * *

Es difícil imaginar que un hombre como Roque, de su talla, uno o dos centímetros más bajo que yo, y de sus características físicas, se deje llevar por estos arrestos analíticos tan propios de un cuerpo longilíneo o de alguna de las formas que adquiere el estereotipo intelectual. Se esperaría unos lentes cerebrales o un cuerpo sin estructura, o unas manos hinchadas, blancuzcas y mezquinas, o en último caso unos hombros privados de vigor. Sin embargo, su continente pequeño, de cuello taurino y piernas de futbolista, da origen a reflexiones particularmente elaboradas. Como los motivos para buscar terceros que me soltó al teléfono. Me dio la impresión de que los había pensado hacía tiempo y mantenido en guarda para cuando los precisara. Fue ese cuerpo membrudo el que me llamó la atención en la fotografía de lovehunt.com. No había pasado un mes del viaje a Buenos Aires, cuando ya estaba en busca del próximo candidato. Mi sentido del peligro se había relajado. Me aprestaba a traer un hombre al departamento o, si Ezequiel cambiaba de opinión, nos reuniríamos en el motel al que fuimos con Bernardo, por la ventaja de los dos estacionamientos. En mis coqueteos bajo un nombre falso desperté el interés de decenas de hombres. Había retocado una foto donde aparecía en bikini, tendida en la playa, de modo que no se viera mi rostro. Pero con cada pretendiente me enfrentaba al mismo problema: tarde o temprano, para demostrar voluntad de consumación y ganar su confianza, tenía que enseñar una fotografía de mi rostro y otra de mi marido, o presentarnos en cámara. Creía necesario contar con la anuencia de Ezequiel y no me animaba a pedírsela. No porque fuera a recibir una negativa. Buenos Aires había sido para él una experiencia placentera y seguramente se allanaría a llevar a cabo en Chile nuestras pequeñas orgías. Era yo, entonces, no del todo consciente, quien deseaba mantenerlo al margen. Pasaba la tarde imantada al notebook, en esa oficina desprovista de encanto, mientras chateaba con dos y hasta con tres hombres a la vez. Aseguraba buscar un tercero, quizás por costumbre o por miedo a reconocer intenciones aún sin madurar. Se había convertido en una forma de relacionarme con el mundo, de salir de mí misma, de no asfixiarme dentro de ese presente inmóvil. Durante esas horas vivía la aventura del día y regresaba a casa aliviada en parte de la frustración.

La fotografía de Roque, como la mía, solo dejaba ver su cuerpo. Estaba en traje de baño, de brazos cruzados en el pecho y piernas abiertas. El entorno tropical no era muy alentador. Su primer mensaje decía: "¿Qué tal un café entre descabezados?". En un principio jugó con la idea del trío, pero pronto la desechó. Era yo quien le interesaba. Luego de un intercambio de mensajes cargados de doble sentido, donde nos desafiábamos a probar nuestra anunciada osadía, accedió a mostrarme una foto donde pudiera ver su rostro. Se lo veía en blanco y negro, de pie junto a una cámara, con los brazos en jarra, gritando alguna instrucción. Su aspecto correspondía a los treinta y seis años que había dicho tener. Llevaba barba de una semana en un rostro ancho y de mandíbula firme. Había determinación en sus ojos. Unos ojos encendidos, serios, resueltos, un tanto fanáticos quizás, cautivados por cuanto veían o estaban por descubrir. De las tantas fotos que había visto en esos días, era una de las pocas que no mostraban una faceta dulzona o francamente estudiada de su dueño. Roque se exponía en acción, en sus dominios, en su ley. Y aun cuando me atrajo desde el primer momento, de no haberse operado un cambio en mí no habría seguido adelante. Antes había recibido ese tipo de proposiciones sin darles cabida alguna. ¿Qué brecha se abría entre Ezequiel y yo? ¿O era alguna cualidad de Roque la que me hacía perseverar en esos intercambios diarios? Él ponía al servicio de la seducción su audacia y su talento, lo que contribuía a que su conversación fuera amena, con giros inesperados y refrescantes. Y se acompañaba en sus compases con videos de YouTube. Hubo tardes en que pasamos hasta dos horas en ese baile de máscaras. Roque conseguía llevar el ritmo sin llegar a ser grosero o cargante, alerta a las oportunidades que el diálogo le ofrecía para mantener la tensión; y sin hacer de una posible cita su único objetivo. Había hombres que no estaban dispuestos a perder el tiempo, iban directo al grano, y si me veían vacilar, se desconectaban. Los halagos de Roque eran medidos, sin zalamerías, y llevaba una clara bitácora de lo que habíamos hablado. Lo más gracioso de todo era su manera de celebrar –con el video de un bolero– cada vez que le ofrecía alguna esperanza.

Hasta que un buen día le envié una foto donde estoy apoyada en el tronco gris de uno de los bellotos que crecen en la Quebrada del Agua. Me la había tomado Ezequiel. No hubo nada en particular que me impulsara a hacerlo. Los diálogos en el chat se habían tendido bajo mis aprensiones uno a uno, como delgadas láminas, hasta formar un piso resistente sobre el cual avanzar. Habíamos creado una ilusión de intimidad. Roque quiso saber por qué le había enviado esa foto y no otra. Le había mentido sobre mi profesión, así que me confesé como una arquitecta amante de los árboles. La próxima frase se demoró en aparecer en pantalla.

"Creo que sé quién eres", decía.

"¿Quién?", escribí con manos repentinamente torpes.

"Amelia Tonet, la paisajista".

Corté la comunicación. Mi mente corrió tras las consecuencias de ese paso en falso. La peor de todas sería que Roque fuera uno de los tantos amigos de Ezequiel, de los que yo no llevaba registro. Prácticamente todos los días de semana salía a almorzar con poetas, periodistas o escritores. Nada impedía que saliera también con un productor. De golpe, los ambientes del cine y la literatura dejaron de ser los compartimientos estancos que hasta ese día formaban para mí, y pasaron a ser uno solo. ¿O sería Roque cercano a algún familiar? Repasé la lista de hermanos, primos y otros parientes, tanto mía como de Ezequiel: ni la imagen ni el trabajo de Roque aparecían asociados a alguno de ellos. Intenté identificar entre mis amigos y clientes a quienes tenían más probabilidades de conocerlo. De pronto brilló la dentadura de uno de los comentaristas de cine, un tipo que trabajaba en la sección de mi marido. Lo veía en las recepciones del diario. Sentí un odio instantáneo hacia él. Vi ondular esa sonrisa salivosa mientras iba de oficina en oficina con la noticia de que la mujer de Barros buscaba amantes en internet. O más grave aun, que Barros y su mujer buscaban hombres para compartir. Se darían un festín. Por sus privilegios, tipos como ese nunca quisieron a Ezequiel. No tenía obligaciones de horario ni de lugar de trabajo, no debía escribir más que su columna semanal y aun así ganaba más que otros comentaristas y redactores. Comprendí que la única forma de evitar el desastre sería persuadir a Roque García de que no abriera la boca. Era un enemigo difícil de clasificar, deseado hasta hacía un rato, íntimo en cierto modo y al mismo tiempo completamente extraño. Regresé al Messenger y él de inmediato quiso saber qué había sucedido. Argüí un corte de luz. No quería mostrarme recelosa. Me pidió que confiara en él, que no tuviera miedo, que lo perdonara. Se daba cuenta de que había sido poco cuidadoso. Todo lo que sabía de mí era lo que había leído en la prensa. Y que diseñaba bonitos jardines.

"No te asustes –dijo–. Lo digo en serio. Pase lo que pase, te voy a proteger".

"No me has dicho qué te pareció lo que viste", esta frase la escribí, la borré y la volví a escribir.

"¿Quieres que te vaya a buscar ahora y te lo diga en persona?".

Desde ese día, Roque no dejó de enviarme un largo mail cada mañana, donde me contaba de su noche después de chatear conmigo, del día que se le venía encima, de las ocasiones en que había pensado en mí, de sus dilemas, de sus muchos reveses en el trabajo, de las distantes relaciones con su ex mujer y con su hija de catorce años, sin llegar en ningún caso a ser trivial ni tampoco aburrido. Yo había resultado ser una caudalosa fuente de preguntas y él se prodigaba en las respuestas, sin temor a que una desconocida husmeara en su vida. Su ex esposa era actriz. Alguna vez yo la había visto actuar en una serie de cuentos chilenos adaptados para televisión. Era una mujer bonita, de ojos grandes y rostro lleno. Según Roque, en los primeros tiempos había sido una buena compañera. Le daba importancia a su trabajo, pero sin desatenderlos a él y a su hija. Había épocas, en particular cuando participaba en una telenovela, en que tenía que filmar durante todo el día y por la noche ensayar o actuar con su compañía de teatro, lo que implicaba darle también un tarascón al fin de semana. Pero eran las menos. Paula tenía especial preocupación de programar sus compromisos de tal forma que no tuviera que dejar a Roque y a su hija abandonados por mucho tiempo. Ese equilibrio se hizo cada año más precario. A medida que su hija crecía, ella aceptaba más y más ofertas. La ironía estuvo en que se volvió conocida gracias a que Roque influyó para que le dieran el papel principal de una película de su producción, *El hábito*, la que tuvo un éxito de público y de crítica como pocas películas chilenas, e hizo de su mujer una actriz con cierto interés para directores y productores, y por supuesto, para la prensa. La esposa ecuánime y responsable se convirtió en una mujer monomaníaca, sin tiempos libres de ninguna clase. Dedicaba los días a la televisión y las noches al teatro, o bien se involucraba en proyectos de cine que la hacían desaparecer por dos meses. En una de las tantas peleas con Roque, llegó a decir que no se podía ser una buena actriz y además, una buena madre y esposa. Fue una separación dura. Roque aún la quería; siempre la había apoyado en su carrera, se había hecho cargo de la casa y de su hija, le había facilitado la vida cuanto había sido posible. Pero hacia el final ya habían perdido hasta la intimidad que los unía. Paula estaba siempre cansada, sin las mínimas holguras para acogerlo cuando necesitaba cariño, sin tiempo ni ánimo para hacer el amor. Y Roque se vio pronto acosado por la desazón y el resentimiento. Lo más doloroso para él fue perder la tuición de Fátima. Un tribunal de familia determinó, sin dar cabida a los indicios de que Paula era una madre ausente, que Fátima estaría mejor con ella. Roque escribía bien, sabía expresar sus emociones. En sus relatos había vitalidad y sentido del humor. Cuando joven había pensado en dedicarse a la escritura de guiones, pero el embarazo de Paula, a los pocos meses de conocerse, lo había forzado a dejar sus estudios de periodismo por un trabajo en una productora y ya no hubo vuelta atrás.

Yo mantenía un nivel de apertura menor, del que estaba consciente al escribir cada frase. Podía dejarme llevar por mis fantasías, mis ideales, pero si se trataba de mi realidad, a lo sumo hablaba de mi trabajo y de mi rutina. Prefería dejar a Ezequiel fuera. Sin embargo, Roque regresaba sobre el tema de la búsqueda de un tercero. Le interesaba comprender qué era lo que nos atraía, cómo lo concretábamos, de qué manera se relacionaba Ezequiel con los otros hombres en la cama. Mi forma de esquivar sus interrogatorios era desafiarlo a que viniera a nuestra casa, a lo que él se negaba de plano. Entonces, replicaba yo, ¿por qué tanta curiosidad si no estaba dispuesto a correr el riesgo? El tipo me gustaba, y me habría encantado liberarme de esa indigna carta de presentación.

Una tarde de finales de noviembre en que la ansiedad amenazaba con desbordarme, me permití darle algunas esperanzas. Ezequiel se había ensimismado como nunca antes y yo no encontraba el momento ni la forma de recuperar nuestra complicidad. Además, me había atrasado con las obras de un gran jardín que debía terminar para Navidad. Le pregunté a Roque sin rodeos cómo lo haríamos. Me pasaría a buscar e iríamos donde yo quisiera, a tomarnos un café, a un restaurante o a su departamento. ¿Y qué haríamos después? Nos daríamos el gusto de la vida. Me burlé de la excesiva seguridad que intentaba transmitir. Afirmó ser un buen amante, tan bueno que yo corría el peligro de enamorarme de él. Le saqué en cara su falta de originalidad. Me habían hecho esa presuntuosa advertencia en más de una ocasión. Si continuaba por ese camino no se distinguiría de los tantos pretendientes que había tenido hasta ahora en internet. Para convencerme debía hacer un esfuerzo mayor. Me imploró que nos viéramos esa tarde. Podía pasarme a buscar donde yo le dijera. Ya no aguantaba más, lo iba a "matar de calentura". Llevada por lo que pareció ser un impulso irreflexivo y no la esperable conclusión de esa temporada de cortejo, le pedí que estuviera dentro de media hora en Agustín del Castillo con Francisco de Aguirre. Mis manos se movieron rápidas para poner en orden el escritorio, como si actuaran por su propia voluntad y fueran ellas las responsables de las palabras desplegadas en pantalla. De nuevo el vértigo. Era la misma acometida de los sentidos que sufrí cuando Ezequiel me masturbó en el sofá. Tenía que llamarlo. Nunca fui buena para mentir. La entonación de mi voz podría ser tan delatora como el falso arreglo de mi rostro o la desnaturalizada secuencia de mis gestos. Agucé el oído. Ni el fotógrafo ni la diseñadora estaban en la oficina. Saberme sola me dio valor. Una salida a cenar con Clarisa sería mi coartada. Intenté acallar los sobretonos de mi estado mediante un ejercicio de concentración. Me repetí que saldría a comer con Clarisa. Imaginé la situación, el restaurante al que habríamos ido, su risa pródiga, su falta de apetito. Solo entonces me creí capaz de marcar el número de Ezequiel. Por su manera de alentarme a que lo pasáramos bien, diría que no sospechó.

Me retrasé diez minutos en salir. Después de tantos años, aún podía oír el pregón de mi madre: nunca debían verme parada en una esquina, era muy feo. El auto que me aguardaba tenía sus años, una station japonesa que no había recibido un lavado en meses. Un brazo grueso y velludo asomó por la ventana del piloto para hacerme una seña. Crucé la calle corriendo. Una vez dentro de la cabina, sentí que me rodeaba un olor por completo ajeno a mí. Quise bajarme no porque lo considerara desagradable, sino por la súbita inhibición que me había provocado. Pero, como si estuviera constituida por dos naturalezas contrapuestas, ese olor desconocido también me recordó las promesas del chat y me hizo tomar conciencia de mi cuerpo. Ahí estaba Roque, me miraba a los ojos sin sonreír, rodeado de cintas de celuloide, de carpetas trasegadas, con un notebook abierto sobre sus piernas. Lo cerró y lo puso en el asiento de atrás. Mi retraso le había dado tiempo para revisar fotografías de una locación. Me ofreció ir a un restaurante que él conocía en la calle Bilbao, donde no nos vería "nadie", o para no correr ningún riesgo, podíamos ir directamente a su casa. En persona se veía más corpulento que en las fotos. Y el ceño fruncido le daba a su rostro un aire de sospecha, o de preocupación. ¿Sería yo lo que esperaba? Tomó Américo Vespucio. En cada detención a causa del tráfico se volvía hacia mí y me miraba con fijeza, sin distender el ceño. "Qué bueno que te atrevieras", dijo en un momento y extendió su mano de dedos cortos y fuertes hasta tocar una de mis piernas. Esa presión apenas perceptible me erizó. Sonreí para ocultar la lucha entre aquella mujer que quería saltar del auto en el próximo semáforo y la que deseaba tocar con la punta de los dedos las anchas patillas de ese desconocido, atraída por su tonalidad levemente más rojiza que el resto del pelo castaño. Contemplarlo con tanta atención me hizo a su vez repasar mi aspecto. Mientras me maquillaba antes de salir, me había sentido insegura frente al espejo. Llevaba puesta una de las blusas de corte recto que uso para trabajar en los jardines; pero tal como pensé, al menos calzaba bien en el cuadro, con él vestido de jeans y polera.

Fuimos a su casa. El edificio no era nada especial. Uno de los tantos construidos en la calle Martín de Zamora, sin gracia ni personalidad. Temí por un instante que fuera un hombre ramplón, pero su departamento me confirmó la idea que me había hecho de él en el chat. El piso de madera había sido lacado en blanco y sobre él parecían flotar unos pocos muebles modernos de líneas simples, distribuidos con holgura en el salón. Yo estaba convencida de que Roque no me había mentido sobre él y su mundo, pero me reconfortó tener la prueba de su honestidad ante los ojos. La profusa colección de DVDs que repletaba las repisas de un gran mueble, una pared invadida de retratos de viejas estrellas del cine, donde destacaba un intimidante primer plano de Elizabeth Taylor, y el insoslayable televisor de pantalla plana rodeado de equipos de video, hablaban de su vocación cinéfila. Como era de esperar en el departamento de un hombre solo, había un cierto grado de desorden. Los diarios se hallaban esparcidos en el suelo alrededor de una poltrona, un vaso sucio reposaba sobre la mesa de centro, y de un cenicero sobresalían tres colillas, al parecer apagadas con rabia. Con voz débil, como si aspirara las palabras, le pregunté si fumaba, sin que de verdad me importara la respuesta. No, a él nunca le había gustado el tabaco, era su hija quien fumaba. ¿Qué edad me había dicho que tenía? ¿Catorce años? No debía permitir que fumara. Roque se encogió de hombros: la muchacha ya no le hacía mayor caso. Fue a dejar el notebook y las carpetas que traía en las manos a su escritorio y al regresar me tomó de la cintura y me besó. Ni un trago, ni una conversación previa, ningún disfraz para nuestras intenciones. Pero igualmente cedí a la presión de su boca... De mi cuerpo brotaba el consentimiento a su conducta. Nada de caprichos ni de falsos protocolos. Nos habíamos reunido para tirar. Su única consideración fue al momento de abrir los botones de mi blusa: "¿Puedo?", dijo. Nos acostamos en esa habitación cinematográfica, sobre un sofá de cuero negro, con las miradas vanidosas de las estrellas cayendo sobre nosotros. Roque no resultó ser un buen amante. No se detuvo en mis pechos, tampoco alentó mi cuerpo con sus manos o con su boca; avanzó en línea recta hacia su objetivo único y urgente. Ya dentro, frunció aun más el ceño, como si padeciera un enojo, y al poco andar había acabado. "¿No serás eyaculador precoz?", proferí sin la menor consideración por sus sentimientos. Quería salir de ahí. No tenía por qué soportarlo de un hombre que no fuera mi marido. Roque me miró extrañado. Era mi culpa que estuviera tan caliente. Lo había hecho esperar demasiado tiempo. Pero prometió que se recuperaría rápido. Su rostro se había despejado y sonreía. El gesto me hizo reparar en la sensación que había dejado su piel en mis manos. Era la inesperada piel de un niño, que cubría ese cuerpo en modo alguno infantil. Conversamos un rato. El segundo intento fue igualmente precipitado en la forma, y si bien duró bastante más, yo no pude alcanzar el orgasmo. A sus embates les faltaba contención, la búsqueda del placer del otro. Cuando me dejó en la oficina, se turbó con las palabras al preguntar qué me había parecido su "performance". No pude mentirle: "De colegial".

A la mañana siguiente, al regresar de la visita a un jardín, me encontré con un ramo de rosas blancas en la recepción y en el computador con un mail donde me pedía otra oportunidad. Su orgullo no toleraba ese calificativo. Chateamos a media tarde y nos dimos una fiesta de risas. Me pedía sin cesar que nos volviéramos a ver. Me demostraría sus capacidades. Decía haberse inhibido conmigo. Hasta el momento de besarme me había considerado una mujer inalcanzable, una mujer deseada pero imposible de tocar. Incluso, cuando ya estábamos en su casa, pensó que era una crueldad de mi parte llegar tan lejos si luego me iba a arrepentir. Su temor era que al verlo en persona lo encontrara "feo, rasca, gordo, chico, poca cosa"; creía que una mujer como yo no podía fijarse en él. Tenía una mala imagen de sí mismo, quizás a causa de la separación y la dificultad para encontrar pareja que me había confesado. Le reproché que se contradijera con su desplante previo. Hasta entonces no había dejado traslucir los temores que declaraba en pantalla. Él estaba seguro de que, de haberlo hecho, yo no le habría permitido acercarse a mí. Fuimos a su departamento dos días más tarde, a la hora del almuerzo. Esta vez nos acostamos en su cama. Me sentí bien con él. No se dejó arrastrar por la ansiedad ni me quitó la mirada en ningún momento. Cuando advertí que iba a acabar, la idea de ser yo la causante de ese abandono desató mi orgasmo.

"Tus ojos cambiaron", afirmó después. "Ahora parecen los de una niña soñadora".

"¿Y cómo son el resto del tiempo?", pregunté, conmovida por el hecho de que me observara con atención.

"Desconfiados", dijo, y al rato agregó: "Y estrictos".

Durante unos minutos dormí en sus brazos, como nunca antes me había sucedido con un hombre que no fuera Ezequiel.

* * *

–¿Vamos a dar una vuelta por el jardín?

–¿Es necesario?

–No. Pero me gustaría que lo vieras.

–Prefiero verlo desde aquí –y con el deseo asomado en el rostro, me toma de los brazos y me besa.

Él sabe que el jardín es importante para mí, pero no le interesa en absoluto. César rastrilló los patios y los senderos, les dio una mano de aceite a los puentes, cortó el pasto, lavó la piscina, guardó las mangueras y las herramientas. Quisiera que Roque apreciara el esfuerzo que hacemos. A través de su mirada podría yo también gozar del jardín. Al verlo cada mañana y cada tarde pierdo el goce de sus cambios. Por ahora, es lo único de lo que puedo enorgullecerme. Sin haberse involucrado, Ezequiel al menos se detenía en cada detalle y sabía resaltarlo. Quisiera que fuera él quien llega de visita. Roque viene aquí cargado de ciudad y de trabajo. Lo noto en la inquietud de sus movimientos, en la impaciencia por llevarme a la cama, en su balbuceo repetitivo de lo que sucede en su oficina. Su problema principal es el financiamiento para hacer un mayor número de copias del "largo" que lo llevó a España y que está por estrenar a fines de marzo. Para asegurar una buena distribución, antes tiene que llegar a un acuerdo con una de las dos principales cadenas de cines.

–Espérame aquí, entonces. Voy a dar una vuelta –le digo, consciente de la manipulación.

–Bueno, bueno, te acompaño.

Continúa con su cháchara trabajólica. Ahora se ha lanzado a contarme de su viaje a España, que no tiene otro interés que no sea la empresa posproductora de sonido, su calidad profesional y su elevado costo. No presta atención a cómo me siento ni a cuanto lo rodea. Camina sin ver. Si yo dejara las visitas fuera, no tendría gran cosa que contarle de esta vida de contemplaciones. La salud de una planta, el aguilucho o la Quebrada del Agua lo tienen sin cuidado. Cruzamos uno de los puentes que llevan a la quebrada. Bajo los árboles intenta besarme.

–Tiremos aquí.

–Cómo se te ocurre –me niego, no por el lugar, sino por el rechazo que siento hacia él.

–Sería la primera vez que lo hago al aire libre.

–Ni siquiera me has preguntado cómo estoy y ya quieres tirar "al aire libre" –replico, remedándolo.

Soy víctima de un estado de agitación que es más bien un miedo periférico, un sentimiento que no se fija en ninguna parte del cuerpo, que lo recorre, soltando esquirlas, hormigueos vagos que me incitan a seguir con las recriminaciones.

–No tengo para qué preguntarte cómo estás. Estás molesta conmigo y lo único que quiero es sacarte del enojo con un polvo.

–No estoy molesta contigo.

–Ven, Amelia, dame un beso. Después hablamos.

–Ezequiel vino a verme.

Se queda en silencio durante un rato, baja la cabeza y dice, como si meditara:

–Tarde o temprano tenía que venir. Si vino Bernardo, por qué no iba a venir él. ¿Qué quería?

–Yo lo invité.

–Ah. ¿Sí?

Agito el tronco de un molle y una lluvia de hojas estropea la pulcritud del sendero.

–¿Lo echabas de menos? –pregunta enseguida–. ¿Querías reconciliarte? ¿Te sentías sola porque me fui a España? ¿O pensabas que ahora él sí te pegaría el polvo de tu vida?

–Quería que recorriéramos el jardín.

–Ah, claro, cómo no, ahora entiendo por qué estoy obligado a dar este maldito paseo... ¡Deja de compararnos, por favor! –me dice a la cara, conteniéndose para no gritar. Me suben lágrimas a los ojos–. No soy Ezequiel, compréndelo, soy otro, diferente, diferente de todos los hombres que has conocido –no acompaña sus palabras ni de gestos ni de ademanes, solo lo veo contraer el ceño–. No pretendas domesticarme porque no lo vas a lograr. Al contrario, te vas a volver loca si te empeñas en compararnos. No tengo manera de ser mejor que él en lo que él era bueno. Menos si estuvieron quince años juntos. No tengo manera de ganar. La única forma de quererme es aceptar que soy un hombre distinto y que la vida conmigo será diferente. Habrá otras virtudes, otro mundo en común que te va a sostener en el futuro. Pero tienes que aprender a esperar, Amelia, a tener paciencia.

–Ni siquiera te fijaste en que el puente está recién pintado –digo entre sollozos.

–No me interesa... Y si el puente es importante para ti, la próxima vez me voy a fijar. Pero nunca voy a ser como Ezequiel –se acerca y toma mis manos con las suyas, cubriéndolas a la altura del pecho. Permanecemos así hasta que me ve más calmada. El resto del paseo lo hacemos en silencio.

El llanto me trae a la memoria otro llanto: cuando abracé a Roque después de tres semanas sin verlo. La decisión de terminar había sido mía. Se había vuelto majadero. No perdía oportunidad de decirme que me amaba en tono de reproche. Quería estar conmigo a como diera lugar. No comprendía el veto a esa aspiración si ya "en los hechos" era su mujer. Pleno invierno, julio del 2007, el año final. Me vine aquí para escapar, en la creencia de que la lluvia y el silencio me ayudarían a olvidarlo. Todavía estaba en el error de pensar que nuestros encuentros eran hijos de la ansiedad. Ezequiel en ese tiempo se había mostrado más triste y meditabundo. Y había recurrido al alcohol. Pero sin que le trajera la risa ni la levedad. Por el contrario. Bebía en su escritorio y se quedaba dormido frente al computador. En esa época cometió un error inexplicable en una de sus reseñas. Escribió que el anciano protagonista de una novela era sordomudo, sin que lo fuera. El asunto llegó a oídos de su editora, y le bastó dar una hojeada al libro para comprobar que se trataba de un viejo ermitaño que prefería no hablarles a sus vecinos de pensión y cuyo pasatiempo favorito era espiarlos, con la ayuda de un vaso, a través de las paredes. Ezequiel llegó a afirmar que el viejo se suicidaba cuando en realidad sufría un accidente. O bien no había leído el libro o había escrito la columna en un temerario estado de distracción, hipótesis que se impuso finalmente, pues algunos de sus juicios escapaban a los lugares comunes que corrían en torno a la obra de Felipe Grey, el autor. Gracias a esa salvedad no perdió el trabajo, pero sí el respeto de la editora.

Hubo noches en que tuve que despertarlo para que se acostara en la cama del escritorio. Pero no tomé conciencia de lo que ocurría hasta encontrarme con la cabeza de Ezequiel desmayada sobre el teclado, la pantalla detenida en la foto de una mujer rubia, de grandes pechos, que recibía entre sus piernas un pene moreno. Me estremeció verlo así. Un hombre abatido, impotente ante su deseo. En un principio, él había reaccionado con indiferencia a la noticia de que yo tenía un amante, tal como había hecho en el caso de Bernardo. La confesión había surgido ante una pregunta suya. ¿Había pensado yo si iba a continuar en la búsqueda de terceros? La formuló como si ofreciera clemencia, como si lo considerara un problema solo mío. La frivolidad, la implícita superioridad, el desapego infiltrados en el tono de su voz bastaron para que yo le lanzara a la cara que tenía un amante desde hacía dos meses, que los terceros ya no eran necesarios. Decirlo no me provocó la reacción culposa que experimenté en el caso de Bernardo. Las experiencias que habíamos vivido me habían liberado de mis escrúpulos, y esas fantasías exhibicionistas, tan intensas en su momento, habían remitido. Ezequiel intentó sacar provecho en la cama del nuevo estado de cosas. Y tampoco mi respuesta fue la misma. No deseaba que hiciéramos el amor inspirados por Roque. Debía ser yo la motivación, solamente yo. Si algo me atraía de Roque era la seguridad de que estábamos solos cuando hacíamos el amor. No había otras presencias en el cuarto ni en la cabeza de ninguno de los dos. Nos encontrábamos al amparo del silencio. Ya no necesitaba presenciar la excitación de Ezequiel mientras tiraba con otro tipo. Tantos años esperando para sentirlo vivo, y a través de esos terceros lo había logrado. Pero ya no bastaba. Su calentura voyerista nunca alcanzaría en mí el efecto de una atracción recíproca. Dejé de necesitarlo como tutor, dejé de tenerle miedo a mi voracidad con él ausente.

Ezequiel me acompañó durante las primeras dos semanas de mi retiro para olvidar a Roque. Le había contado de nuestro alejamiento. Nos propusimos recuperar nuestra rutina sosegada y sus paseos. Dejó de beber, despertaba animado y por las tardes leía y escribía con dedicación. Encaramos una tormenta invernal. Aquí son fortísimas: llueve con mayor intensidad que en Santiago y el viento brota del mar sin nada que lo aplaque. La casa cruje con cada ráfaga, la lluvia se estrella contra las ventanas, los árboles se arquean, asustados como nosotros ante el bramido del ventarrón. Sufro una especie de arrebato, fascinada como de costumbre por el cobijo en medio del temporal. Nos hallamos junto al fuego. La conmoción no nos permite leer. El viento hurga en el caño de la chimenea. Durante ese abrazo creo que podemos seguir adelante. Nos brindamos protección, ahuyentamos mutuamente nuestros miedos, nos damos el afecto que no recibimos de nuestras familias: por todo esto continuamos unidos. Regresan las ganas de hacer el amor. Pero no se puede. Nos resignamos a besarnos, largamente, más de media hora, creo, hasta perdernos en el sueño.

Esa última semana, regida por un sol lívido, y sin luna, se hizo a cada hora más difícil, con Ezequiel ya de regreso en Santiago. El deseo de ver a Roque me invadía a causa de estímulos que nada tenían que ver con él: el brote de una alstroemeria nativa, el aroma antiguo de los heliotropos, una paleta desprendida de un tunal a causa del viento. Mis sentidos se habían agudizado, me emocionaba por nimiedades, mi cuerpo se hacía eco de cada pensamiento que involucrara a Roque. Había dejado de leer y buscaba embrutecerme a punta de chocolates y burdos programas de televisión. Vencida, lo llamé. Y a pesar de que sus palabras al teléfono supusieron un reproche, afloraron cargadas de alivio: ¿cuál era mi afán de hacer las cosas difíciles? ¿No me daba cuenta de que me había separado de él en contra de mis sentimientos? Dos horas más tarde llegó a Rungue y al abrazarlo junto al auto me puse a llorar.

* * *

Roque tiene la virtud de que nada parece alterarlo en forma permanente. Para él, los problemas se enfrentan, se manejan y sobre todo, se superan. Y me pregunto si habrá llegado a ser productor general y socio de su oficina gracias a esta capacidad de afrontar las complicaciones, o si fue en el trabajo donde aprendió a no cargar con ellas. Olvidado de nuestra discusión en la quebrada, goza con la comida mientras me habla de sus planes. Quiere crear un área que funcione como una productora audiovisual abierta al público, casi como una de esas tiendas de reproducción y fotocopias. Cree que en pocos años más la mayor parte de las empresas pequeñas y de los profesionales independientes van a necesitar todo tipo de presentaciones audiovisuales. Después me invita a ver una película que ha traído de regalo. En su permanente deseo de agasajarme, hay dos tácticas que se repiten con cierta frecuencia. Una de ellas es regalarme una película, una serie de televisión o un disco de música. La primera película que me obsequió fue en parte el motivo de que cambiara mi manera de pensar en él. En una de nuestras sesiones de chat, yo había escrito una famosa frase sacada de *Macbeth* y aprendida de Ezequiel: "La vida no es más que el relato de un idiota, lleno de ruido y de furia, que no significa nada", con el fin de persuadirlo de que no se tomara tan en serio nuestros encuentros. Y él me preguntó si había visto el *Macbeth* filmado por Polanski. La próxima vez que fui a su departamento la tenía en sus manos. Como duraba tres horas, no nos alcanzaría el tiempo para verla juntos. Tuve que inventarle una excusa a Ezequiel para justificar el hecho de traer una película a casa. Era la primera vez que lo hacía. Él no pudo acompañarme esa noche, atrasado como estaba con su artículo. En todo momento, desde la visión siniestra del destino que inspira el designio de las tres brujas, hasta la demencia que asalta el rostro de Macbeth cuando ve moverse el bosque de Birnam, tuve la sensación de que Roque me susurraba al oído que debía tomar la vida en serio. Me quería educar, insistir en el peligro de correr tras un destino preconcebido sin ceder siquiera ante la catástrofe o el sufrimiento. ¿No eran unas brujas tan siniestras como las de *Macbeth* las que me habían hecho creer que mi único destino posible era junto a Ezequiel? Meses más tarde me regaló otra película con la misma intención. La recuerdo porque fue la causa de que yo pidiera una hora con la terapeuta de parejas. En esos días Ezequiel me había confesado una aventura con otra mujer. Mi reacción había sido preguntarle cómo le había ido, si había resultado... satisfactorio. No me dolió que me fuera infiel, pero sí resultó doloroso oír de su boca que con otras mujeres no tenía problemas. La película era *Escenas de la vida conyugal*, de Bergman. Esta vez Ezequiel quiso acompañarme, pese a que ya la había visto, tal vez intrigado por mi inexplicable cinefilia. Yo no le había dicho que Roque era productor audiovisual. Me abrumó ver cómo el fingido bienestar de la pareja daba paso a la venganza, el miedo y la crueldad. No podía dejar de llorar y Ezequiel, contra su costumbre, no me ofreció consuelo. Se levantó de la cama, fue a su escritorio y no regresó a dormir. Me prometí que no llegaríamos a esos extremos. Al despertarlo a la mañana siguiente, le anuncié que llamaría a una terapeuta de parejas que me había recomendado Clarisa. "Llámala", me dijo, y se volvió hacia la pared.

Roque blande el estuche plástico ante mí, para afirmar que es una de sus diez películas favoritas, una elección nada fácil cuando son cientos las que le han gustado. Se trata de *Una mujer bajo la influencia*, de John Cassavetes.

Me siento junto a él en el sofá del dormitorio. No deja que yo maneje el control remoto. Sé que estoy expuesta a una reprimenda moral en formato de película. Quizás necesite un remezón, una buena bofetada en pleno rostro de mi histeria. Y así es como me identifico con esa mujer frágil y borracha, colmada de buenas intenciones, de ganas de complacer a todo el mundo, incapaz de enmendar su vida. Me quedo en silencio cuando termina. Roque me acaricia el pelo. Nada se saca con culpar a los demás, a las circunstancias, al destino: esa es la moraleja con que me quedo. Nos besamos y me entrego sin resistencia. Puede ser la última vez. El rostro desfigurado de la Rowlands y el presentimiento de que me despido contribuyen a liberarme de la culpa.

* * *

–Si no quieres caminar por el jardín, podemos ir a las rocas. Todavía es temprano, no creo que haya mucha gente en la playa.

–Vamos. Una tía me llevaba a las rocas a recoger caracoles, de niño. La misma que me compraba pan de huevo. Era soltera y gorda, la pobre.

No le advierto que este paseo también forma parte de mi repertorio con Ezequiel. Quiero ir hasta la rompiente y recibir la descarga de agua pulverizada, como hacíamos cada verano. Camino rápido sobre la arena, sin prestar atención a los primeros bañistas matutinos. A Roque, en cambio, cada grupo de personas le despierta curiosidad y cada tanto debo detenerme para no dejarlo atrás. Quiero llegar lo antes posible, huir de la charla que ha seguido inspirada por sus vacaciones de infancia. Gracias a su trabajo como administrativo en una maestranza y a su participación en la Caja de Empleados Particulares, su padre tenía derecho a arrendar una de las cabañas del centro recreacional Las Olas del Tabo.

–Si no hubiera sido por la tía Adelina, mi hermana y yo nunca habríamos bajado a la playa en las tardes. A mi papá no podíamos pedirle nada hasta que despertara de la siesta y mi mamá casi siempre a esa hora tenía jaqueca. Almorzábamos en el casino del centro recreacional, en unas mesas grandes para los niños. Y los papás en mesas redondas junto a las ventanas. Qué raro que no hubiéramos hablado de esto antes. ¿Ustedes dónde veraneaban?

–En Concón.

–¿Y? –qué pregunta tan propia de él.

Mi madre detestaba Concón. Cada vez que podía le recriminaba a mi padre que era un balneario pasado de moda, con una playa insufrible. No estaba lejos de la verdad. Durante los fines de semana no había lugar para tenderse si uno bajaba después de las tres de la tarde y en el mar había que tener cuidado de no chocar con otros bañistas cuando nos arrastraban las olas.

–Como todas las playas –digo.

–¿Sigues enojada?

–No, pero podrías caminar más rápido.

–No puedo, no ves que tengo las patitas cortas –dice haciendo una pantomima de enano. Se ha sacado la polera, pero no me conmueve su virilidad, ni sus hombros macizos. Tiene la actitud de un adolescente en su primer día de vacaciones.

Miro hacia el mar calmo y quisiera que a mi lado estuviera Ezequiel. Pequeñas olas revientan a último momento sobre la arena. No habrá blancas nubes de mar empapando las rocas. Roque me parece un completo extraño. No sé qué hago con él. Han pasado quince meses desde que nos acostamos por primera vez y a partir de entonces, con la excepción de ese receso de invierno y sus viajes, no hemos dejado de hablar cada día ni de vernos dos veces a la semana. Es como si mi cuerpo se hubiera acostumbrado a él, a diferencia de mis sentimientos, que van y vienen como el agua que busca avanzar hasta nuestros pies para luego replegarse.

–Mi mamá se avergonzaba de todo. De nosotros embetunados de arena, de la panza de mi papá, de los muslos de la tía Adelina. La tía me encantaba, no tenía vergüenza de su cuerpo, se ponía traje de baño feliz de la vida: era gorda pero bien proporcionada, sin una gota de celulitis.

–El mar está tranquilo –digo por decir algo, y quisiera recibir uno de los significativos asentimientos de Ezequiel.

–En El Tabo había olas más grandes que estas...

Dejo de escucharlo y me concentro en la trayectoria de una gaviota que se mantiene en el aire sin batir las alas. Va donde la brisa la lleve. Una de mis fantasías de niña era flotar en el viento, con mi vestidito inflado como una vela.

–...con mi mujer y mi hija íbamos a Tunquén. Arrendábamos una casa. Pero yo me pasaba en el auto, ida y vuelta a Santiago. Cuando entré a trabajar a la productora tenía menos control sobre mis tiempos. ¿Conoces Tunquén?

–Sí, fui una vez.

Es un balneario preferido por los políticos de izquierda, la gente de televisión y de teatro.

–¿Y qué te pareció?

–Horrible. Dunas sin árboles y sin playa.

–Claro que tiene playa.

–Sí, claro: negra, llena de rocas y ventosa. Igual a esta –e indico con un ademán la playa de Maitencillo, con su brisa apacible, la arena limpia y su generosa extensión.

–Bueno, es verdad, no es para gente elegante como tú... Ni como Ezequiel.

–Deja a Ezequiel tranquilo –digo sin controlar la voz.

Roque alza la cabeza y las cejas para encararme.

–No lo puedo creer.

–¿Qué no puedes creer? –lo desafío.

Hemos llegado a las rocas y trepo con soltura de una en otra, mientras la lentitud de Roque acusa su escaso equilibrio.

–¡Espérame! –grita.

Ya he alcanzado la más alta. Desde ahí se baja a lo largo de una amplia plataforma gris. Lo espero abrazada a mis rodillas, con la mente en blanco, sentada en la punta de una roca que se adentra en el mar como un enorme dedo encallecido. Escucho los pasos inseguros y el acezar de Roque. Se sienta a mi lado. Mira el horizonte durante un rato. Suspira. De sus ojos nacen pequeñas arrugas. Hasta este preciso momento no me había detenido a pensar en las arrugas de Ezequiel. Por supuesto que las tiene, pero lo veo y lo recuerdo siempre joven, con la frescura de los tiempos en que nos enamoramos.

–No me soportas –dice Roque.

–No es que no te soporte. Solo es... no sé por qué estamos juntos.

–Lo mismo de siempre.

–¿Es lo mismo? Tú y yo somos unos extraños. Hoy es la primera vez que te oigo hablar de tus padres, y a tu hija no la mencionas si no te pregunto por ella. Tampoco conoces a mis amigos ni a mi familia –hablo con un tono que pretende ser imparcial, pero es más bien monocorde e implacable–. No tengo fuerzas para armar una vida contigo. Ya tengo una y gran parte de ella es Ezequiel. Cuando estoy con él siento que soy alguien, que pertenezco a algo.

–No es verdad. Quisieras que fuera verdad, pero no lo es. Cuando estás con él –me admira su tenacidad–, estás pensando en cuándo me vas a ver la próxima vez. Es la misma confusión de siempre. ¡Mierda! –exclama para sí–. ¿Cómo vamos a tener una vida en común si lo único que hemos hecho es acostarnos a escondidas? Con Ezequiel lo intentaste todo, hasta recurrieron a otros hombres. Has tratado de deshacerte de mí por cualquier medio. Piénsalo: discusiones estúpidas, una separación, hasta una terapia

–enumera, contando con los dedos de una mano.

–También puedes interpretarlo –razono sin alterarme, apropiándome de la ecuanimidad de la terapeuta– en el sentido contrario. Si esa ha sido mi voluntad durante tanto tiempo, sin que los fracasos me hayan desalentado, quiere decir que mi verdadero deseo es continuar con Ezequiel.

La mujer se presenta en mi mente entrada en carnes, bajita, de pelo corto, con poca gracia. Y aun así transmite una seguridad desconcertante. Se viste mal, la oficina está puesta con sobras de otras casas y otras consultas, tiene el pelo entrecano y los mofletes caídos. Esa mujer es una de las terapeutas de parejas más reputadas de Santiago. Atiende en uno de esos edificios ostentosos de cristal y mármol, con ascensores pobres y paredes delgadas, donde proliferan dentistas, psicólogos, psiquiatras, dermatólogos y centros de estética. Ezequiel no levanta la vista del suelo. Hemos venido para encontrar la manera de salvar nuestro matrimonio. Después de mi regreso con Roque, no hubo más alternativa que pensar en la separación. Pero ninguno de los dos se había atrevido a tomar sus cosas y marcharse. Ezequiel prefería convivir con la ominosa presencia de "ese huevón", mientras yo seguía persuadida de que amaba a mi marido. De superar nuestro desencuentro sexual, ya no necesitaríamos salir en busca del placer con otros. Se lo explicamos a la terapeuta, quitándonos la palabra para hablar de las muchas virtudes de nuestro matrimonio, más allá de nuestro único problema. Al final de la primera sesión, Celia afirmó percibir el amor que nos profesábamos. Mientras hablaba, sus ojos iban y venían entre un punto en medio de nosotros y su cuaderno de apuntes, y también movía los dedos de una mano como si intentara destrabar las articulaciones. No por sonar frágil era menos magisterial el tono de su voz. Nos recomendó darle tiempo a la terapia, no forzar nada. Si no teníamos ganas de acostarnos, no había obligación de hacer el intento. Tampoco debíamos renunciar a nuestros amantes si ambos aceptábamos el arreglo tan bien como parecía. Ezequiel y yo nos miramos de reojo. Si bien hasta ese día, sin mediar razón, lo dudaba, caí de golpe en la cuenta de que tenía una amante estable. En las sesiones siguientes, Celia se dedicó a explorar nuestras experiencias con terceros. Quiso conocer las motivaciones de cada uno, hasta un punto en que se mostró satisfecha, aun cuando yo no logré comprender del todo a Ezequiel. "Entre ustedes hay mucho amor. Eso es evidente. Amelia, tú tienes amor a raudales, tanto para Ezequiel como para Roque. Y tú, Ezequiel, has encontrado la manera de amarla y hacer en tu vida lo que te ha dado la gana". Después indagó en la relación con nuestros padres. Gabriel Barros originó un altercado. Ante el silencio de Ezequiel, yo relaté cuanto sabía de la costumbre de Gabriel de llevarse alumnas y, al parecer, también alumnos a la cama.

"No tienes por qué contar eso", dijo Ezequiel, molesto.

"¿Por qué no?", inquirió Celia de inmediato. Y ante el argumento de que eso no era de la incumbencia de nadie más que de su padre, ella volvió a la carga.

"Y de tu mamá. Y tuya y de tu hermana. ¿Cómo te hace sentir?".

Continuaron las evasivas, hasta que ella dijo: "Da la impresión de que tu papá tiene una energía sexual envidiable". Y se quedó mirando a Ezequiel con una expresión de pasmo infantil, mientras yo lo imaginé adolescente, entrando sin golpear a la habitación de su padre para encontrarlo montado sobre uno de sus alumnos. Y después otra imagen sobrevino: Ezequiel universitario, con el corazón arrebatado por las mujeres que su padre ha traído a casa, hace el intento de conquistar a una de ellas, pero es Gabriel quien termina por llevársela a la cama. Ezequiel como testigo de los desafueros sexuales de su padre, Ezequiel como testigo del trabajo literario de otros, Ezequiel como testigo de mi placer con otros hombres.

Mi madre y nuestra decisión de no tener hijos también alimentaron horas de terapia, sin que yo apreciara que sirvieran de algo. Quiso esclarecer el juicio que hacía yo de las aprensiones de mi madre conmigo como el egoísta deseo de evitarse problemas y no como una preocupación amorosa. Y la explicación era sencilla. Cuando se producía el problema, mi madre no reaccionaba con celo protector, sino con rabia.

Habíamos acordado ir a la terapia dos veces a la semana. Alrededor de la décima sesión, Ezequiel indagó, quizás atribulado por el dinero –a pesar de cargar yo con la mayor parte de los gastos del hogar, a pedido de Celia pagamos la terapia a medias–, cómo íbamos a saber si debíamos separarnos. ¿Sería ella quien, llegado a un punto, nos diría "deben" o "no deben"? La respuesta fue bastante insípida: ella no iba a decirnos qué hacer. Había que esperar a que el inconsciente hablara. Una frase que más tarde cobraría todo su sentido.

A mediados de noviembre, Ezequiel me dijo que iría a pasar el fin de semana a Valparaíso, a la casa de Perti. Esta vez no tuvo la cortesía de invitarme: habría sido una formalidad, dada mi segura negativa. Perti no es de mi agrado, ni como persona ni como escritor. Publicó hace doce años una primera novela que Ezequiel aún celebra y que a mí me pareció carente de vinculación humana, sin vida, a pesar de la buena pluma y unas cuantas observaciones acertadas. Es más, Perti me parece un borracho libidinoso. Con su rostro invadido de vasos sanguíneos, enmarcado por una mata de pelo seco y entrecano, mantenido largo con pretensiones juveniles, seguía el paso de las mujeres con mirada aviesa, comentaba "culos" y "tetas" con delectación, sin detenerse a pensar que podía ser molesto para mí o para cualquier mujer que estuviera presente. "Tiene las tetitas como lámparas de Aladino", dijo una vez en un restaurante, mientras la aludida iba al baño. Le gustaba hablar de sus conquistas, pavonearse de sus estrategias para llevárselas a la cama, clasificar las habilidades de cada una en "el arte de chupar el pico". Que un fracasado de esa calaña se convirtiera en el secuaz de las andanzas sexuales de Ezequiel me enfureció. Sin disimular mi desprecio, de pie junto a la puerta del dormitorio mientras él preparaba su maletín de viaje, le pregunté si se iba de fiesta con Perti. Pero no, Perti estaba en Santiago y le había prestado la casa. ¿Entonces se iba solo? Con una sonrisa cínica que lo delató, me dijo que no era de mi incumbencia. En la próxima sesión de terapia me enteraría de que pasó ese fin de semana con una escritora quince años menor que él, con la que mantenía un romance desde hacía un tiempo. Una mujer atractiva a decir verdad, de piel morena, rasgos aindiados y un brillo travieso en la mirada. Ezequiel se había negado a reseñar su primera novela, pero yo lo había oído tildarla como un "estercolero de sentimentalismo". Esta vez los celos no se presentaron. Y su declaración de independencia me dio la libertad de pasar la noche del viernes en el departamento de Roque.

El sábado fuimos a almorzar al Puerto Fuy. Invitarme a restaurantes con buena reputación culinaria es la segunda forma preferida por Roque para agasajarme. Cuando aún no nos aventurábamos a salir de su departamento, supuse que sus lugares favoritos serían el Liguria o El Toro, o algún otro sitio con ambiente bohemio, pero me llevé una sorpresa la primera vez que acepté salir a almorzar con él antes de irnos a la cama. Me invitó a El Cid, en el hotel Sheraton, un restaurante pretencioso, aburrido y caro. Recuerdo que me propuso probar un congrio ahumado con ravioles de centolla. La presentación de la comida era tan cursi como el mantel hasta el suelo, las cortinas drapeadas de un color rosado chillón y los melindres del mozo, pero tuve que admitir que era un plato exquisito, a la temperatura justa, con una mezcla de texturas y sabores nueva para mí.

Pronto me di cuenta de que él desdeñaba los lugares de moda.

Así que deambulábamos por restaurantes poco acogedores, donde se comía bien y en los que era imposible encontrar un denominador común entre sus clientes. Las comidas familiares se mezclaban con las de oficina, los paisanos con los turistas, las parejas románticas con los matrimonios aburridos, gente de diversas edades y clases sociales. Para estar ahí solo hacía falta dinero. A la hora del almuerzo me sentía menos expuesta: podía recurrir a la justificación de estar con un cliente, aunque las poleras desbocadas, los jeans y las zapatillas viejas de Roque no se prestaban a la farsa. Un arquitecto experimental que quería trabajar conmigo era una mejor coartada. Acompañábamos la comida con vino y nuestros juegos sexuales posteriores se tornaban más osados. Nos gustaba, por ejemplo, tirar de pie frente a un espejo de cuerpo entero. Me daba placer comprobar, también visualmente, que Roque me poseía. "Está dentro de mí", repetía en mi mente, como si quisiera desquitarme por tantos años de privación.

Pasamos la tarde del sábado en un cine. Vimos *Elizabeth, la edad de oro* y *Promesas del este*. Un lacónico "mala" fue su comentario acerca de la primera, y con toda razón. Pero la de Cronenberg lo entusiasmó, y se deshizo en observaciones acerca de la fotografía, el manejo de la cámara, la edición, en especial acerca de la velocidad narrativa y el uso de las virtudes de los actores y actrices en favor de la historia. A mí también me gustó, aunque la fuerza vengativa que se desataba en la película me hizo tener miedo de mi desparpajo. Me paseaba por la ciudad con un tipo que no era mi marido y parecía no importarme. Le pedí que me fuera a dejar. Pero él quería pasar otra noche conmigo, aprovechar la oportunidad de que Ezequiel no era un impedimento. Me dominaba el impulso de esconderme, de refugiarme en mi casa, en mi cama. Insistí en que me fuera a dejar. Estaba cansada y ya habíamos pasado suficiente tiempo juntos. Me llevó a regañadientes. Nos detuvimos a media cuadra del edificio para que el nochero no me viera bajar de su auto. Me rogó que lo dejara subir conmigo. Quería darme un último beso y un último abrazo. Lo imaginé de pie junto a la biblioteca del living. No perturbaba mi necesidad de protección. Pero me negué de todos modos. Lo llamaría por la mañana. Al abrir la puerta del auto para bajarme, me tomó del brazo. En su cara tan masculina afloró una expresión de niño, de dulce súplica. Yo temía la mirada inquisitiva del nochero, pero si entrábamos directamente al estacionamiento del edificio podíamos eludirlo. El portón estaba fuera de su campo visual. Despuntó un repentino deseo de que Roque conociera mi casa. Ezequiel no tenía por qué sospechar. ¿Vanidad? No me sentía especialmente orgullosa de ese arreglo de muebles y objetos. Me dejé tentar por la idea de que Roque pudiera conocer una faceta más amorosa, más familiar de la mujer que asistía a las citas en busca de su cuota de placer. Saqué el control remoto de mi cartera y pronto estuvimos en el subterráneo polvoriento y sin pintar. Todavía me dominaba el instinto de esconderme. Sentía la urgencia de que estuviéramos a salvo dentro de mi casa. Al entrar, Roque no traicionó su naturaleza. Miró a su alrededor sin mayor interés y se acercó para besarme. ¿Pero no quería que le mostrara la casa? No hubo respuesta. Perseveró en sus besos, sus manos acariciándome los pechos. Yo intenté resistirme, pero siguió adelante y en un punto cedí. Mis escrúpulos acerca de acostarme con él en el departamento se desvanecieron.

Busqué mentalmente un lugar para acostarnos. Los sofás del living se me antojaron incómodos. Los baños, fríos y desaseados. La cama matrimonial, una trampa de confusión. Así fue como me decidí por la cama del escritorio. Rodeados de cuanto constituía a Ezequiel más allá de su ser, hicimos el amor sin pudor y sin culpa.

Clarisa fue a almorzar el domingo. Su marido y sus hijos estaban en la casa de playa de sus suegros. No había podido acompañarlos, obligada a trabajar todo el sábado en la plantación de un jardín. Llegó parlanchina como siempre, envuelta en esa atmósfera que pareciera tener una escasa fuerza de gravedad. Lo digo por sus brazos de bailarina y sus piernas zancudas. Sus movimientos son más lentos, pero llegan más lejos que los de cualquier mortal. Ocurre lo mismo con su sonrisa, que tarda en aparecer para después remontarse en sus mejillas y revelar la belleza de sus dientes y su boca. El despliegue de sus manos es el mejor ejemplo: lo que en un principio puede interpretarse como garbo y elegancia, al poco rato da indicios de una incipiente locura o al menos, de una personalidad desenfadada. Estuvimos hablando de Roque, intentábamos dilucidar si yo estaba o no enamorada de él. Me conmovían su deseo, su devoción por mí, esa fuerza interior que no se arredraba ante nada. Pero me era imposible pensar en él como mi pareja. Clarisa había pasado gran parte del día anterior a pleno sol y quiso dormir una siesta. Le ofrecí mi cama, pero siempre ha tenido ideas raras sobre lo que es debido. Para ella no había nada peor que a uno le usurparan su cuarto. Prefirió usar la cama del escritorio. Al caer la tarde, salimos a tomar un helado y ella después siguió camino a su casa.

Ezequiel me esperaba tendido en un sofá, de espaldas a la entrada, con el cerro arbolado de fondo. Saludé sin acercarme y me disponía a ir a la cocina cuando lo oí decir: "Te acostaste con él en mi escritorio". La certeza en su voz me convenció de no recurrir a la coartada de la siesta de Clarisa. Se irguió y su mirada fue la confirmación de lo que su voz ya me había anticipado. "No me des ninguna explicación", dijo al ver las palabras suspendidas en mi boca. "Encontré el condón en el papelero del baño". Se puso de pie y vino hacia la entrada con aire triunfal. Se alegraba. Por su manera de mirarme al pasar junto a mí, clavada en el sitio donde me sorprendió la acusación, era evidente que se alegraba. No hubo más reproches y yo no sufrí ni un golpe de arrepentimiento ni la necesidad de excusarme. Esa noche nos acostamos en la misma cama, leímos y nos quedamos dormidos, sin decir nada más.

Durante la siguiente sesión de terapia, Ezequiel contó con perversa minuciosidad cómo se había dado cuenta de mi abuso. Y a continuación, Celia dijo: "El inconsciente habló". Y no solo en el sentido de un grito de rebeldía, una declaración de independencia o un caballo de Troya que llega a profanar la ciudad, única interpretación que propuso la terapeuta. También acostarme con otro hombre en el sanctasanctórum de Ezequiel fue lo más cercano a hacerlo a su vista y paciencia, como tantas veces lo había hecho, pero en esta ocasión no tenía por finalidad reunirnos en el placer, sino enrostrarle cuán lejos había llegado por mi propia cuenta. Un último estertor, con signo ya cambiado, de ese tiempo de impulsos y exploraciones.

Mi única defensa fue decir que el inconsciente de Ezequiel también había hablado al irse por el fin de semana a Valparaíso con otra mujer. Lo dije como una hipótesis y él admitió que había ido acompañado de la escritora. Esa actitud constituía un desafío tan brutal a nuestra comunión como era mi abuso. Jamás yo lo postergué por Roque. A pesar de haber tenido un amante por casi un año, mi disposición hacia Ezequiel no había cambiado en nada. Estuve ahí para él, alerta, dispuesta a cualquier forma de reencuentro. Fue una defensa apasionada. Y también falaz: mis tardes de placer en el departamento de Roque le quitaban ímpetu y desesperación a mi voluntad de salvar mi matrimonio. Le había cedido la iniciativa a Ezequiel, a la espera de que entrara de lleno en la vida y luchara por mí.

* * *

–¿Amelia? –llama Roque, a mi costado. Tengo la vista puesta en el mar, sin prestar mayor atención. Un movimiento perturba el paisaje. Doy una segunda mirada y veo un animal peludo deslizarse de espaldas sobre la superficie, como un veraneante gozando del sol.

–Mira –digo.

–¿Qué es eso?

–Un chungungo, una nutria de mar. Hay muchos en esta zona.

Luego de observarlo un rato, me reprocha:

–Él no tiene problemas de pertenencia.

El chungungo, más que placidez, me enrostra una especie de supremacía: flota sobre la superficie del mar con tal descaro que nada parece capaz de importunarlo. Él está en la razón, en su naturaleza, en un estado superior al discernimiento. Me quedo contemplándolo en su disfrute, hasta que la voz de Roque se impone al vaivén del oleaje:

–¿Crees que yo nunca podré dártela?

Asiento con mi silencio. No quiero herirlo. Imagino la plácida compañía de Ezequiel, ese estado tan natural e inconsciente de pertenecer, como un constante flotar en un mar calmo.

–Cada vez que hablamos de esto –continúa, sin resignarse–, tengo la impresión de que sientes que al separarte dejaste de ser quien eres. Tú sigues siendo tú, Amelia, sin importar el hombre que tengas a tu lado.

Es el argumento del que nunca experimentó un vínculo que abarcara todos los aspectos de la vida. Los problemas con su esposa nacieron precisamente de esa visión de autonomía.

–No éramos simplemente una suma de dos identidades. Él es mi familia, eso es lo que no entiendes.

–¿No será que necesitas verlo así porque en el fondo crees que Ezequiel te dio la identidad que tú no tenías?

Me duele el aguijonazo, pero sus reflexiones no hacen más que acrecentar mi deseo de volver con Ezequiel, sin importar lo sucedido en el último tiempo.

–Es suficiente con que yo lo vea de ese modo.

Se toma la cabeza con las manos y deja escapar un gruñido:

–Ya no sé qué hacer para devolverte la fe en ti misma. Lo que ha pasado no ha sido por nada. Piensa en todo lo que has hecho para salir de donde estabas.

–Una separación es un fracaso.

–Un fracaso... ¿Y por qué no una salvación?

El chungungo se sumerge con asombrosa plasticidad y rapidez, para luego asomar la cabeza coronada por un pescadillo que se debate entre sus fauces. La visión me estremece. Me recuerda mi propia voracidad. Es como recibir un golpe de miedo. Me arrepiento de cuanto he dicho y ya Roque se ha puesto de pie, derrotado.

–Roque... –digo mirando hacia el mar. El animal se vuelve a sumergir y no se lo ve más.

–¿Sí?

Le voy a pedir que me ayude a levantarme para abrazarlo, retenerlo, darle un beso.

–Yo te alcanzo.

QUINTA VISITA

En el fondo del mar, donde abrevan las raíces de estos cerros, la placa marina de Nazca se hunde bajo la placa continental. Entre ayer y hoy ha provocado una docena de temblores. Un enjambre sísmico, lo llamó un experto. Me acostumbré a los ruidos subterráneos que llegan segundos antes y espero el remezón en calma. Debe de ser el mar que transmite el eco de la fricción descomunal. Los epicentros están a unos cuarenta o cincuenta kilómetros mar adentro, frente a Papudo, un pueblo costero más allá de los cerros del norte, no muy lejos de aquí.

Se abre una nueva temporada de movimiento.

No llamaré a Ezequiel todavía. Antes quiero purificarme: no debo hacerlo por desesperación ni por miedo a estar sola. Dedico mis días a construir la pérgola. En un principio, César se molesta por la recarga de trabajo. El fin del verano es una temporada que demanda otras ocupaciones. Pero cuando ve que bajan del camión los pilares y las vigas le cambia el semblante y se deja llevar por el alma carpintera que tiene oculta. Y yo me siento fuerte, creo en Ezequiel, confío en que nuestro matrimonio responderá a un orden superior, el mismo que me hizo pensar desde tan temprano que estábamos destinados el uno al otro. Ese orden le va a restituir el centro de gravedad que pareció perdido para siempre. La postergación de la llamada es una prueba de decencia, aunque hay noches en que mi temple flaquea. En realidad quisiera que él llamara. Bastaría una muestra de resolución para que cualquier duda se extinguiera. Superviso los cortes de cada viga y de cada pilar, diseñamos las fundaciones y marcamos el emplazamiento con yeso. De vez en cuando sentimos un rumor de tierra. César aplana el lugar para luego cubrirlo con una capa de maicillo. La pérgola tendrá el contorno de una semielipse. Compro cemento, arena y grava. Y unos pernos enormes para fijar los ensambles. Mientras contemplo orgullosa los pilares ya en pie, comprendo que estoy levantando esta pérgola para Ezequiel. Quiero que esté lista cuando él venga.

* * *

A medida que pasa la hora, la neblina alza paredes alrededor y los diálogos que mantenemos César y yo cobran un carácter más cercano. Las palabras propias de la construcción pierden su dureza y hasta podrían sonar, si cerráramos el paso a su significado, como palabras de cariño. La llovizna nos moja los hombros, la tarde se escapa, continuaremos mañana. Los días se han acortado y la niebla extingue antes de tiempo la última luz. En el techo de la casa las finas gotas resuenan como miles de dedos apenas tamborileando. Llovizna sobre el mar y sobre las rocas, frente a la madriguera del chungungo y en las solitarias quebradas de los cerros. Tal vez llovizne sobre Valparaíso, sobre el zinc oxidado de la casa de Perti y también en el patio que acostumbran a mirar los ojos de Ezequiel. Me desnudo para entrar en la tina. El agua me recibe y recobra su quietud. En el silencio repercuten los goterones que se desprenden de la rama de un boldo, una que crece aparasolada sobre el techo del baño. Me golpea el recuerdo de la alegría que sentíamos Ezequiel y yo cuando escuchábamos caer las primeras gotas de la primera lluvia del invierno, después de siete u ocho meses de sequía. Y me sorprendo llorando no solo por la nostalgia de esos tiempos, sino también, inesperadamente, por la pérdida de Roque. Me compadezco de mí misma, de mi soledad, de mi incapacidad de conservar a uno o a otro.

Ya más serena, guarecida dentro de mi cama, y en cierto modo reconfortada por el llanto, tomo el celular y escribo: "Recuerdo la alegría que sentíamos cada año cuando escuchábamos caer la primera lluvia".

"¡Pero, Amelia...! Me hiciste llorar", responde Ezequiel a la mañana siguiente con otro mensaje de texto.

"Quiero recuperar esa alegría".

"No mientras estés con él".

"Estoy sola".

Espero un llamado durante la tarde, pero tengo que contentarme con un nuevo mensaje.

"Voy el domingo".

¿Por qué la espera hasta el domingo? Quedan aún tres días. ¿Por qué los mensajes y no un llamado al modo de un abrazo? No puedo exigir nada, acabo de terminar con otro hombre, pero Ezequiel podría demostrar más entusiasmo. Aunque es comprensible su cautela: no querrá hacerse ilusiones.

Preparo la casa para su regreso. César me ayuda a retocar la pintura, a reemplazar las luces quemadas, a limpiar las sales del rociador de la ducha; hasta fumigamos la casa por dentro y por fuera. El precio de mi incapacidad para esperar será que la pérgola no esté terminada.

El domingo bajo a la caleta y compro una corvina fresca, la carne tiesa, los ojos brillantes, las agallas rojas. "Recién pescada anoche", dice el vendedor. El paseo me permite ver la playa por la mañana, con la luz del oriente dándole un nuevo esplendor al mar, al festón blanco de las olas; incluso las gaviotas adquieren un nuevo garbo bajo esta luz. Pero no puedo evitar la visión de los colores horrendos que trae la publicidad durante el verano: naranjos, verdes y amarillos en banderolas, carteles, quioscos, tótems, una suma de objetos que manchan la playa y la privan de su belleza original. La tarde volcará sobre ella una legión de veraneantes impúdicos, dispuestos a hacinarse y a exponer sus charlas y pequeños ritos ante los demás. Ocupo el resto de la mañana en arreglarme. Le doy a cada parte del cuerpo sus cuidados. No más de los necesarios: no le temo a la vejez como mi madre. Me alegra que sea un día de sol, para que Ezequiel pueda apreciar mejor el jardín. A eso de la una de la tarde recién termino de ponerme un vestido floreado de algodón y las sandalias; a último minuto me saco el sostén. Abro el clóset de Ezequiel y me quedo ahí un rato, entregada al placer de respirar su aroma. Tomo su traje de baño y me lo llevo a la nariz. Todavía es posible oler rastros de cloro. Lo dejo sobre la cama. Seguro que va a bañarse en la piscina. Pero antes habremos hecho el amor. No puedo renunciar a esa fantasía. Quiero que me encuentre en el jardín, de pamela y lentes oscuros, como una heroína romántica. Me muevo por los senderos sin perder de vista el camino de entrada. Hay momentos en que no logro contener el entusiasmo y voy por ahí absorbiendo el esplendor del verano como un vaticinio de lo que nos espera. Creo que todas las hojas brillan y los árboles se mecen al viento con placer. La hora pasa, y Ezequiel no llega. Me resiento bajo el sol. Busco la sombra ligera de un molle, entregada a mis ensoñaciones. Traerá su maleta y se quedará esta semana conmigo. La hora pasa, y Ezequiel no llega. Subo a la casa, la transpiración y el hambre me anuncian que he perdido parte de mi frescura. A las tres me decido a llamarlo. He dejado el celular en el dormitorio. Las suelas de mis sandalias percuten en la piedra mientras desciendo rápidamente las escaleras. De la pantalla me saltan a la vista dos llamadas perdidas, hechas por él alrededor de la una y media. Qué estúpida soy. Era tal mi concentración en lo que iba a ocurrir, que olvidé el presente, incluido el teléfono con sus noticias.

–¿Dónde estás?

–Estacionado frente a la playa.

–¿Pasó algo?

–Nada. Quería saber si podía llegar.

–Por supuesto que sí.

Cubro la corvina con sal de mar y la pongo al horno. Maltrato las perillas y la bandeja. ¿Cómo es posible que temiera que Roque estuviese aquí?

Entra por la puerta de la cocina y me da un beso en la mejilla. Huele a alcohol, tiene los ojos hinchados y en sus movimientos detecto cierta falta de medida. Bebe un vaso de agua de un envión, y después otro.

–¿Qué te hizo pensar que Roque podía estar conmigo?

–Nunca se sabe –replica alzando las palmas de sus manos.

–Te dije que te esperaba a almorzar... Y que estoy sola.

–No te preocupes, aproveché para dormir un rato.

–¿Dormir?

Anoche fue con Perti al cumpleaños de un amigo y se acostaron a las siete de la mañana. Me cuenta las locuras de Perti: entró a jalar con dos mujeres al baño y al parecer sin advertencia desenfundó su pene. Quedó anonadado cuando recibió de ellas una salva de carcajadas.

–¿Y tú? ¿Jalaste?

–Una línea, nada más.

Es un Ezequiel al que detesto. ¿No debería haberse reservado para hoy? ¿Privilegió una fiesta cualquiera a estar descansado y bien dispuesto para nuestro reencuentro? ¿Decidió venir hoy y no antes para no perderse la fiesta?

A medida que avanza la tarde, baja el tono de voz, morigera sus movimientos y se incorpora a la atmósfera sosegada de la casa. Verlo comer con gusto la corvina, el puré y las ensaladas reaviva mi ternura. Me pregunta por el jardín. Hago un resumen de los acontecimientos desde su última visita: una pareja de zorros cruzó la parte baja a pleno día; las tencas, los meros y los zorzales se dieron un banquete con los frutos de los madroños; ha habido más neblina que otros años y hay poca agua en el pozo. Le pregunto por sus columnas. No he leído la de hoy, pero sí la del domingo pasado sobre *Mañana*, la última novela de Graham Swift, un escritor inglés contemporáneo. Digo que me gustó para halagarlo. Se encoge de hombros. Quiero que el almuerzo termine pronto para irnos a la cama. ¿Soy una ilusa? Busco en sus actitudes algún indicio de que está pensando en lo mismo. La satisfacción de estar aquí y un leve embotamiento convergen en su semblante. Ha pasado de una alegría externa, de risas y cuentos, a una interna, que emana de su mirada. En último caso, dormiremos juntos la siesta y al despertar haremos el amor.

Pero prefiere dormir en uno de los cuartos de alojados. Sin darme tiempo a una réplica, desaparece escalera abajo. Me quedo en el living, sin lograr la concentración suficiente para leer. Me ha tomado desprevenida. Es su cama, ¿cómo no lo entiende? ¿Por qué no toma lo que es suyo? Montar una escena no parece el preludio más indicado para una reconciliación. Me obligo a aceptar sus escrúpulos, su ritmo: para que aflore el deseo, antes tiene que volver a sentirse cómodo a mi lado.

Son pasadas las ocho de la tarde. Hace ya más de una hora que me debato entre despertarlo o no. ¿Querría él que lo hiciera? ¿O será preferible que duerma hasta desprenderse del último rastro de la noche anterior? Un temblor, acompañado de sus ruidos escandalosos, logra sacarlo de su guarida. Se estira frente a mí, con los puños en alto y una sonrisa en el rostro, como si no estuviera consciente de mi molestia. La parte baja de la polera se levanta y deja ver su ombligo. Quiero tocarlo. A sus espaldas, el sol se escapa por el poniente.

–Tembló –dice en un bostezo–. Aquí duermo más que en ningún otro lugar. ¿Vamos al jardín?

–Es muy tarde...

–Vamos, quiero dar una vuelta.

Lo llevo a la pérgola. El techo de cañas ya está terminado, pero todavía no hemos construido los asientos. Sigue con la mirada las líneas de la estructura, tantea los pilares, intenta imaginarse la vista ahora marchita por la penumbra. Más arriba, los ventanales de la casa reflejan lo que queda de luz.

–No esperaste el invierno.

–Me sirvió para tener la cabeza ocupada.

El chuncho rompe a cantar y me arranca una sonrisa. Mi resentimiento se disipa. Sin haber visto aún a ese búho en miniatura, ha sido una buena compañía en las noches solitarias, al igual que los ladridos de los zorros en sus correrías.

–No te enojes conmigo –dice Ezequiel en un ruego, acaso motivado por mi cambio de ánimo.

–No estoy enojada –replico con cariño.

–¿Realmente piensas que podemos volver?

Formula la pregunta como si la hubiera tenido en mente desde su llegada. Desearía ver mejor su expresión para distinguir si pregunta desde el miedo, la incredulidad o la esperanza. Su voz no me da la clave.

–Sí... Si aceptamos nuestra realidad tal cual es –y al ver que esta frase prefabricada se presta para un malentendido en cuanto al sexo, añado–: Superando lo imprescindible.

Quiero que me abrace y me bese, las palabras ya no tienen valor ni menos poder entre nosotros. Quiero que "haga algo". Me advierte que el martes en la noche se va a Cuba por diez días. Está invitado a un seminario en la Casa de las Américas. Perti también va. Después recorrerán la isla. La cercanía que nos brinda la oscuridad me da fuerzas y creo que lo esperaré con el aplomo propio de quienes comparten una vida en común. Los murciélagos se adueñan del aire de la noche y el chuncho los acompaña, con sus ondas de sonar.

De nuevo me sorprendo sacando cuentas mientras preparo la comida. Él hojea una revista en la mesa del comedor. ¿No debería regresar apenas termine el seminario? Si Perti es mala compañía en Chile, en Cuba será peor. Los imagino en un bar de La Habana, ríen y beben acompañados de un par de mujerones. Siento un escalofrío de celos, o tal vez sea simple desilusión. ¿Por qué no tiene al menos la ocurrencia de invitarme a que me reúna con él? Si anhela regresar conmigo, ¿no debería postergar cualquier compromiso? ¿Tiene ese seminario verdadera importancia?

El *risotto* está listo. A cualquiera le podrá parecer nada más que un cúmulo de reglas de urbanidad, pero los pequeños actos rituales durante la cena traen al presente nuestros años de comunión. Yo sirvo los platos; él no prueba la comida hasta que yo lo haga; luego dice "qué rico está", de un modo que busca mi confirmación. Siempre soy yo quien primero toma la alcuza para aliñar la ensalada, y después de usarla la dejo frente a su puesto. Ese baile reposado, aprendido a lo largo de tantos años, nos permite acallar durante un rato los engranajes que echamos a andar con nuestra separación. Se acerca la hora de irse a la cama. Quiero pensar que con el paso del día Ezequiel ha reivindicado su lugar en esta casa, como si él y su espectro, con el cual conviví en el último tiempo, se hubieran reunido al fin. Junto con su whisky y sus cigarrillos en serie, cada uno en su butaca al calor del fuego, derivamos hacia lo que tenemos más a mano, nuestras familias, los amigos, nuestros trabajos. Cómo desearía espantar este informe de noticias intrascendentes con una expresión rotunda, definitiva, guerrera, una consigna que me satisfaga. Pero no doy con ella. No tengo la fuerza ni la convicción para oponerme a este flujo que, de tan cómodo, nos arrastra adormecidos.

–Mi hermana cree que nos separamos por Bernardo. Lo escuchó de mi cuñada, que a su vez lo escuchó de tu hermana.

Comienzo la frase sin énfasis, con ganas de ridiculizar el rumor, y la termino con rabia. Ellas aún constituyen la peor corte que pueda enfrentar.

–Sí. María ha intentado por todos los medios sonsacarme el motivo –responde, buscando complicidad. Pero lo dice restándole importancia, como si se tratara apenas de una diablura.

–¿Y qué le has dicho tú?

–Nada. El silencio la saca de quicio. Llegó a inventar que me habías comparado con Bernardo, que yo era un pobre tipo, un perdedor. Según ella, dijiste que necesitabas un hombre de verdad a tu lado.

La astucia de María consiste en inventar historias que azuzan los miedos de sus víctimas. No se detiene frente al posible daño que pueda causar en su hermano. Quiere enterrar los dientes en la carne desgarrada. Muchos, además de ella, Josefina incluida, se creen con el derecho de participar de la comilona. Se sienten justificados por no ser los responsables de la muerte del animal: jotes de calva repugnante y plumaje negro, posados sobre las ramas muertas de su existencia.

–¿Tanto me odia? –no puedo ocultar el ensombrecimiento de mi ánimo.

–Es de lo más extraño –dice, en un tono frívolo y ecuánime que me hiere–. Antes no perdía oportunidad de decir que te adoraba.

–A veces las mujeres somos más vengativas que los hombres.

Deseo transmitir mesura, serenidad, distancia. Y aun así me arrepiento de mis palabras. Creo que si las mujeres tenemos alguna inclinación en particular, es al perdón y no a la revancha.

–¿Y qué piensa Josefina?

–Que no me habría separado de no tener un amante.

–¿Y tiene razón?

Reconozco la forma en que Ezequiel deja entrever sus juicios cuando se enfrenta a mí, en una actitud opuesta a la del crítico revestido de autoridad. Los desliza como sugerencias, rodeados de una bruma hipotética. Mantengo la boca cerrada para no acribillarlo con palabras hirientes y despreciativas. De pronto, un leño encendido se desliza hacia fuera de la chimenea.

–¡Mierda! –exclamo.

Ezequiel continúa colgado de su sonrisa a medias mordaz, a medias cordial, sin reaccionar. Cree estar en lo cierto y asiste al espectáculo de la mujer voluble y poco reflexiva que no comprende su situación.

–Quítate esa sonrisita de la boca y arregla el fuego.

Se levanta y con las tenazas recoge el leño. También me pongo de pie para agregar:

–No te atrevas a insinuarlo de nuevo.

–¿Y por qué no? –lo dice como si invitara a la especulación, pero se traiciona al esgrimir las tenazas en el aire.

–Porque tú y yo sabemos perfectamente lo que pasó.

Salgo a la terraza para calmarme. Tengo el rostro azorado. Una luna decreciente asoma sobre la cresta de los cerros. Él me sigue y me toma de un brazo:

–Bueno, no te alteres.

–Me altera que no tengas conciencia de tu responsabilidad.

–Sé cuáles son mis pecados. Pero ese huevón ayudó.

–¿Ayudó? ¿Cómo?

–Lo metiste dentro de la casa, nada menos.

–Entonces la escritorzuela que llevaste a Valparaíso también ayudó.

–¿Y por qué lo dejaste?

–¿A Roque?

–¿Qué me asegura que no vas a volver con él dentro de un mes o dos?

–Esta conversación es absurda.

–No lo es.

–¡Pero, Ezequiel! –grito–, ¡en qué mundo vives! Nos separamos porque dejamos de tirar como se debe hace más de seis años. Porque antes de eso eyaculabas al primer suspiro. Porque durante mucho tiempo no pude tener un orgasmo contigo. Porque si no había otro hombre en la cama ni siquiera me tocabas para darme un abrazo. Roque no tiene nada que ver.

Me arrepiento al instante.

–Perdóname...

–¿Y crees que eso puede cambiar? –dice sin percatarse de que la pregunta debí hacerla yo.

En mi mente, estamos en el dormitorio del departamento de Santiago. Nueva York ha quedado atrás, Buenos Aires y Roque todavía están por venir. Acabamos de hacer un intento. Ezequiel perdió la erección cuando se aprestaba a penetrarme. A mí no me importa, podemos gozar con nuestras bocas, con nuestras manos. Pero él no puede superar la frustración. Nos hallamos a oscuras y contemplamos el flanco del cerro iluminado. Entre el follaje se puede ver el viejo muro de ladrillo, barrido por una luz que le confiere la talla de una ruina auténtica. Invierno, temprana primavera: hundidos bajo el edredón. En el rostro de Ezequiel no hay desespero ni vergüenza. Parece derrotado por lo categórico de la prueba. Y yo le pido que sea sincero, que me diga si lo caliento todavía. Se demora en responder. Al cabo, dice: "No sé, creo que no...". Y después agrega: "A estas alturas es difícil saberlo".

Acá en Rungue, aspiro profundo y me abrazo a mí misma, ahora consciente del frío que hace en la terraza. La luna ha abandonado su escondite y su mermada redondez se suspende en el cielo.

–¿Estás dispuesto a ir de una vez por todas a un doctor, o a un psiquiatra o adonde sea necesario?

–Sí –responde sin quitarme la vista.

–Entonces puede cambiar –aseguro ahora con firmeza, para esquivar el dolor que esa noche de invierno, temprana primavera, despierta desde el pasado.

Vamos a la cocina y le pido un whisky para mí. Me froto los brazos con las manos.

–El final de febrero siempre trae noches frías –digo.

–Tanto verano me cansa. ¿Qué tienes pensado hacer?

–No sé todavía. Tengo que estar el 10 de marzo en Santiago para partir con el proyecto del colegio, ¿te acuerdas? –él asiente–. Puede que al principio vaya y venga, o me quede en la casa de Josefina.

El departamento de Roque pasa fugazmente por mi cabeza.

–¿Te gustaría volver a Santa Lucía? –la timidez con que acompaña su pregunta me enternece. La interpreto como una proposición, tan velada como sus opiniones.

–No sé... ¿Qué piensas tú? Puedo quedarme donde Josefina. No tengo apuro –no hay verdad en mis palabras, solo precaución.

–Tal vez sería bueno que saliéramos por un tiempo –una apenas perceptible dilatación de los silencios entre las palabras me dice que está desplegando una idea que ya fue objeto de su análisis–, volver a ser novios, a conquistarnos. Para no caer en lo mismo. Puede ayudar.

¿Habrá considerado él lo que me significará dormir en un hogar extraño, sometida a los hábitos de Josefina y su familia, o arrendar un departamento y sacar la mitad de los muebles de Santa Lucía?

–Puede ser, puede que nos devuelva –mi voz se adelgaza y temo no poder terminar la frase–... la vitalidad.

Él suelta una de sus risas satisfechas. Hasta ahora no tenía recuerdos de que me desagradaran.

–Es hora de dormir –dice y deja su vaso en el lavaplatos.

Retomamos nuestra rutina, yo me encargo de apagar las luces, él de colocar la pantalla de la chimenea. Al llegar al primer descanso de la escalera, me abraza. La emoción relampaguea en mi cuerpo. Me separo de él a la espera de un beso, pero gira sobre sí mismo y avanza hacia el cuarto donde durmió la siesta.

–¿De verdad piensas dormir en la pieza de alojados? –digo sin ocultar mi estupefacción.

–Sí... Vamos de a poco, por favor.

* * *

Empleamos la mañana en nuestro paseo a la gran quebrada. Se ha puesto unos shorts, una polera y unas zapatillas que aguardaban por él en la misma repisa de siempre. No ha perdido su paso vigoroso ni el entusiasmo de recorrer este lugar descubierto por casualidad. Antes del inicio de la construcción de la casa, hace cinco años, dimos un paseo por la parte alta de la ladera y al encontrarnos con el sendero lo seguimos hasta llegar a la matriz de la quebrada, donde se reúnen cuatro afluentes que descienden por los pliegues de la parte alta de los cerros. Ezequiel se colgó de una de las tantas lianas de cóguil que penden de los árboles, y se balanceó como un niño. Yo recolecté hojas de distintas especies para, de regreso en

Santiago, identificarlas con la ayuda de un libro comprado en una librería de viejos: *Sinopsis de la flora chilena*. Así conocí los bellotos del norte, los olivillos y los raranes, los cuales hasta entonces no usaba en mis jardines. Ese paseo se convirtió en la prolongación obligada de las visitas de obra y, luego de construida la casa, en el único pasatiempo que nos reunía, sin contar la experiencia solitaria de la lectura. "¿Vamos a la quebrada?", era el llamado de nuestro clarín, de nuestro cuerno de caza, y aun cuando la ascensión no ofrecía mayor dificultad cumplíamos nuestras fantasías de descubridores de tierras ignotas.

Camina delante de mí, se le adhieren los hilos que cada noche, a diferentes alturas, tienden las arañas a través del sendero. A contraluz se ven los filamentos, como si crecieran de su cuerpo. ¿Es la imagen de un hombre desamparado, perdido en un desván, o la de una enérgica criatura del bosque? Verlo caminar delante de mí en esta mañana me devuelve a un pasado bendito, purgado en mi memoria del peso de la existencia, un tiempo de amor y de bienestar, cuando yo hablaba de lo que se me viniera a la mente mientras caminábamos y Ezequiel escuchaba con simpatía. Sin las seguridades necesarias para dejarme llevar por mis pensamientos, ahora no hablo, temerosa aún. Se suceden en silencio las bóvedas formadas por el follaje y las laderas semidesnudas, más expuestas al sol, hasta que alcanzamos el bosque de la piedra horizontal que nos servía de observatorio ornitológico. Los tiuques alzan el vuelo con nuestra llegada. El verano es el otoño de estos bosques esclerófilos: botan parte de sus "hojas duras" para resistir la sequía mientras esperan la nueva temporada de lluvias. Tenemos que limpiar la piedra de una cubierta de hojas cobrizas para tendernos sobre la fría superficie. Aguardamos algún trino que nos oriente. Ezequiel me toma la mano. Predomina el deseo de emocionarme por sobre la emoción misma. La familia de tiuques, además de crecer, se ha enseñoreado del bosque. Una docena de ellos vuela en círculos por encima de las copas de los bellotos y a través de las ventanas de cielo, sin emitir sus gritos alegres, las siluetas oscurecidas al contraste de la luz. Es posible percibir en la tranquilidad de esta mañana sin viento el batir de sus alas, el roce del aire en sus cuerpos. Ningún otro pájaro se aventura a cantar con esa pandilla de matones en el barrio. Permanecen en silencio y nosotros a la espera, los cernícalos girando incansablemente en torno a sus dominios, como si quisieran liberar un ciclón atrapado en el ramaje.

Seguimos camino y al final del sendero, asomados a la saliente que domina la quebrada, me arriesgo a preguntar:

–¿Echabas de menos venir aquí?

–Es raro, siento este lugar como propio.

Pero su mirada hacia el majestuoso río verde que desciende hasta el mar, angostándose a medida que avanza, no está teñida del apetito de poseer; subsiste en él su acendrado desapego. Lo ha dicho casi con disgusto, como si el sentido de propiedad fuera un instinto primario del que es preciso sospechar.

–Yo también lo siento propio –digo con la intención de coincidir, de transformar esas cúpulas verdes en nuestro templo, pero las palabras brotan como un reproche. Yo sí lo siento propio, apasionadamente, de la única manera en que se puede poseer.

Él parece no advertir mis súbitos cambios de ánimo ni los matices de mi voz.

–Echaba de menos salir a caminar contigo –dice con ternura. Intenta acercarse y yo no hago más que criticar en silencio su modo de ser–. Sigues con la misma costumbre de romper ramitas con los dedos –agrega.

–Pero hoy no hablé.

–Sí, es cierto... ¿Frustrada?

–Desconcertada, más bien.

–No le pongamos tanta presión esta vez –apoya sus manos sobre mis hombros. Deseo que me bese–. No te dejes llevar por la ansiedad. La ansiedad no nos ha llevado a ninguna parte. Vamos con calma. Voy a ir a un urólogo, a un psiquiatra si es necesario, pero quiero que hagamos el amor cuando me sienta seguro. No quiero sentirme culpable nunca más ni tampoco que vuelvas a frustrarte –me mira en silencio por un instante, como si meditara lo que acaba de decir. Enseguida agrega–: ¿Vas a tener paciencia?

–Sí, claro.

Un sentimiento vago se expande dentro de mí, una evocación del amor que le profesé por tanto tiempo. Admiro su humildad, su llaneza, su claridad de propósito, virtudes nuevas en él. ¿Pero no está impaciente por acostarse conmigo, después de dos meses sin tocarme? ¿Ni aun el estímulo que trae un reencuentro es capaz de incitar su deseo? El explosivo del que están hechas las preguntas que me rondan ha perdido su poder. Ezequiel lo ha vuelto inerme.

–Pero no pongas esa cara –se sonríe.

–¿Qué cara?

–Tan solemne...

Me sorprende en profundidades indebidas. El afán de elucidar el futuro de nuestra relación en cada frase, en cada gesto, es un ejercicio inútil, el mismo mal de ansiedad con otro cariz. Desde ahí emerjo para responder a su sonrisa. Debo flotar en la corriente, entregarme a las manos del tiempo.

* * *

Se fue no bien terminamos de almorzar. Alegó un cúmulo de temas pendientes que debía atender antes de partir a Cuba. Esperé que llamara esa noche como una forma de fortalecer el compromiso que habíamos tomado. Creí que la iniciativa estaba en sus manos. Pero el teléfono no sonó. Así que me preparé para una llamada de despedida. Sonaría alegre, optimista, lo alentaría a que lo pasara bien, a que no se preocupara por mí. A su regreso seguiríamos adelante, llevados por el entusiasmo de la reconciliación. Pero el teléfono no sonó. Las dos horas previas al horario fijado para el vuelo estuvieron ahogadas por una maraña de cálculos: ¿dónde está ahora?, ¿debo llamar yo? Andará en los trámites. Ya tendría que haber llegado a la puerta de embarque. ¿Por qué no llama? Seguro que Perti no le da tiempo con su parloteo vulgar. ¿Se habrá atrasado el vuelo? Va a esperar a que estén a punto de subir al avión. O quizás prefiere hablar conmigo una vez instalado en su asiento, sin apuros. Tuve su número en pantalla en todo momento, me habría bastado pulsar el botón. Sin embargo, entre nosotros, quien partía era responsable de realizar el último llamado. Esperé hasta tarde y el teléfono no sonó.

El día de nuestra separación, mientras venía en el auto hacia acá, me sentí obligada a llamarlo. Se había levantado temprano para ir al diario, una mala coartada si se tenía en cuenta que sus entrevistas con la editora jamás ocurrían antes de las doce, tanto por los hábitos noctámbulos de Ezequiel como por las reuniones de pauta matutinas a las que ella debía asistir. No quería estar presente cuando me fuera, era razonable. Al despedirse me dio un beso en la frente, acompañado por un rutinario "nos vemos". Tampoco me miró a los ojos. Fui y vine de aquí para allá en camisa de dormir, saqué mi ropa del clóset, algunos libros, seleccioné las cosas del baño que traería conmigo. El aire fresco me rozaba las piernas y me sentía ligera. Aún me animaba el alivio que había sentido una vez tomada la decisión de separarnos. La libertad de poder ver a Roque en cualquier circunstancia también era motivo de alegría. Íbamos a pasar juntos ese fin de semana, aquí en Rungue. Traería lo esencial. Ya habría ocasión para decidir a quién le correspondía cada uno de los objetos de los que nos habíamos rodeado durante trece años de matrimonio. Preparada la maleta, entré a la ducha y pasé un largo rato bajo el agua. Me jaboné y me lavé el pelo con dedicación: abluciones para una vida nueva.

Al tomar la toalla y llevármela a la cara tuve el impulso de llorar, una convulsión repentina, como si la levedad naciera de un hondo sustrato de pesadumbre. Pero logré sobreponerme. Esa ligereza era primordial para no perder el equilibrio. Me sequé como si me acariciara, me cepillé el pelo hasta sentirlo suave entre los dedos, me preocupé de que mi rostro luciera impecable. No sabía, hasta esa mañana final, que el alivio podía tener un lado riguroso. Y esas dos semanas transcurridas desde que la terapeuta afirmara que el inconsciente había hablado estuvieron signadas por el rigor del alivio que experimentamos. Al salir de la consulta y subirnos a mi auto, recuerdo haber dicho: "Estamos separados". Y Ezequiel repitió: "Estamos separados". Nos miramos con una sonrisa tensa en los labios. Nos sentíamos relevados de tanto peso y de tanta deliberación; nos habíamos decidido por fin, soltábamos el lastre de los últimos meses de incertidumbre. Por aciago que se presentara el futuro, al menos tomaba forma ante nosotros. Fortalecidos por nuestros ánimos leves, conservamos la entereza durante los días finales y nos dejamos arrastrar por las cuerdas de ese futuro que hasta entonces no existía. Incluso una noche, al momento de acostarnos, creí ver una luz de súplica en la mirada de Ezequiel, una manera muda e irresoluta que él tenía de pedir ayuda y que yo había aprendido a percibir. Y gracias al rigor del alivio pude mantenerme firme y no ceder al instinto de protegerlo ni menos de consolarlo.

Lo llamé desde el auto, inspirada por esa alegría semejante a la endeble libertad de un brazo que ha permanecido meses bajo un yeso, una libertad que parece ajena. Le pregunté cómo le había ido en el diario, y el protocolar y falso "bien" me dio a entender que no estaba dispuesto a concederle a esa conversación el estatus de despedida. Me pidió que manejara con cuidado, que lo llamara cuando llegase –no lo hice– y que gozara del jardín y del sol: la secuencia habitual de recomendaciones para cuando venía a Rungue sola.

Ezequiel se fue hace ya cuatro días a Cuba y aún no tengo noticias suyas. Hasta ayer, para justificarlo, pensé que el seminario y su vehemente vida social lo habían absorbido. Pero el seminario ya terminó. Debe de ir rumbo a algún pueblo apartado donde será todavía más difícil entrar a internet que en La Habana. ¿No pensó al pasar frente a un computador del hotel en enviarme un mensaje rápido? "Hola, todo bien, te echo de menos". Su falta de consideración me resulta dolorosa. Si en un aspecto Roque nunca falló, fue en su apasionada atención hacia mí. Se mantenía en guardia, a la espera de interpretar mis deseos, de que me entregara a él. Sus imperfecciones eran absorbidas por ese polo magnético. Y no significaba que él se postergara; por el contrario, tal como se mantenía atento a mí, también se mantenía atento a su trabajo y a sí mismo. Se trataba en último término de un grado superlativo de atención a la vida, tanto física como mental. Pensar en él despierta mi cuerpo. Imagino que me descorre el vestido de los hombros, que me besa con fuerza. Siento su peso sobre mí. Abro de nuevo el notebook para ver si he recibido un correo. Nada, ni de Ezequiel ni de Roque. Deseo recibir un mensaje de Roque, pero me obligo a esperar noticias de Ezequiel. ¡Cómo es posible que no me haya escrito en cuatro días! Ordeno mi casilla para ver las conversaciones que hemos mantenido por mail. Abro la última de ellas, fechada poco después de nuestra separación. Me asombra encontrar una ristra de mensajes jubilosos: "No te imaginas lo bonito que está el jardín. Fue uno de esos días claros que dan la impresión de que se puede tocar los cerros con las manos. Me pasé toda la tarde afuera". O bien: "Anoche escribí la reseña en dos horas, me sentí seguro, inteligente, despejado, es una de las mejores que he escrito. Se la debo a la tranquilidad y a Kertész. Este libro me provocó verdadera exaltación literaria. Hoy salí a almorzar con uno de los del diario y me contó que la editora la celebró después de leerla".

Cada mensaje está rubricado con protocolares "te echo de menos", "me gustaría que estuvieras conmigo", en absoluta contradicción con el espíritu de sus palabras. Fui yo quien dejó de escribir. La razón pudo ser la llegada de Roque o...

No recuerdo el día exacto en que hablé con Josefina. Lo que no he olvidado es la caída desde esa levedad rigurosa hasta los fondos de la tristeza, por el solo hecho de contarle que me había separado. Fue la primera persona que se enteró, sin tomar en cuenta a Roque, ni a Ezequiel por supuesto. Dar la noticia significaba hacer de la separación un asunto público, conferirle una realidad, un peso que hasta ese minuto no tenía. No había razón ni urgencia para hacerlo, pero primó el instinto de romper la crisálida: ya no sería solamente un acuerdo de palabra; era un hecho, me había separado de Ezequiel.

* * *

Se han cumplido seis días sin saber de él. Cruzo de punta a punta el salón, lanzo miradas coléricas al computador y al pequeño módem que sirve para conectarse a internet. Paso de la sombra al sol, un sol mañanero que entra cada día más oblicuo desde el oriente. No puedo entender que todavía no me escriba. O que no me haya llamado por teléfono. Por más que lo pienso, no hay nada que justifique su silencio. Lo imagino mientras pasea sin apuro por una playa caribeña y me lleno de resentimiento. De pronto, sin mediar razón, en mi mente se reúnen las señales: llegó medio borracho ese domingo, sin haber dormido, para caer inconsciente después del almuerzo; no me dio un beso en la boca, ni tuvo ganas de hacer el amor, ni siquiera de dormir conmigo; se fue temprano el lunes porque tenía cosas que hacer; no me llamó para despedirse; no escribió ni un simple mail de saludo. Ezequiel no quiere volver conmigo, es tan evidente que no me explico cómo no me di cuenta antes. La comprensión me trae calma, hasta me río y me dan ganas de bañarme. Me sumerjo hasta el cuello en la piscina. Miro hacia el mar y me asombro de la ceguera que puedo sufrir cuando me propongo algo, como si mis ojos intentaran dirigirse con todas sus fuerzas a un punto y perdieran la capacidad de ver incluso lo que tengo delante de las narices. ¡Qué estúpida soy! ¡Qué ingenua! ¡Qué hipócrita, Ezequiel! Le bastaba con decir que no quería volver. Se dejó llevar por mi determinación, igual que tantas veces en la vida, como se dejó llevar hasta el matrimonio. Tuvo miedo. ¿Me tuvo miedo? ¿Tan fanatizada me vio que no encontró la forma de negarse? ¿Puede un hombre carecer de voluntad a ese extremo? ¿Puedo yo transformarme en una tromba a la que es imposible oponer resistencia? ¿O fue Ezequiel víctima de la confusión propia de un desajuste entre la voluntad y los sentimientos?

Ya no me importa, ha dejado de interesarme. Es el final, un peso que cae desde mi pecho y también desde mi cabeza para alojarse firmemente en mis entrañas. Es mi cuerpo el que ha tomado una determinación. La experiencia me estremece. No hay más espacio para la duda. Ezequiel se acabó como hombre dentro de mí. Salgo de la piscina, me doy una ducha, me visto, y antes de emprender rumbo a Santiago entro a mi correo y escribo:

"Ni una llamada de despedida, ni un mail de saludo en una semana. Dejaste en claro tu falta de interés. Yo también lo perdí".

EPÍLOGO

No quiero engañarme. Me mueve una suerte de intrepidez que bien podría ser un arranque vengativo o una consecuencia del miedo a quedarme sola. ¿Puedo amar con tal arrebato a Roque cuando hasta hace unas horas esperaba un mensaje de Ezequiel? ¿Son confiables estos sentimientos cuando renegué de ellos hace solo dos semanas? ¿Es realmente el fin de esta temporada de movimiento, o es un vaivén más del péndulo, ahora impulsado con más fuerza por mis exacerbadas emociones? Quiero decirle a Roque que estoy con él, que soy su pareja, darle esa confirmación que ha esperado tanto tiempo. Manejo el auto con la mente exaltada. El paisaje es una pantalla de tierra, moteada de verde, con fugas a lado y lado. Una cinta gris la bisecta. Ezequiel ya no es una preocupación ni una amenaza: memoria nada más, un amor desbaratado. Al salir su figura del frente de mis pensamientos, puedo mirar con algo de imparcialidad mi relación con Roque. ¿Cómo fui capaz de inferirle tanto menosprecio? ¿Qué grotesca concepción de la disciplina me llevó a negarle la esperanza, a desconocer lo que sucede entre nosotros? Tirábamos, hablábamos, nos reíamos, nos contábamos nuestras vidas como si de la mejor historia se tratara, seguros de la atención del otro. Nuestro mundo en común consistía en traer desde afuera y del pasado historias para regalarnos. En cuanto a lo demás, Roque era dado a la fantasía de ir conmigo por la vida. Cuando regresaba de algún festival, siempre me describía lo que habríamos hecho juntos. Yo me limitaba, en cambio, a tenerlo presente. Peleábamos a menudo, sobre todo porque me negaba a reconocer que nos habíamos transformado en algo más que amantes. Uno de los argumentos de Roque era que mientras tirábamos yo no dejaba de decir "te amo", decenas de veces, como un mantra. Con él nunca me sentí inclinada a narrarle al oído lo que hacíamos. Y pasados esos minutos en que mis ojos recuperaban su brillo y parecían soñar, yo suspendía mis declaraciones de amor. Me justificaba afirmando que era un acto reflejo, incontrolable, uno más de los tantos sonidos guturales que dejaba escapar. Y ahora comprendo que cuando la culpa encendía mi crueldad, cantaba las loas de Ezequiel para sacarlo de quicio. Qué desquite tan burdo. La ineludible culpa tomaba revancha por el placer concedido. Pobre Roque iracundo, celoso hasta la médula. Tuvo que oír de mi boca las más acaloradas defensas del carácter de Ezequiel, la descripción de su amor por mí, de su extraordinaria sensibilidad por las cosas que me conmovían. Tuvo que escuchar las maravillas de nuestra convivencia. Culpa desaforada. He ahí la razón por la que nunca me permití pensar en Roque como una alternativa valedera ni tampoco valiosa. El origen bastardo y funcional de nuestro amantazgo no podía transformarse en una relación de alta cuna, nada que naciera de medios tan bajos como lovehunt.com y unas relaciones sexuales instigadas por la necesidad, siempre urgentes, siempre furtivas, podía reemplazar un largo matrimonio que adolecía de solo una falla. Me asombra mi simplicidad para analizar ambas dimensiones: tal como le resté ciegamente importancia a la relación con Roque, enaltecí mi alianza con Ezequiel. Al punto de censurar cualquier deliberación en torno a la sospecha de que la falta de sexo fuera un síntoma de una crisis mayor. Me avergüenzo de mi ceguera, del orgullo enfermizo que me dominaba. Ese fue el primer comentario de Celia, la terapeuta: ¿no sería que tal vez dejábamos caer sobre el sexo todo el peso de nuestro distanciamiento emocional? O poniéndolo de otra manera: muchas parejas dejaban de tener sexo de forma periódica, pero no por eso sentían que su matrimonio estuviera en peligro. Atemorizada por las incontrolables consecuencias, creí que podía separar mi vida en dos, como si el vínculo amoroso pudiera mantenerse completamente aparte de la intimidad de los cuerpos. Y caigo en cuenta de que Ezequiel, el triste Ezequiel, me dejó de querer.

Mi cabeza se lanza a girar en un nuevo carrusel de ideas –causas en lo alto del movimiento y efectos en lo bajo–, puestas en duda hasta las verdades más elementales. Ideo una nueva secuencia: hacia el final, Ezequiel esperaba paciente, y quiero presumir que inconscientemente, que yo me diera por vencida. Y eso explica su alegría al descubrir que me había acostado con Roque en su escritorio. Aguardaba que tarde o temprano yo tomara mis cosas y me fuera. De ese modo no habría de enfrentar la doble culpa del agotamiento de nuestra vida sexual y del fin del amor. No debe de ser fácil interpretar el papel del impotente y el desnaturalizado de la historia. Ahora soy yo la culpable universal y él no hará nada por desvirtuar las habladurías que corren entre nuestras familias y nuestros amigos. Me desgarra el recuerdo de su frase memorable: "Me carga el sexo", como respuesta rabiosa a mis indagaciones sobre cuál sería el problema, durante una de las tantas noches de frustración. ¿Le cargaba el sexo o el sexo conmigo, o simplemente le cargaba yo? ¿Ya su amor languidecía, como su pene? Exagero. Creo que me dejó de amar al regreso de Nueva York, o de Buenos Aires. Al agotamiento del combustible de los terceros se sumó mi decisión de tomar un amante, sin compartir los placeres con él. No me lo sacó en cara hasta que descubrió, victorioso, que había tirado con Roque en el escritorio. Qué satisfacción lo conmovía, me había hecho caer en mi propia trampa: romper lo que él no se había atrevido a romper.

Existe otra secuencia de motivos, también plausible. Ezequiel pudo presentir, bajo mi apariencia dedicada y amorosa, bajo la sumaria negación de cualquier sentimiento hacia Roque, que mi deseo de salvar el matrimonio nacía de una marea de voluntad y no de un auténtico sentimiento de redención. Pudo intuir que mis anhelos contenían más deber, tenacidad y porfía que un resurgimiento de los afectos, que el deshielo del mar interior donde flotamos por años. Es posible. Ezequiel posee una intuición, una sensibilidad que alguna vez tildé de "perfecta", que se alimenta de su repliegue en cuanto a los fines, de su desapego y debo reconocerlo, de su despierto sentido de la condición humana.

¿Cambia esta lectura menos condenatoria mi determinación? Ya me cansé de la falta de iniciativa de Ezequiel, de su reticencia, de su apatía, más allá de las explicaciones. No basta tener sensibilidad si no sirve de sustento a la acción, al menos no cuando está en peligro el matrimonio. Si en su fuero interno persiste la intención de salvarlo, se ha hecho demasiado tarde. Y no se trata de unas cuantas horas de atraso en llegar a un computador, sino de años. Nadie podrá decir que yo no hice hasta el último esfuerzo. Intentos equivocados la mayoría, pero jamás faltos de convicción.

A la entrada de Santiago me encuentro con el tráfico detenido en la autopista. No tengo paciencia para los atascos. Me transformo en una mujer agresiva, malhablada, dispuesta a lanzar el auto, a riesgo de un choque, por ganar un espacio o ahorrarme un minuto. Miro alrededor para identificar a mis enemigos y, lejos de odiarlos, me apiado de ellos. Subo el volumen de mi iPod, reclino el respaldo del asiento y me dejo acunar por la música. Mientras avanzo en medio del tráfico me invade una paz diferente, una nueva habilidad para esperar que creía perdida desde los años de mis ensoñaciones infantiles. Estoy impaciente por ver a Roque, pero al pensar en él la idea misma del tiempo cambia, de uno que se escapa a uno que se abre por delante. O debería decir que ahora el tiempo no está en mi contra, sino a mi favor. Cruzar Santiago de norte a sur me toma más de una hora. La productora queda en un caserón de estilo español, pintado de blanco; una "torta de merengue", en palabras de Roque, que se derrite al sol casi al final de la calle Suecia. Roque detesta la pretensión de sus arcadas y balcones, pero el arriendo es razonable y se encuentra en "el barrio de las productoras". Por un instante le temo a su reacción. Al partir, después del paseo a las rocas, llevaba una mirada turbia, una conspiración en los ojos, como si hurgara con rabia en su interior para desenraizar ese sentimiento que lo mantenía atado a mí. Una secretaria de pelo afro y trato informal no me pregunta mi nombre, ni si tengo una cita, ni tampoco consulta si Roque está ocupado antes de indicarme que debo subir al segundo piso y caminar hasta la segunda oficina a la derecha. Lo encuentro frente al computador. Doy unos golpecitos a la puerta, de esos que se dan para no importunar. Al verme se pone de pie y viene hacia mí dando pasos cada vez más rápidos. Retrocedo hacia el pasillo. Me toma del hombro para atraerme hacia la oficina, cierra la puerta y me mira con grandes ojos, única luz en su rostro atezado, cubierto por una barba incipiente. Sin pensar, pregunto:

–¿Chateando? –la ironía me toma incluso a mí por sorpresa.

–¿Qué quieres?

–Perdóname... –me siento confundida, amedrentada. De su cuerpo brota esa energía, mezcla de arrojo y de rabia, que desde el primer día me ha conmovido: la rabia conducida como una fuerza vital.

–¿Perdonar?

–Perdóname, Roque, me equivoqué.

–¿Te equivocaste? ¿Puedes hablar, por favor?

–No debería haber hecho el intento de volver con Ezequiel. No tenía ningún...

Me toma la cara con ambas manos y me besa. Me hieren los minúsculos clavos de su barba.

–Ven, vamos a mi departamento.

Me lleva tomada de la mano. Sin darse cuenta, me arrastra tras de sí. Los empleados nos observan risueños desde sus escritorios. En el auto me besa, me abraza, me acaricia las piernas. Le pido que se calme, que me deje manejar.

–Tengo muchas cosas que decirte.

–No me digas nada que no quiera oír.

–Estoy contigo, Roque.

–Hace tiempo que lo estás, solo que no querías aceptarlo.

–Pero ahora es definitivo.

–¿Qué pasó?

Nos detenemos ante el semáforo en rojo que gobierna el cruce de Suecia e Irarrázaval. Las calles respiran al calor del mediodía y su aliento reverberante se cuela en casas y edificios. Nos hallamos protegidos dentro de esta cabina diez grados más fría que la sombra. Una mujer baja y robusta, vestida con un delantal desvaído, desde la puerta de un boliche moja la vereda lanzando agua con un balde.

–Se fue a Cuba y desde entonces no he sabido de él. Nunca tuvo la intención de volver conmigo.

–¿No te lo advertí? Él no te quiere.

–Quiero estar contigo, ya no importa lo que Ezequiel haga o deje de hacer.

Roque retira su mano de mis piernas y mira por la ventana, como si se asomara dentro de sí mismo.

–Yo también fui a ver a mi mujer, el mismo día que regresé de Rungue –apura las palabras, pero las dice con voz firme.

–¿Sí?

–Quise verla, no sé, compararla contigo.

–¿Cómo? –exclamo desconcertada. Hasta hoy su mujer no existía entre nosotros, era poco más que un nombre, una vieja historia.

–Pensé que si la veía –titubea–, si me acostaba con ella, sería más fácil sacarte de mi cabeza.

–Vaya forma.

–Cuando traté de darle un beso me mandó a la mierda. No me perdona que haya tratado de quitarle a Fátima.

Tardo un instante en reconocer las emociones que su confesión despierta. No experimento rechazo ni desencanto, sino ternura y ganas de abrazarlo. No hay gran diferencia entre su ingenua excursión al pasado y lo que yo traté de hacer.

Su departamento se ve más desordenado que de costumbre. La empleada está enferma y no ha venido en una semana. Me promete que hoy ha sido el único día en que no ha hecho la cama porque iba atrasado a una reunión. No nos sacamos la vista el uno del otro mientras nos desnudamos. Me tiendo en esas sábanas que tienen su olor impregnado. El olor de los hombres me excita, no me ofende como a muchas mujeres. Roque está sobre mí, me besa en la boca y los pechos. Su pene endurecido presiona contra mi pubis. Lo rodeo con mis brazos y mis piernas. Se yergue, toma un condón para encasquetárselo y me penetra:

–Estoy dentro de ti –dice sin moverse en un comienzo, con mirada impetuosa–. Para que no te olvides.

Me chupa los pezones y se mueve entre mis piernas, estoy abierta a él, aferrada a sus nalgas fuertes. Me dejo llevar por el placer que se irradia en vagas resonancias a lo largo de mis piernas y de mis brazos, de mis pechos y de mi cabeza. No tengo control sobre los gemidos que brotan de mi boca, grito y callo, jadeo y voy de nuevo a caer entre mis piernas hasta estremecerme toda, de un solo golpe final.

* * *

Pasamos la semana en Santiago. Roque ha tenido que dedicarles tiempo a los numerosos detalles que comprende el estreno de *La apuesta*, y no le ha resultado fácil echar a andar la productora luego de las vacaciones. Mientras tanto, yo me he sentido como si estuviera de paseo en la ciudad, una turista cualquiera que nada más se ha privado de salir a comprar: ya no se puede ir de compras en Santiago si no es a un mall. Y durante la primera semana de marzo esos sitios se transforman en islas guaneras, atestadas de pájaros. Hicimos el amor cada día, fuimos al cine, a cenar fuera, la primera noche a El Europeo, el restaurante predilecto de Roque, al que me podrá invitar, según dijo, solo una vez al año sin arruinarse. Iremos a Rungue por el fin de semana y regresaré para instalarme en su departamento. Seguro que Ezequiel ya volvió. En el computador no hay noticias, tampoco en el teléfono. Lo prefiero así. A la única persona que le conté mi decisión fue a Clarisa. Se puso contenta, al punto de adornar la conversación en el teléfono con sus típicas exclamaciones: "¡Nooo!", "¿pero, cómo?", "¡qué increíble!", "¿en serio?", "chuuu...". Las de siempre, incluso "¡guau!", la única que me choca. Es probable que haya exagerado su entusiasmo y después de cortar pensara que me había trastornado. Quiso conocer a Roque y ayer en la noche salimos los tres a cenar. Él hizo un esfuerzo por vencer su timidez inicial, aunque sin desbordarse en su deseo de agradar. Transmitió una seguridad en sí mismo que no dependía de la aprobación de Clarisa. Y ella lo encantó con sus brazos lentos, las manos expresivas, ese estado de fascinación que complace hasta la vanidad más necesitada.

Roque se mueve alrededor del carro de supermercado. De las góndolas toma esto y aquello con indisimulado entusiasmo. Cuando nos conocimos, su glotonería me desconcertó, por años acostumbrada a la frugalidad de Ezequiel. Ahora me causa gracia; no es más que otra demostración de lo que podría llamar "su apetito vital". Desde niño ha tenido que luchar contra la gordura y ha sido una de las razones, si no la principal, de participar en los partidos de futbolito con sus compañeros de oficina y de su asistencia periódica a un gimnasio. Queso brie, queso manchego, un queso francés con cubierta de cenizas, jamón serrano, aceitunas. No puede resistir la tentación de llevar además una torta de selva negra. Es su favorita y asegura que la de ese supermercado es digna de su dueño alemán. No sabe bien por qué, pero de niño no aceptaba otra clase de torta para su cumpleaños. Tengo que hacer una compra para Rungue, tanto de comida como de provisiones de limpieza y jardín. En el auto ya están las cosas de jardín: microjets de riego, fungicidas, fertilizantes. Roque se ha tomado la tarde libre. Como suele ocurrir los viernes, los pasillos del Jumbo de Bilbao se hallan atestados. Para evitar la aglomeración, mis compras habituales las hago los lunes a las dos y media de la tarde, con rebajas y sin gente. Pero hoy no me violenta la demora. Todavía albergo la sensación de estar de turista. Roque también hace sus compras aquí. Viene cualquier día de la semana a última hora. Nos divertimos compitiendo por quién conoce mejor la distribución de los productos. El despliegue de tanta comida nos despierta el hambre y vamos a la cafetería. Pedimos un sándwich de ave palta y una coca cola diet para cada uno, además de un pastel de mora que comeremos a medias. Nos sentamos a una mesa alta y pequeña, en dos pisos de bar. Debido al aire que refrigera las vitrinas, la rebanada de pan que va encima está seca, y la de abajo reblandecida por la humedad de la palta.

–Con esto nos podemos saltar el almuerzo en el camino –le digo.

–¿Cómo? Por supuesto que no. Quiero que paremos en ese lugar, ¿cómo se llama...?

–Torofrut.

–Ese. Qué nombre tan raro.

Suena mi celular. Debe de ser Clarisa para, como dice ella, "hacer el post mortem" de la cena de anoche. El barullo del supermercado se suspende de golpe y lo único que oigo es el timbre del teléfono. Todo mi cuerpo late, mi cabeza, mis manos laten, laten mis labios y mis pies. Es Ezequiel. La pantalla despide un parpadeo alarmante. Se la enseño a Roque.

–Contéstale –dice levantando las cejas.

–No, ahora no.

–Vas a tener que hablar con él tarde o temprano. Mientras antes, mejor. Contéstale.

Me bajo del piso y avanzo por los pasillos en busca de un sector más tranquilo. Es tal la descarga de adrenalina que me siento capaz de trepar a una góndola y desde ahí ahuyentar a los clientes con un grito. Pero no me da fuerzas para enfrentar a Ezequiel.

–Amelia, soy yo.

–Sí...

–Se oye ruido.

–Estoy en el Jumbo.

–¿Me puedes decir qué te pasó?

En su pregunta se entremezclan el enfado y la súplica, libres del habitual comedimiento de Ezequiel. Resulta irónico que el sector de libros sea el primero que encuentro despejado.

–No es necesario que te lo diga, ¿no crees?

–Pero al menos podríamos hablar.

–No, Ezequiel, por favor. Es todo tan... obvio.

–No puedes ser tan orgullosa.

Es una pobre manera de ponerlo. Como pobre es el escenario que me rodea. Jamás imaginé que le anunciaría el fin en un entorno tan prosaico. Y sin darme cuenta me contradigo y entro en la discusión.

–No me llamaste, no me escribiste, ¿pretendías que te esperara rezando?

–Amelia, estaba en Cuba... Primero en un seminario y después en unos pueblos perdidos... No se consigue internet tan fácilmente.

Me desazona que nos centremos en las pequeñeces de este último episodio. Lo que ocurrió, en realidad, fue una última manifestación de nuestros problemas, los que tienen sus raíces en el tiempo y sus ramas nudosas en nuestras conciencias. Lo de Cuba fue el último viento que terminó de derribar lo que ya estaba muerto. No habrá más ilusiones, no habrá más futuro junto a él, no habrá más dudas ni vueltas en redondo, no habrá más incertezas ni claudicaciones. Se acabó, se acabó de una vez para siempre. Y a pesar del miedo que me recorre, me animo a decir:

–Ya no tiene importancia, Ezequiel, se acabó. Tienes que soltarme. Yo ya...

El anuncio de un locutor por los altoparlantes me interrumpe. El tipo llama con insistencia a comprar una promoción. Poco a poco el área donde estoy comienza a llenarse de clientes. Los hasta hace un minuto solitarios mesones de libros caen bajo sitio. Recién entonces veo al locutor a escasos metros de mí; al notar el interés que despierta su llamado, gesticula con un libro en la mano como si fuera un predicador y le habla al micrófono en un tono a cada palabra más encendido.

–Pero, Amelia, no puedes... Los sentimientos no cambian de un día para otro. Al menos veámonos para que te explique.

Alzo la voz para hacerme escuchar:

–Los sentimientos nos van a acompañar el resto de la vida, solo que de otra manera.

Tres o cuatro mujeres levantan la vista desde el mesón próximo y me miran con curiosidad, olvidadas por un instante de la promoción que las enardece.

–Veámonos hoy, necesito verte.

–Espera.

Camino en dirección contraria a la cafetería para caer en el pasillo de lápices, cuadernos y textos de colegio, abarrotado de madres con sus hijos por el inicio de las clases. Sigo más allá y me detengo en una sección vacía donde se exhiben envases plásticos.

–Yo te quiero, Amelia –dice con una ternura que regresa intacta del pasado. Me recuerda la ternura de sus abrazos. Respiro profundo para que la emoción no me doblegue.

–Yo también, pero ya no es suficiente.

–...

–¿Estás ahí?

Y como si hubiera alejado el celular de su boca, dice vencido:

–Creí que íbamos a pelear por nuestro matrimonio.

–También yo, también yo.

Quisiera protegerlo, abrazarlo y protegerlo.

–¿Estás con Roque? –es primera vez que lo llama por su nombre.

–Sí.

–¿Y si no estuvieras con él?

–Fue la vida, Ezequiel, la que nos trajo hasta aquí. Fueron los años. Tú y yo llegamos hasta aquí.

Lo oigo llorar por el teléfono. La única vez que lo vi llorar antes fue cuando estuve enferma, consumida por la depresión. Fue una tarde, sentado junto a mí en la cama, mientras yo me aferraba a su mano para combatir la angustia. También las lágrimas me asaltan, con su rara mezcla de alivio y pesar.

–Hablemos más adelante –le pido.

–Sí –dice casi sin voz, y corta la comunicación.

Camino de regreso a un ritmo dispar. Me acompañan los brazos extendidos hacia las góndolas, el trabado avance de los carros, el pregón de los altoparlantes. Camino y pienso que estoy bien, que hice bien, que hicimos bien. Es lo que debimos hacer años atrás y los últimos descuidos a causa del viaje a Cuba no fueron más que el pretexto final, tanto para mí como para Ezequiel. Es el destino que nos fijamos y al que no estamos dispuestos a renunciar. La inhóspita luz del supermercado continúa encendida, el gentío se afana en iniciar un nuevo año, proveerse de cuanto sea necesario para seguir adelante o para seguir igual. A mí... A mí me espera Roque en la cafetería.

* * *

Al menos una vez por semana vamos al cine y a cenar a un restaurante. Los viernes partimos a Rungue, si es que Fátima no viene el domingo a almorzar. Ella no tomó nada bien la noticia de que Roque y yo decidiéramos vivir juntos. Desde que estoy en este departamento, no se ha quedado a alojar ni una sola noche. Siempre encuentra alguna razón para dormir en casa de su madre. Roque no quiere forzarla. Es una joven poco amistosa, y no solamente conmigo según lo que me ha tocado oír. No hago esfuerzos desmedidos por conquistarla, le ofrezco cuanta atención me parece razonable y me repliego a un segundo plano; dejo que Roque mida la frecuencia, la intensidad y la familiaridad que la relación pueda alcanzar. Hace unos días, ella contó que estaba feliz porque en su colegio de la Alianza Francesa la habían elegido para hacer de rata mamá en la representación de una fábula de La Fontaine. Le gusta actuar y piensa estudiar teatro, frente a lo cual Roque no sabe si sentirse triste u orgulloso. Y por supuesto, Paula lo considera un triunfo, una venganza por las recriminaciones que tuvo que sufrir durante el juicio de tuición.

Entre los míos, mi hermana ha hecho un esfuerzo por estar cerca de mí. Llama seguido, de vez en cuando me pide que le pase el teléfono a Roque, y a instancias de ella, ha venido a cenar dos veces con su marido. Una de esas noches me acompañó a la cocina para contarme una vez más que no se resolvía a separarse, a pesar de que Juan la tenía harta. Me lo dijo con total liviandad, como si fuera un asunto sin importancia, uno que la mayoría de las mujeres debe sobrellevar. En el fondo, no tiene la menor intención de dejar su matrimonio. En cuanto a mí, en su pueril deseo de demostrarme su apoyo sin reservas ha tomado la costumbre de repetir, en medio de cualquier conversación, que Roque es un amor. Pero he visto su expresión atónita cuando Roque desliza comentarios críticos a los que ella considera principios fundamentales de la vida. Él no cree, por ejemplo, que haya que rendirle culto a la familia, y tampoco tiene fe en la amistad. No llegué a detectar esta faceta antisocial cuando éramos amantes. Me inquieta que pueda agudizarse con el paso del tiempo y que se transforme en una desembozada misantropía. Lo salva el hecho de que es cercano con sus empleados: goza con los partidos de futbolito y no hay semana en que no tenga algún pretexto para reunirse con ellos después de salir del trabajo. Yo sé que considera a Josefina una mujer simple y que le molesta su mentalidad de "dueña de casa". Y es cierto que mi hermana es una persona trivial, sin mayor cultura que la recibida durante su educación en un buen colegio y sus cursos de arsenalera. A su madre tampoco se lo perdona. Cada vez que aparece *mamá* en el visor del celular, se le desfigura el rostro. Está convencido de que su manía de quejarse por todo, incluso por problemas que no le incumben, se debe a que no ha trabajado jamás. Sus padres se mudaron a Antofagasta hace años y no he tenido oportunidad de conocerlos. Le he insistido en que vayamos a pasar la Navidad con ellos, pero dice no necesitar su bendición. En buenas cuentas, pasamos la mayor parte del tiempo solos: Clarisa y yo nos juntamos a almorzar durante la semana; mi hermano no ha mostrado el menor interés por lo que me ocurre; y la hermana de Roque conoció a un español durante el posgrado en pedagogía que cursó en Barcelona, y se quedó a vivir allá. La mayoría de los amigos que compartíamos con Ezequiel se han distanciado, sin nunca darme una explicación por su trato frío, la cobarde manera que hallaron para demostrar su rechazo a mi comportamiento. Prefieren no saber, prefieren guiarse por la norma de los borregos y condenarme por infiel. Aun así, con Ezequiel estamos en buen pie. No le reprocho nada. Si quiere ir de víctima por la vida, poco me importa. Logramos ponernos de acuerdo en el tema económico, no sin pasar por un momento difícil, y nos hemos reunido un par de veces para afinar los detalles. Un amigo abogado nos ofreció ayuda con los papeles.

Cada cierto tiempo cruza mi cabeza la pregunta de por qué Roque y no Bernardo. Mirado desde fuera, Bernardo se presenta como un compañero más apropiado para mí, con mayores coincidencias en cuanto a nuestros mundos e intereses. Y en lo íntimo es tan apasionado como Roque. Pero creo haber hecho una buena elección. Tal vez se deba a la sospecha de que convivir con Bernardo se habría vuelto insoportable tarde o temprano. Es un hombre de una moral amplia, tolerante, pero con una estética totalitaria capaz de asfixiar a cualquiera. Está convencido de su lectura, de su interpretación del mundo, y nunca podrá vivir bajo otro orden que no sea el suyo. Como en todo, es posible que esté equivocada y que entre las paredes de su hogar Bernardo sea un hombre dócil, humilde y bien dispuesto, tal como se entregaba a mí en nuestras escapadas. El tirano que yo imagino no habría podido conservar un matrimonio con una mujer como su esposa por tantos años.

Mis sentimientos hacia Roque han fraguado y me siento más

enamorada hoy que cuando lo pasé a buscar a su oficina. Y esto me lleva a pensar que hay una condición propia de Roque que ha sido la guía en el último tramo de este camino: esa fuerza interior que tanto admiro. Pero hay algo más. ¿Su fe en mí? ¿Su paciencia para cortejarme y esperarme? ¿Su amor denodado? ¿Su apasionamiento? ¿La capacidad de aceptar mi historia sin poner en duda mi dignidad? Todas estas preguntas tienen una sola respuesta en la persona de Roque, en su modo de ser. ¿Con los años llegará a convertirse en otro ser indolente? No creo que esté en su naturaleza.

En ocasiones pienso en la solución de los terceros, la observo desde lejos, como si le hubiera ocurrido a otra mujer. Pero igualmente me asalta el temor de que no haya sido solo una manera de prolongar nuestro matrimonio y, a la vez, de separarnos. Temo que esa insatisfacción sea inherente a mí y que en el futuro vuelva a dominarme, que ni siquiera la devoción de Roque me sea suficiente. El antídoto es pensar que este periplo, desde la paz vacía con Ezequiel hasta el equilibrio inestable en que me encuentro, fue una búsqueda de identidad: la forma de mitigar la añoranza de un yo que creía en otra parte y no podía alcanzar. He recobrado una idea de mí misma, y de paso he aprendido a aceptar la incertidumbre, de modo que no sea una fuente de angustia. Mi persona ya no está en juego en cada aspecto difícil de la vida, en cada problema, en cada amenaza. Junto a Roque experimento cierta holgura de vivir, una atenuación del resentimiento, una mayor indulgencia conmigo y con los demás. La vida ya no está en la mirada de otro, va dentro de mi cuerpo, adonde yo vaya. Sin embargo, a veces, por cualquier asunto con o sin importancia, como cuando me encuentro con algún conocido en la calle y Roque pasa de largo sin saludar, me pregunto qué hago con él, como si un bocinazo resonara en mi mente, y debo esperar a que el desconcierto ceda al cabo de unas horas. También hay días en que me asuela la nostalgia. Guardo en la memoria una especie de paraíso, donde Ezequiel reía con esa risa a pulsos y yo tenía la impresión de vivir en un presente eterno, un arreglo de cosas en apariencia inquebrantable. Me sirven de contrapeso los últimos días de abandono, cuando se fue a Cuba, y esa convicción de haber respondido al destino que alcancé en el supermercado. Ese final me salva de disquisiciones inútiles, de cuestionarme perpetuamente si debí o no continuar junto a él.

No fue difícil convencer a Roque de que me acompañara a la quebrada. Le prometí que en la mochila llevaría comida para un picnic. A poco de avanzar por el sendero, protesta por los hilos de araña. Le propongo que vaya detrás de mí. No tiene problemas con la ascensión y yo me siento valiente al ir rompiendo esas barreras invisibles, a la altura de la cara, del pecho, de las piernas, esas líneas de meta sucesivas. Así fue mi separación, una secuencia de metas imperceptibles que me guió hasta el final. Así fue mi manera de cambiar. A medida que subimos, el cielo se cierra más y más, las nubes se agolpan contra los cerros. No hace frío. Un viento arrachado viene desde el mar, da movimiento a los árboles y me alborota el pelo. Es extraño venir con alguien que no sea Ezequiel, oír pasos a mi espalda. Y aun así me lanzo a hablar de lo que se me viene a la mente, con la única precaución de dejar a Ezequiel fuera de las anécdotas y de evitar decir "nosotros" cuando me refiero a algún asunto de la casa. El paisaje inflama mi entusiasmo explorador y comento cada árbol que llama mi atención o los pájaros que escucho o alcanzo a ver. Un carpinterito con su coronilla carmesí despierta una expresión de asombro en el rostro de Roque. Espero que llegue a compartir el amor que les tengo a estos cerros. Hablo de los aguiluchos, de los zorros, de los jotes, cada animal da origen a las anécdotas que guardo de estos paseos. No callo hasta que Roque dice:

–Pareces la sobrina de Darwin.

Pongo las manos en jarra y me vuelvo hacia él. Un despunte de risa en sus labios me contagia y nos largamos a reír.

–¿Sabías que Darwin estuvo en Chile? –digo cuando la risa cede–. No muy lejos de aquí, hacia el sur, en el cerro La Campana. Dicen que desde ahí vio, en un día despejado, la cordillera y el mar...

–Amelia... –me interrumpe con dulce fastidio– Yo produje el documental donde aprendiste esas cosas.

–¿En serio? ¿Lo tienes? Siempre quise verlo de nuevo. ¿Y quién los ayudó con la investigación?

–No sé, un tipo que era el otro sobrino chileno de Darwin. Lo van a volver a dar en televisión. Creo que en febrero próximo es el bicentenario de su nacimiento.

No me inhiben sus bromas y continúo con mi parloteo efervescente hasta llegar al bosque de la piedra horizontal. Los tiuques posados en las ramas levantan el vuelo, dando esta vez sus gritos acogedores. Se oye el eco de los árboles, sus copas como grandes campanas a las que el viento arranca tañidos sutiles. Roque mira a su alrededor con actitud de evaluar el sitio como una posible locación. Saco una manta de la mochila y la despliego sobre la piedra. Llamo a Roque para que se siente junto a mí.

–Antes del picnic... –digo e insinúo mis intenciones con un beso de labios abiertos.

–¿Aquí?

–¿No querías tirar "al aire libre"? –imito su modo de hablar al decir "al aire libre". Me acaricia una pierna con una mano mientras estudia el lugar en busca de testigos indiscretos.

–¿Y si alguien nos viera?

–Nunca me he encontrado con nadie.

–¿Y esos pajarracos no nos van a picar?

Nos reímos como dos niños cómplices. Me toma de la nuca con una de sus fuertes manos y me tiende sobre la piedra.

–Nos van a cuidar –digo.

Abro los ojos en medio de un beso, me encuentro con las cejas de Roque y más arriba con el dosel formado por los árboles. Le pido que se saque la ropa. Quiero verlo desnudo. Me desvisto también. Estoy excitada debido a la anticipación. Roque me explora con sus manos, contempla mi cuerpo, lo ve desplegarse. Luego entra en mí, intentando llegar más al fondo. Se mueve, rebusca, y como un ligero temblor el placer me recorre las piernas hasta los talones. Dejo escapar un quejido que se amplifica en el bosque. Me contoneo como si quisiera liberarme, mientras sigo clavada a esa roca por su erección. Sus acometidas exaltan mis sentidos: estamos a la intemperie, me digo, aquí es donde siempre debemos estar; y me entrego bajo el cuerpo caliente que me penetra y jadeo y grito en estos oquedales que siento míos; me abandono, y un espasmo arquea mis miembros; y la fuerza se me escapa, y mi cuello ya no puede sostener la cabeza que cae vencida. Y ahí está Ezequiel, en el sendero, con su polera, sus shorts y sus zapatillas, escuchando enmudecido cuando ya no puedo contener el orgasmo.

He ganado Rungue y la Quebrada del Agua para mí. Esta casa, estos bosques, son lugares creados en contra de la melancolía. Y si bien la mirada de Ezequiel pervive en cada cosa, en cada planta, en cada árbol, en cada animal, en cada pájaro, me siento enriquecida y no despojada. Él vive en mí con la calidez con que se acostumbra a recordar a una familia. Fue la familia que tuve que dejar cuando me hice mujer. Porque así me siento junto a Roque. Está presente en mi cuerpo, lo amo de una manera como nunca amé a Ezequiel, con mis entrañas, al punto de jugar con la idea de tener un hijo suyo. No es porque tenga cuarenta años y me desdiga de mis convicciones en la última hora. Es más bien un deseo, o una proyección del deseo que siento por él. Sin yo decir nada, me ha dado a entender dos o tres veces que le gustaría tener un hijo conmigo. En cada ocasión me sentí entusiasmada, pero al poco tiempo descarté la posibilidad. No sé si se debe al espectro de mi madre o a las mil dificultades que significa criar a un niño. Y a pesar de todo, cada vez con mayor frecuencia, la sensación me sube del cuerpo a la cabeza, en especial cuando estoy en Rungue. Veremos. Si el verano que viene todavía siento lo mismo, dejaré de cuidarme. Aquí, entre los cerros y el mar, sería natural concebir una nueva vida.